沈奇诗文选集

A COLLECTION OF POEMS AND ESSAYS BY SHEN QI

沈奇 著

【卷五】

中国社会科学出版社

【卷五】 台湾诗人散论

前　言

卷五，三辑集成。选有关台湾现代诗与诗人研究的各类评论文29篇。

辑一为重点研究现代诗重镇"创世纪"之"三驾马车"代表诗人痖弦、洛夫、张默的8篇专文；辑二为研读"创世纪"其他几位重要诗人的9篇散论；辑三为随缘就遇撰写的9位台湾当代诗人的12篇评论文章。

分力于台湾现代诗与诗人研究，可谓"邂逅"式的"诗旅修行"。
当年两岸开通，张默、大荒、管管、碧果四位前辈诗人来西安旅游约叙，结缘斯时，复隔海交流，渐深渐痴。其中"激点"所在，概因多年想象中的现代版文人风骨一时复现，挠在痒处而欲罢不能，索性一鼓作气另开界面，以个人之见，耙梳归拢，渐成一家之说，复成就一段佳话。

现代汉诗星河灿烂，多一个星座的参照，便多一份"气息的光晕"（本雅明）——望气搭脉，有一脉原本的知己因缘际会，那光晕更多了些亲近与自然——或许如此？！

目录

【辑一】

003　深渊之眼——痖弦诗歌现代意识散论

017　细切而精致的"盐"——痖弦诗歌语言艺术散论

033　重读洛夫——《洛夫·世纪诗选》序

045　萧散诗意静胜狂——评洛夫诗集《雪落无声》

052　"诗魔"之"禅"——《洛夫禅诗》序

059　论张默兼评其组诗《时间，我缱绻你》

077　认领与再生——从张默手抄本诗集《远近高低》出版说起

083　在游历中超越——再论张默兼评其旅行诗集《独钓空濛》

【辑二】

097　历史情怀与当下关切——评大荒两部诗集

120　诗重布衣老更成——大荒诗集《剪取富春半江水》序

125　蓝调碧果——碧果诗歌艺术散论

143　异质之鸟、之蝶、之鱼或菊——评碧果诗集《说戏》

151　管管之风或老顽童与自在者说——管管诗歌艺术散论

168　冷脸、诗心、豹影——辛郁诗散论

184　"意象的姿容"与"现实的身影"——简政珍诗歌艺术散论

194　生命之痛的诗性超越——朵思论

207　从"空山灵雨"到"永久的图腾"——杨平诗散论

【辑三】

221 美丽的错位——郑愁予论

238 与天同游——罗门诗歌精神散论

249 青莲之美——蓉子论

261 向晚愈明——论向明兼评其诗集《随身的纠缠》

273 向明之明——评《向明·世纪诗选》

277 时间、家园与本色写作——评陈义芝的诗

291 梦土诗魂——评詹澈《西瓜寮诗辑》

302 赤子情怀与裸体的太阳——论詹澈兼评其诗集《詹澈诗选》

314 为诗而诗——论隐地和他的诗

327 清溪奔快　小风送爽——评隐地诗集《生命旷野》

333 清流一溪自在诗——夏菁诗散论

339 边缘光影布清芬——重读席慕蓉兼评其新集《迷途诗册》

【辑一】

深渊之眼
——痖弦诗歌现代意识散论

　　从痖弦公开发表他的第一首诗作《我是一勺静美的小花朵》至今，整整40年过去了。这40年，无论是在大陆诗坛还是在台湾诗界，都发生了许多巨大的变化。值此世纪末时空下，回首汉语新诗70余载的历程，重论痖弦诗歌的意义何在？

　　痖弦在台湾是早有定论的大诗人，作为大陆论者，若仅停留于一般性的介绍和评价，似无多大价值，且多有人做。然而，越是深研痖弦的诗歌文本，我越是发现，无论就大陆现代汉诗目下所提出的许多诗学问题而言，还是就整个中国新诗近80年发展的反思而言，痖弦的存在，都为我们提供了一个颇为重要而难得的研究对象。

　　对成名诗人的定位，我向来持三种尺度：重要的、优秀的、既重要又优秀的。从史学的角度去看，许多优秀的诗人并非重要；从纯诗学的角度而言，许多重要的诗人又不尽优秀。真正既重要又优秀的诗人，是那些既以自己的诗学观念对诗歌艺术的发展，起过重要的开启与推动作用，又以自己的诗歌写作之质与量，足以自成一家而影响于后来的诗人。

这样的诗人，必在其写作中持有一个确定的诗歌立场，亦即有方向性的写作，这是一位诗人有创造内力的表现。由此而成就的作品，也必能深刻而独到地勾画出诗人所生存的那个时代的精神特征，从而取得超越其时代的意义价值；同时在这种"勾画"中，存有不同于他人的、经得起时空打磨的语言质素，亦即以特有的专注深入语言，并最终形成诗人独在的诗性话语方式，以此取得跨越时代的艺术价值。

说到底，一首传世的诗或一部传世的诗集的根本品质是什么？

是对存在独到的透视——通过本真生命的目光和诗性语言的穿透——"把人类从他的空虚无聊的命运中召回的一种方式"（海德格尔语）。

对存在的开放和对语言的再造之双重深入，构成痖弦基本的诗歌立场，也由此奠定了他在近 80 年新诗历史长河中的地位：痖弦是优秀的，也是重要的，是一位在中国新诗的意义价值取向和艺术价值取向进行了双向度探求，而取得了双重成就的代表性诗人。

由此，我们才理解到，痖弦的作品何以在今天的现代汉诗进程中，乃至在一些所谓"后现代"青年诗人的阅读中，仍放射着迷人的光彩，从而在我们的诗性生命意识中，投射一种新的战栗——他曾使你惊奇，而且现在，还要使你感到更大的惊奇！

不少论者称痖弦为抒情诗人，不免有些误读。

在传统抒情诗人作品中，我们总能或多或少发现一些情感和语感的夸饰成分,而痖弦没有。你不能将他再称为什么歌手或抒情者。他是他那个时代的独语者——生命的独语;他是他那个时代的言说者——存在之言说。

在痖弦早期作品中,的确也含有一些抒情的成分,但即或在这样的初始状态里,痖弦的"情"也非一己之情怀,而含有铁的成分和金属的力度,含有对存在的关注,对空虚的、逃避式的想象世界的质疑。

在经由"一勺静美的小花朵"、"从蓝天向人间坠落"的短暂抒情期之后,诗人很快宣布"神祇死了/没有膜拜,没有青烟",并将诗思的深切目光投向存在:"于是我忆起了物质们、矿苗们——/——我的故乡的兄弟姊妹们。"(《鼎》·1955)接着,通过《剧场,再会》(1957)一诗,彻底告别传统抒情的角色出演,走出"剧场",直面生存的现实,在现代性的、本真生命的诗性之光下,检视迷惘的主体:"我是浪子,也该找找我的家/希腊哟,我仅仅住了一夕的客栈哟/我必须向你说再会/我必须重归"(《我的灵魂》·1957)。

古典情怀,欧美风雨,在自省的年轻诗人痖弦这里,转眼化解为"住了一夕的客栈"。重归什么呢?首先是重归自身生存的这块土地上所发生的一切,重归现时空下,我们自己的现代感——"追问存在的问题正激荡着作为此在的我们"(海德格尔语)——痖弦的诗歌立场由此基本确立。

从1957年至1965年,痖弦进入他称为"成年"的、"建设我们的成熟"的创造期。由"野荸荠"而"盐",由海而渊,由活的挣扎而死的默然,由质疑而沉寂,由外而内,由"断柱"而"侧面"而"徒然"而再"从感觉出发"——回声之后必是寂然,诗性生命终成一潭"深渊"——

> 对于仅仅一首诗,我常常作着它原本无法承载的容量;要说出生存期间的一切,世界终极学,爱与死,追求与幻灭,生命的全部悸动、焦虑、空洞和悲哀!总之,要鲸吞一切感觉的错综性和复杂性。如此贪多,如此无法集中一个焦点。这企图便成为《深渊》。①

这段处于创作巅峰期的诗人自白,向我们显示了诗人的诗思向存在开放之后,其视野的宏阔与深沉。

痖弦的"企图"不可谓不大,而他实现了——由此展开的九年卓然独步的严肃写作,以不足70首(按1988年9月洪范版《痖弦诗集》卷一至卷七计)精品力作,却几乎承载了那个时代的"一切"——从战时的凄惨场景到政治高压下的世俗生活;从"海洋感觉"到"一般之歌";从"京城"到"庭院"到"土地祠"、"殡仪馆";从"中国街上"到世界都会;从元首、省长、教授、上校到水夫、修女、疯妇、坤伶、马戏小丑以及乞丐——从生存到死亡,从现实背景到精神特征——以忧郁的目光、以反讽的口吻、以流浪者的思维、以智者的言说,体验、经历、洞穿,把所有的"存在"带入发光的诗的显示中,通过对个人生存窘态和公众生存危机的独特审视,揭示时代创伤与民族忧患,而抵达诗性生命最为深刻的精神境地。

应该看到,这样的一种诗之视野,在痖弦同时代的不少杰出诗人中,都有不同程度的存在,也是他这一代诗人共同的诗歌精神。关键在于,痖弦在对存在的开放之中,其视觉的角度和落点的特异,从而获得了独具的诗歌品质。

---

① 痖弦:《现代诗短札》,痖弦诗论集《中国新诗研究》,台湾洪范书店1987年版,第49页。

一、态度

面对存在，持消解而非对抗的态度，是痖弦诗歌的精神底背之首要特性。

"而你不是什么；/不是把手杖击断在时代的脸上，/不是把曙光缠在头上跳舞的人。"这里的"手杖"显然与"抗争"同构，而"曙光"乃是所谓"理想"的代码。宣布理想的幻灭与抗争的无意义之后，"我们再也懒于知道，我们是谁。/工作，散步，向坏人致敬，微笑和不朽"（《深渊》·1959）。

显然，作为诗人的痖弦直面存在，基本上是一种负面承载的态度和立场。在痖弦所处的时代，这显得格外冷静而具有超越性。面对生存黑暗，消解或许比抗争更为直接也更有意义；在原本黑暗的处境中呼唤虚拟的光明，可能反而会延缓黑暗的滞留，而持"看你能黑到怎样"的消解态度，或许反而促进黑暗的消亡。作为时代的良知和特地清醒的诗人知道："在他们的头下／一开始便枕着／一个巨大的崩溃"（《献给马蒂斯》·1961），而当"每颗头颅分别忘记着一些事情"（《下午》·1964）的时候，那"崩溃"岂不来得更快也更彻底?!

我们知道，消解与解构，大体上是属于后现代主义范畴的命题，在痖弦的创作年代，它显然不是理论导引下的突入，而系诗人诗之思本源特性的开启。正是在这一点上，显示了诗人超越时代局限的强大内力，使他以《深渊》为主的一批代表作品，直到经由30多年后的今天，仍然闪耀着精神内质的深度之光。

二、角度

传统抒情诗以灵魂为中心，容易造成灵与肉的对立，主体与客观实在的背离。然而正是客观实在的事与物，构成了这个世界的主要存在。走出情与梦锁闭的现代诗，必须同这样的事与物对话，将它看作是可言说的世界的一部分。

痖弦对此深得体悟，且切入的角度更独到、也更深入。

从凡人小事中抽绎生命的苦味，在流动的生活场景中探寻其隐藏的精神背景；在空间里倾听时间的叹息，在时间中注意空间的变异。注目于事件，落视于物态，且紧紧抓住其中的细节，予以放大、凸显和刻画，产生出人意料的、戏剧性的艺术效果。

——这简直成了痖弦的绝招，在他那些成功的作品中，我们时时感受到这样的惊奇："他的腿诀别于一九四三年"（《上校》·1960）；"旗袍叉从某种小腿间摆荡；且渴望去读她"（《深渊》·1959）；"……一颗星/斜向头垢广告而另一颗始终停在那里"（《非策划性的夜曲》·1964）；"零时三刻一个淹死人的衣服自海里漂回"（《下午》·1964）；"在毁坏了的/紫檀木的椅子上/我母亲的硬的微笑不断上升遂成为一种纪念"（《战时》·1962）；"钟鸣七句时他的前额和崇高突然宣告崩溃"（《故某省长》·1960）……这是实在的细节。还有诗人随诗思的运行而虚拟的细节："中国海穿着光的袍子，/在鞋底的右边等我。"（《佛罗棱斯)》·1958）；"宣统那年的风吹着/吹着那串红玉米"（《红玉米》·1957）等等。这些经诗人独到之眼"抓拍"的细节，即或不加润色，本身也就是诗的，且具有撼人的力量。

从这样的角度出发，痖弦的诗之视角，深入到存在的方方面面，从而使其诗行中充满了各种烟火味、汗味、血味、盐味、腥味乃至臭味，看似漫不经心，随手拈来，骨子里却持有冷峻的选择。由此使我们想到波德莱尔，正如瓦雷里所言："……在波德莱尔最好的诗句中，有一种灵与肉的配合，一种庄严、热烈的苦味，永恒和亲切的混合，一种意志和和谐的极罕有的联结，这些都使他的诗句和浪漫派的诗句判然有别。"① 瓦雷里在这里特别提到"意志",是有其深意的:当一位诗人代表一个时代和人类的一部分,在那里呕吐存在中的"污秽之赃物",以使人们清醒、使世界爽净时,该具有怎样的意志?!

三、方式

在对存在的开放中,痖弦一开始便形成了他自己的感觉方式:客观、冷凝、超然"情"外,同现实保持理智与情感的距离,将指涉欲望控制在一个恰当的、欲说还休的状态下,以此把握生命真正的脉搏和存在深处的悸动。与此同时,兼取主、客交叉换位的手法,形成事物、行为和心理的有机合成,以求在不动声色、原汁原味的诗性陈述中,沉淀对生命意义本真而凝重的感悟。这里显然杂糅了西方理性观照与东方感性体味的双重文化特性,而这,正是痖弦所追寻的风格:不玄,不虚,不矫,不滞,灵动而沉着。

如《远洋感觉》(1957)一诗中,当晕眩的感觉达到高涨,以至"脑浆的流动、颠倒/搅动一些双脚接触泥土时代的/残忆,残忆的流动和颠倒"时,诗思突然由主观转为客观,冷冷地提示"通风圆窗里海的直径倾斜着/又是饮咖啡的时候了",而后结束全诗。

最能集中体现这种痖弦式诗感与语感方式的,是题为《从感觉出发》的一组诗。

这真是一个全新的"出发"——"我们已经开了船。在黄铜色的——朽或不朽的太阳下,/在根本没有所谓天使的风中,/海,蓝给它自己看。"(《出发》·1959)何等冷凝的目光!在对物的还

---

① [法]瓦雷里:《波德莱尔的位置》,转引自《西方诗论精华》(沈奇编选),花城出版社1991年版,第448页。

原中,也便还原了本真的自我。在对虚妄的幻想与神话的诀别中,重新审视自身生命的孱弱,获得另一种意义上的达观。于是"他们是/如此恰切地承受了/这个悲剧。/这使我欢愉。我站在左舷,把领带交给风并且微笑"。

在随后的《如歌的行板》(1964)中,诗人以"广而告之"的形式和自我嘲讽的口吻,一鼓作气道出作为普泛生存状态下个体生命的18个"之必要",随之在结尾处顺势插入两个客观物象:"观音在远远的山上/罂粟在罂粟的田里",互补互映之下,生命的无奈状令人不寒而栗。

写于同期的《下午》更震慑人心:"这么着就下午了/辉煌不起来的我等笑着发愁/在电杆木下死着/昨天的一些/未完工的死"。在这种被放逐出家园、被抛弃于异乡的现实的死中,诗人戏剧性地插入那一句长长的、代表着故土死而未死的牵念,而又在现实的我等之回忆中扭曲了的"奴"的声音:"(在帘子的后面奴想你奴想你在青石铺路的城里)",从而使"我等"天天进行着的"未完工的死"显得格外惊心动魄。结尾处更来一句冷森森的发问:"——墓中的牙齿能回答这些吗/星期一、星期二、星期三,所有的日子"?

这质问是一声轻轻的冷寂,却让生命无法承受。得去问存在,而存在依然如故:"灯火总会被继承下去的——基督的马躺在地下室里/你是在你自己的城里/在好一阵咳嗽之后所谓的第二日来临"(《非策划性的夜曲》·1964)。

如此对生存的拷问到了《一般之歌》(1965)中几近绝望和寂灭:"死人们从不东张西望/而主要的是/那边露台上/一个男孩在吃着桃子/五月已至/不管永恒在谁家梁上做巢/安安静静接受这些不许吵闹"。

而这寂灭是生的开始。因为诗人在此之前，已经以他独特的感觉方式和代一个被放逐者族群"呕吐"的意志，将那个荒谬的历史创伤口撕裂为一个巨大的"深渊"，给岁月的颜面留下一个世纪的印记，给后来的生命之旅以恒久深沉的警示。

四、民族性与世界性

在以上对痖弦作品的评论中，笔者有意识地消隐去诗人当时的创作背景：诸如离开大陆、南渡台湾、文化隔绝、政治高压、意识形态暴力与商业文化困扰等。尽管这些无疑都是激活诗人诗思的基本因素，且在文本中也时隐时现地透露出对这些具体事件的指涉。而其实，这背景是一开始就被诗人超越了的。它体现了痖弦诗歌精神的民族性与世界性。

需要特别指出的是，这里的"民族性"是指"作为民族的"而非狭义之"为民族的"；这里的"世界性"也是"作为世界的"而非狭义之"为世界的"——一种观照而非目的。换句话说，在痖弦诗歌视觉的"聚焦"过程中，总是将所摄取的"对象"置于民族的、世界的坐标系中，从中透视出超现实、跨时空的本质意义。

这种"透视"在其文本中，具体可分解为以下三个主要视点。

（一）生存焦虑/生命委顿。

这是《痖弦诗集》中最为突出的一个视点聚焦。在卷二"战时"、卷三"无调之歌"、卷五"侧面"、卷六"徒然草"和卷七"从感觉出发"中均有较大分量的表现。

这其中，除"战时"诸作品是对在非常时期下生存险恶的揭示外，其余均着力于在普泛的、庸常的、表面凡近而内心失衡的生存状态下，生命（个体的和族类的）的个性委顿和意义消解。其中包括通过事件所构成的历史片段，通过行为所塑造的人物塑像，并且均经由本土空间和世界空间的交叉观照，使之交融为人类总体的心理危机。

这一危机，在《深渊》一诗中，推到极致——

> 去看，去假装发愁，去闻时间的腐味，
> 我们再也懒于知道，我们是谁。
> 工作，散步，向坏人致敬，微笑和不朽。
> 他们是握紧格言的人！
> 这是日子的颜面；所有的疮口呻吟，裙子下藏满病菌。
> 都会，天秤，纸的月亮，电杆木的言语，
> （今天的告示贴在昨天的告示上）
> 冷血的太阳不时发着颤，
> 在两个夜夹着的
> 苍白的深渊之间。

在如此这般"接吻挂在嘴上，宗教印在脸上"，"为生存而生存，为看云而看云，/厚着脸皮占地球的一部分……"的生存状态中，诗人特别将视点投射到性："一种桃色的肉之翻译"中；这一投射在许多诗中都有探照，而以《深渊》最为深切。在"我真发愁灵魂究竟交给谁才好"（《疯妇》·1959）的心理危机中，放纵肉体与官能遂成为主宰，成为以销魂来反抗蚀魂、以泄欲来消解迫抑、以死求生、以醉求醒的唯一通道，实则已将生命推向绝境。

（二）文化困境/文明危机。

这一视点集中于卷四"断柱集"。"断柱"之命名，便是一个凝重的喻象：古典的消亡、传统的失落和人类文明进入现代化后的坍塌与破碎——这是百年中国历史进程中最根本的危机，也是

世界性的隐忧——作为遭遇文化放逐的诗人群落,对此尤感深切。

在这一充分显示诗人天才的,可称为虚拟性文化巡礼中,痖弦的选点别有深意——

第一落点自是中国,已同西方现代工业文明相搅拌了的中国(当时的台湾/今日的大陆):"公用电话接不到女娲那里去/思想走着甲骨文的路",而"曲阜县的紫柏要作铁路枕木"(《在中国街上》·1958);

接着是诞生四大文明之一的巴比伦:"所有的哭泣要等明天再说"(《巴比伦》·1957);是诞生一千零一夜之传奇的阿拉伯:"或蔷薇花踩入陋巷的泥泞/或流矢们击灭神灯的小火焰"(《阿拉伯》·1957);

而,在宗教圣地耶路撒冷:"以撒骑驴到田间去/去哭泣一个星夜……","圣西门背着沉重的十字架/去洗那带钉痕的手……"(《耶路撒冷》·1957);

在希腊、在罗马,只是"断柱上多了一些青苔","而金铃子唱一面击裂的雕盾/不为什么的唱着/鼹鼠在嗅古代公主的趾香/不为什么的嗅着"(《罗马》·1957);

还有世界之都、性与现代艺术的天堂之巴黎,正进入"一个猥琐的属于床笫的年代……","在绝望与巴黎之间/唯铁塔支持天堂"(《巴黎》·1958);

还有资本帝国之象征的伦敦:"……再也抓不紧别的东西/除了你茶色的双乳",而"乞丐在廊下,星星在天外/菊在窗口,剑在古代"(《伦敦》·1958);

更有现代工业文明之标志的芝加哥:"……用按钮恋爱,乘机器鸟踏青/自广告牌上采雏菊,在铁路桥下/铺设凄凉的文化",而"……所有的美丽被电解"(《芝加哥》·1958);

以及为战争所累的那不勒斯，过着"钢骨水泥比晚祷词还重要的年代"（《那不勒斯》·1959），以及有过文艺复兴之辉煌的佛罗棱斯："在蓝缎子的风中/甚至悲哀也是借来的"（《佛罗棱斯》·1958），以及西班牙、以及印度……

以上种种，难免有诗人自己心象的投射与渲染，但作为基本的喻示，是确切而深远的。

（三）主体漂泊/家园幻灭。

这是20世纪人类一大文化遗产，现代哲学与文学艺术的一大主要命题。在台湾，常被一些诗人们演绎为狭义的"乡愁"，而如痖弦等一批优秀诗人们，则抵达了这一命题的底蕴——去家离国，孤悬海外，历史嬗变所造成的主体漂泊，使台湾诗人们整体跨前一步进入了一个失乡的时代，从而成为现、当代中国文化的一个巨大隐喻。

也许痖弦抵达得更深——诗人不仅以戏谑的口吻宣布了那些所谓远大的航行和目标的消解，不再相信那些历史性的伟大主题和英雄主角，且最终连那种一厢情愿式的"乡愁"也渐渐摒弃，认同一种文化流浪者的思维（前文已有提及）——当"家园"的内涵有待作新的界定，而失乡的时代无从结束（作为民族的和世界的）时，所谓"回归"常常只是一种倒退；流浪者四海为家而永远不在家，是以诗人将思与诗的视点聚焦于此在。

正是这种带有后现代因子的决绝态势，使痖弦彻底超越了他所写作的那个时代，使他的诗在抵达今天时代的人心时，仍震颤着鲜活的感应和现实的警策。由此我们理解到，何以在痖弦的大部分作品中，叙述主体总是以第三者的身份出现，以存在之见证人的形象和流浪者的口吻出现：水手、退伍上校、弃妇、"断柱"、"侧面"、"徒然草"、"无谱之歌"，这些典型形象和典型喻象，在痖弦的诗中均别有深意——

> 在那浩大的，终归沉没的泥土的船上
> 他们喧哗，用失去推理的眼睛的声音
> 他们握紧自己苎麻质的神经系统，而忘记了剪刀……
> ——《出发》（1959）

> 活着是一件事情真理是一件事情
> ——《所以一到了晚上》（1963）

> 没有什么现在正在死去
> 今天的云抄袭昨天的云
> ——《深渊》（1959）

> 想着，生活着，偶尔也微笑着
> 既不快活也不不快活
> 有一些什么在你头上飞翔
> 或许，从没有一些什么
> ——《给桥》（1963）

这便是《深渊》——一个东方式的"荒原"（艾略特）喻象。

"深渊"是一种时空裂隙（心理的与物质的时空），一种寂灭与萌生的零度场，一个不归路的时代之深陷的眸子。还有"盐"（痖弦曾以"盐"作为他另一选本的诗集名），与人类伴生的晶体，血与汗的元素，在西方，是真理的代码，在中国，与生命共存。"盐"的喻象是生存的喻象，一种本真生命的焦渴与言说，历史记忆之苦涩的结晶。

这便是痖弦——一位带有后现代主义基因的、彻底的现代主义诗人。

他在为揭示一个族群的文化放逐中，同时昭示了一个民族乃至整个人类的文化放逐；他在为一个个失乡的个体生命做精神塑像时，也同时塑造了一个失乡时代的影像；他在为昨天的历史定义时，也定义了今天的现实！

> 你是去年冬天
> 最后的异瑞
> 又是最初的异瑞
> 在今年春天
>
> ——《给超现实主义者》（1958）

1994 年 6 月

细切而精致的"盐"
——痖弦诗歌语言艺术散论

诗人的精神向度和语言向度,有如一枚银币的两面,应该是和谐共生的。诗的言说如果同存在相背离,诗人的体验则将被扭曲而失真。为此,一切真正有大作为的诗人,无不以建构与天赋才情和生命体验相契合的话语方式为己任。

在这个一切都走向"不归路的时代"(海德格尔语),语言上升为中心问题:于现代哲学如此,于现代诗学亦然。现代汉诗的危机来自现代汉语的危机;以信息传递为主要功能的现代汉语,在本质上形成对诗之思的一种考验。由此,如何在新的语言困境中确立新的语言立场,遂成为一种挑战。

台湾诗人痖弦,便是一位从一开始就确立了自己的语言立场,且落于具体创作十分到位的经典诗人:"对于建立中国现代诗的语言新传统,笔者一直相信准确和简洁是创造语言的不二法门。"①

这里的"准确",我理解为:其一,要与诗人的语感天性相契合;每位诗人的气质、修养、心性等精神内存,都先天性地决定着诗人对语言的潜意识选择和取向,亦即诗人照他的本性说话;其二,要与诗人对存在的感觉方式相契合,使之处于一种直接而适切的关系中,可诉诸此时此地的语境,自然而有所控制。

例如:"战争和它的和平",很平常的一句话,一加"它的",再置于诗中特定的语境,顿时妙趣横生。但非生造,乃性情所致,以痖弦之心性方有此语感生成。

再如:"他们呼吸着/你剩下的良夜/灯火/以及告别",几无一字生涩,无一处斧痕,随口迸出而掷地有声——于大家熟悉的词语中敲打出鲜活、陌生的意象,在普普通通的话语里爆裂沉甸甸的生命体味。

"简洁"一说,在现代汉诗诗学语境中,或可理解为反过度修辞,拨繁去冗而至中肯练达,且内涵不减。在台湾现代诗运中,痖弦算是较早作此探求而至化境的诗人,并由此产生很大的影响。

随便举一例:"春天走过树枝成为/另一种样子"——怎样的简约、明快而又沉着、深切!不加修饰的短短一句,胜过无数对春的描绘和抒情。

像《忧郁》(1957)一诗的开头一节:"蔷薇生在修道院里/像修女们一样,在春天/好像没有什么忧郁/其实,也有";中间小节:"四瓣接吻的唇/夹着忧郁/像花朵/夹着/整个春天",以至整首诗中,全是由明净而平实的叙述性语言构成,但那份痖弦式的忧郁,已远远比用各种要命的修辞所渲染过了的忧郁更忧郁,更

---

① 痖弦:《现代诗的省思》,痖弦诗论集《中国新诗研究》,台湾洪范书店1987年版,第16页。

深入读者的内心。

"精确"和"简洁",是痖弦对现代诗之语言取向一个富有创造性的追求,而且达到了一个独自深入的绝佳境地——在他那个时代,能把现代汉诗语言"玩"到如此层次和境界的,大概不多。必须承认,仅就语言素质来说,他真是个天生写诗的人——实际上,作为读者也作为论者,痖弦诗歌首先深深触动我的,正是他对现代诗的语言之独到的创化和质的飞跃。

现在要深入研究的是,诗人是如何进入并且那样轻松自由地"登堂入室"于这"不二法门"的。

一、对口语的运用与对叙述性语言的再造

在痖弦的诗歌语言中,口语的成分占了相当比例,这是一个明智的选择。

语言的问题首先在于语言传统的问题,亦即由语言的给定性所带来的语言的遮蔽性问题。面对语言,我们无不为前人影响的焦虑而犯窘。即或是新诗话语,历经几十年之打磨充填,也多生积弊。诗人要创造他自己的语言,必须先行经由对语言承传的去蔽,尤其要消解前人在语言中填充的各种"硬物",诸如各种理念、概念、观念、约定俗成之念等,所固化的"语言结石",以及各种定义、定形、定式等所固化的"范式""编程",而后去探寻新的语感和拓殖新的语境。

当然,每一位优秀诗人对语言的创造都有他自己的切入口,但大体而言,有三点是基本趋近的:其一、其二即上文所说的,要与个人的诗歌语感向度和诗歌精神向度相契合,其三则是要寻找语言遮蔽性较小的部分予以探求和创新,同时注意吸纳新生的话语元素。

仅就现代汉语诗歌来讲，显然，口语和叙述性话语正属于这样的部分。口语粗糙，但鲜活、灵动、变化大、能动性强，且直接来自生活。比起书面语言（古典的和现代的），它较少前人影响和理性所指，可称之为"活话语"。而叙述性话语则属于"结构性话语"，本身没有明确属性，易于解构、去蔽而后重构。由此我们方理解到T. S. 艾略特的那些论断："诗界的每一场革命都趋向于回到——有时是它自己宣称——普遍语言上去"；"不论诗在音乐上雕琢到什么程度，我们必须相信，有一天它会被唤回到口语上来"。①

对此，痖弦有明确的理论认知："至于语言的锻炼，首重活用传统的语言。我们听乡村的地方戏、老祖母的谈话、戏剧的对白，那种语言的形象，丰富而跳脱，真是足资采风。因此我们不但要复活传统文学的语言（当然是选择性的），也要活用民众的语言；从口语的基调上，把粗糙的日常口语提炼为具有表现力的文学语言，这比从文学出发要更鲜活。目前我们语言的欧化和语言的创新是自然的演变，只要不脱离自己语言的根，应该大量吸收外国的语言、乡土的语言，来丰富生动文学的语言。"②

当然，这认知是诗人在结束其创作后，回过头来所得出的理论总结，实际的创造则是在诗人写作的展开中自然生成的。在痖弦的诗中，对口语以及歌谣等民间语汇的巧妙运用，对叙述性话语之诗性资源的发掘与重铸，达到了得心应手的地步。

如在《乞丐》（1957）一诗中，诗人将叙述者（诗人）的语感

---

① [英] T. S. 艾略特：《诗的音乐性》，《艾略特诗学文集》（王恩衷译），北京国际文化出版公司1989年版，第180页、187页。
② 痖弦：《现代诗的省思》，痖弦诗论集《中国新诗研究》，台湾洪范书店1987年版，第16页。

（文学性的、画面感的）和被叙述者（乞丐）的语气（口语的、歌谣体的）杂糅通和为一体，产生了若仅仅是客观陈述抑或仅仅主观抒怀都无法达到的艺术感染和生命观照。细读这样的诗句：

依旧是关帝庙
依旧是洗了的袜子晒在偃月刀上
依旧是小调儿那个唱，莲花儿那个落
酸枣树，酸枣树
大家的太阳照着，照着
酸枣那个树

而主要的是
一个子儿也没有
与乎死虱般破碎的回忆
与乎被大街磨穿了的芒鞋
与乎藏在牙齿的城堞中的那些
那些杀戮的欲望

  文白互参，主客互动，极尽凄凉、无奈中，又残留那一分乐天知命式的调侃，反让人不敢往深处着想了。

  像这样的诗句："到六月他的白色硬领仍将继续支撑他的古典"（《C教授》·1960）；"到晚上他把他想心事的头/垂在甲板上有月光的地方"（《水夫》·1960），纯属叙述性语言，但因了痖弦式的变构——注意实词的运用（转换名词、动词作形容词用等），在日常话语中敲打出生疏的力量，以及对叙述对象之物理、事理、心理（纹理、肌理之理而非道理）的细微把握与准确刻画（应该说"命名"）——常使这种看似平实无奇的叙述语言反生异彩、出人意料，而且显得更硬朗、更直接、更具有经久不忘的诗性。

这里必须指出，痖弦对口语只是运用于该用、想用之处，而非口语化，包括在叙述性话语中，也"保守"一定的空间留给意象"出镜"，同时主要服从于他"使用一些戏剧的观点和短篇小说的技巧"于现代诗的艺术追求。① 显然，这是一种有保留的运用和再造。彻底的口语诗的实验和对叙述性话语的更深创新，要到80年代中期，在大陆第三代代表诗人的写作中才得以全面实现（在反修辞之后继而反意象、拒绝隐喻等等）。二者之间，谁更有益于现代汉诗语言的创新和发展，尚是个有待深入研究的课题。

而痖弦对意象的创造，则是最富特色、最能代表他艺术风格的。

二、浓缩意象与重构非意象成分

台湾诗学，向有唯意象是问之风，由此促进了台湾诗人对现代汉诗之意象空间的拓展，同时也形成了一定的遮蔽。近年略有改变，但未从根本上有大的转换，与大陆先锋诗歌在此方面的理论认知和创作实践均有质的差异。

仅就个人审美趣味来讲，我对那些过于密集意象的诗歌写法，向来不愿恭维。我承认，我是个简单的人、平实的人，即使深刻也是那种平实的深刻，一块石头沉入水底的那种深刻。因而一旦面对密集的、流变的、不断跳闪和断续无定的意象群，常常感到"受不了"。由此，在台湾成名诗人中，痖弦对意象的把握，方令我由衷地倾心和叹服——

---

① 刘登翰：《痖弦论》，原载《创世纪》诗杂志1991年10月号总85、86期合刊，第82页。

痖弦的诗歌意象，是一棵白杨树孤独在大平原的意象；是一株巨槐苍茫在老村口的意象；是一串红玉米闪亮在北方屋檐下的意象；

痖弦的诗歌意象，是孤峰之上一块飞来石的意象；是小鼠眼睛一闪间的意象；

痖弦的诗歌意象，是"秋天的金币自她的乳头滑落"的意象；是"霓虹灯咳嗽得很厉害"的意象；是"每扇窗反刍它们嵌过的面貌/而一枚鞋钉又不知被谁踩进我脑中"的意象；是"在晚报的那条河中/以眼睛/把死者捞起"的意象；

痖弦的诗歌意象，是"我的眉为古代而皱着/正经地皱着"而"你们再笑我便把大街举起来"的意象；是"要是碰巧你能在错误的夜间/发现真理在/伤口的那一边"的意象；是"那杏仁色的双臂应由宦官来守卫/小小的髻儿啊清朝人为他心碎"的意象；是"中国海穿着光的袍子/在鞋的右边等我"的意象；是"乞丐在廊下，星星在天外/菊在窗口，剑在古代"的意象；

痖弦的诗歌意象，也有"栈道因进香者的驴蹄而低吟"、"钢琴哀丽地旋出一把黑伞"的意象，更是"落下柿子自那柿子树/落下苹果自那苹果树"的意象——对了，这正是痖弦营造意象的原则：自生命体验之树上自然地"落下"，不虚不飘，实实在在，没有一个是飞起来没有着落的——如成熟的果实，浑圆而凝重，且水泠泠、脆生生、鲜活生动；又如温玉，冷凝中带有生命的体温，在血里浸过，从心头滚过；更是盐，生命的盐、劳作的盐、情感和智慧的结晶，生存体验的自然分泌物。

这就对了，是晶体式意象——它提示我由对痖弦意象的印象式分析回到理论认知。

晶体意象的命名，依据这样一些基本性质：其一，意象是自我满足、自我澄明的；其二，张力直接产生于意象内在品质的放射中，不依赖于类似拼积木式的结构而衍生；其三，这种张力还会有机分延于诗句中非意象成分而使之诗性化；其四，这种意象在一首诗（比如"红玉米"之与《红玉米》）或一段诗中是起激活作用或统摄作用的。

对痖弦而言，所谓浓缩意象有两个目的。

一是"浓"，即加大意象的质素和自足性，使之饱满如实，圆润如珠，可谓大质量的、富有强度的浓缩性意象，以有别于泛滥于普泛诗人那里的，单薄、贫弱、缺乏独立内含的"絮凝性"（借用物理学的一个概念）意象；

二是"缩"，即简约诗中的意象成分，使之不至于过于密集而致"气氛浓烈，令人窒息"（痖弦语）。痖弦对此有至深的体味："意象要有约制，不能挥霍，要精简、精审地处理……用最少字数表现最大的内涵；以有限表无限。"①

痖弦的努力还不止于此。在上述浓缩意象并于核心意象的内涵负载上下工夫的同时，他还特别关注到，作为一首诗中主要元件的意象语与作为附件的自然语、条件语之间的有机构成，着力于加大非意象成分的诗性化。为此，痖弦别具慧眼地引进了戏剧性效应（包括小说技巧），且取得了超凡的建树。

三、卓然独步的戏剧性效果与张力效应

所谓戏剧性，在痖弦的诗歌语言艺术中，体现为两个方面。

其一，是指诗人的诗之思在向存在开放的过程中，有意识地发掘和提炼那些本身就饱含戏剧性张力的生存情节与生命细节，

---

① 《痖弦谈诗》，《文艺天地任遨游》（郑明娳、丘秀芷主编），台湾光复书局1988年版。

以诗的语言予以客观陈述。

如在一场荞麦田里遇见的最大的会战中，上校的"一条腿诀别于一九四三年"，而这种诀别以一种"自火焰中诞生"的"玫瑰"留在了退伍苟活的上校的记忆中（《上校》·1960）；水夫的"妹子从烟花院里老远捎信给他/而他把她的小名连同一朵雏菊刺在臂上/当微雨中风在摇灯塔后面的白杨树/街坊上有支歌是关于他的"（《水夫》·1960）。再如《深渊》一诗中："你以夜色洗脸，你同影子决斗/你吃遗产、吃妆奁、吃死者们小小的呐喊/你从屋子里走出来，又走进去，搓着手……/你不是什么"——生存的危机通过生存的细枝末节处渗漏出来，如渗漏的瓦斯，一点就爆，潜在的紧张感咄咄逼人，充满戏剧性效果。

实则我一直认为，这也属于一种意象：客观的、还原的、事态性的意象，或可称之为"潜意象"。

意象派大师庞德对此有过一段论述：意象可以有两种。意象可以在大脑中升起，那么意象就是"主观的"。或许外界的因素影响大脑；如果如此，它们被吸收进大脑溶化了、转化了，又以它们不同的一个意象出现。其次，意象可以是"客观的"。攫住某些外部场景或行为的情感，事实上把意象带进了头脑；而那个漩涡（中心）又去掉枝叶，只剩下那些本质的、或主要的、或戏剧性的特色，于是意象仿佛像那外部的原物似地出现了。①

以此去看，痖弦诗中的非意象成分，实则大都仍是含有意象效应的，只不过是以另一种形态出现在诗中而已。

其二，是指诗人将诗中的各个语言成分视为戏剧性因素，在诸如矛盾、对抗、回旋、反切、插入、错位等戏剧性调度中，重

---

① 庞德：《关于意象主义》，转引自《西方诗论精华》（沈奇编选），花城出版社1991年版，第425页。

构叙述语言，使之在新的编码中生疏化和奇异化，充满张力效应。说什么是重要的，怎样说是更重要的。在简约意象密度的同时，又能使非意象成分的语言也能抓住阅读者，且又完全不同于戏剧与小说语言，这是痖弦独具的语言魅力。

关于现代诗中的语言张力问题，诗论家李英豪在《论现代诗之张力》一文中作了这样的归纳："张力也常可存在于：特殊反语之间；矛盾语法（oxymoron）之间；既谬且真的情境（paradox）之间；复沓与句式的变奏之间；一个浓缩的意象与诗的其他意象之间；一个语字的歧义与假借之间；无数布列的主体和整首诗之间；示现（animation）与显现（epiphany）之间；诗中事件的连锁与省略之间；完美的形式与内容组合之间；内心联想与流动之间……"。①

参照李英豪之论，细读痖弦这样的一些诗句："我和雨伞/和心脏病/和秋天/和没有什么歌子可唱"；"苍白的肉被逼作最初的顺从"；"任市声把我赤裸的双乳磨圆"；"你诠释脱下的女衫的芬芳的静寂/你诠释乳房内之黑暗"；"目光老去而市场沉睡/房屋的心自有其作为房屋的悲苦/很多等候在等候"等等。这样的一种叙述语言，既不同于小说或其他什么语言，又有别于传统意义的意象语，却在不动声色之中充满了李英豪所说的那些张力。

在对戏剧性的追求中，痖弦还特别注意利用时空错位的效果，包括事件时空和心理时空。或将异质的意象和感觉强行镶嵌在一起，突兀而奇崛；或将完全不同时空下的事件与情节同构于一个特定语境之中，在荒诞中求深切。如此做法，常生奇效，成为痖弦语言艺术的又一绝招。

---

① 李英豪：《论现代诗之张力》，转引自杨匡汉、刘福春编《中国现代诗论》（下编），花城出版社1986年版，第182页。

例如在那首著名的《盐》（1958）中："盐务大臣的骆队在七百里以外的海湄走着。/二嬷嬷的盲瞳里一束藻草也没有过，/她只叫着一句话：盐呀，盐呀，给我一把盐呀！/天使们嬉笑着把雪摇给她"。——高度浓缩的历史情节，超现实的视觉构成，于生存的现实性中展示其巨大的荒谬性。诗中还以"二嬷嬷压根儿也没见过退斯妥也夫斯基"和"退斯妥也夫斯基压根儿也没见过二嬷嬷"作为开头句和结尾句，二者何干？却生拉硬拽了过来，形成别有深意的反讽意味，且将一个中国式的悲剧扩展为一个世界性的悲剧。

这种"东（方）拉西（方）扯"和"前（时空）拉后（时空）扯"的手法，在痖弦诗中每每出现。对于大陆读者和研究者，若不细切体会与深究，会以为是作者为躲避现实中的地区政治检审而耍的什么"招数"，深入研究后则会发现，其实是诗人诗歌精神和诗歌语言之世界性的具体表现，和作为戏剧性效果的一种艺术处理。

又如在《下午》（1964）一诗中："这么着就下午了/说得定什么也没有发生/每颗头颅分别忘记着一些事情/（轻轻思量，美丽的咸阳）"——括号中的两句诗，仅仅八个字的突如其来的回忆，一下子将此在之生存置于一个久远而凄美的历史大背景中，现实的描写与超现实的因素相辅相成——是谓痖弦之"制约的超现实"，由此异质情节和异在时空"摩擦"而生的，那种自生存死灰中迸溅出的记忆之火星，足以烫伤一切真诚的灵魂！

在步入非主观抒情的现代诗之新疆域后，痖弦卓然独步，一方面借用戏剧性避免直截了当的正面陈述，一方面重构非意象成分使之成为诗性叙述，从而使现代诗的语言探索在痖弦的时代里，得到了有效的深入和卓越的建树。

四、趋近完美的形式感

越是深入研究痖弦的作品，越会发现，这是一位对现代诗艺术修养甚高且又颇为讲究的诗人。除上述三个方面的艺术追求外，诗人对构成诗歌的每一种要素都有自己的实践要求。由此形成痖弦诗歌艺术的又一特点，即强烈的、趋近完美的形式感。

而这，又是现代诗学中一个颇为敏感和富有争议的问题。

痖弦对此的看法是："……一开始，新诗便扬弃了旧诗的严整格律，在新秩序尚未建立之前，这点相当危险，直到今天，'形式'仍然是现代诗中最被忽视的一环。最理想的方式是具备一种形式感——形式的约束感。"① 这种"形式的约束感"之于痖弦，则完全是顺乎语感、发乎情势（内容）的，绝无刻意营构造作之嫌，真正是"感"而非"见"。说其"强烈"，是说诗人对现代诗的形式危机一直持有一份明确的认知和强烈的实验态势。说其"完美"，则是就作品而言，浑然天成，不着斧痕，几近"自由游戏"的状态。

比如意象，痖弦向持简约而求练达，但到了《深渊》一诗中，则应内容的需求增加了一定的密度，由丰繁而至深广。再如歌谣体的《斑鸠》、散文化的《盐》、"断柱"集的瑰丽明畅、"侧面"集的冷凝幽微，以及《如歌的行板》之中，那一口气 18 个"之必要"的复调句式等，其形式无一不与其内容适切融洽。

诗人还特别看重对节奏的把握，和声、对位、复调以及其他，诗中有很强的乐感，语言的节奏总是与感觉的节奏达到一种高度的和谐。

诗人更注意一首诗各个部分的协调性，开启、递进、辐射、

---

① 痖弦：《现代诗的省思》，痖弦诗论集《中国新诗研究》，台湾洪范书店 1987 年版，第 12 页。

分延、插入、回应等，使其作品总是如同一件完整而柔韧的织物，其中的经纬组织，无不与诗人投入其中的感觉方式丝丝入扣。

这样的一种形式感，在痖弦的创作中是贯穿始终的，甚至无从去找寻什么发展脉络。一些基本的风格，是一开始就确定了的。写于1958年的《红玉米》，便已至炉火纯青之境：

> 宣统那年的风吹着
> 吹着那串红玉米
> 它就在屋檐下
> 挂着
> 好像整个北方
> 整个北方的忧郁
> 都挂在那儿
>
> 你们永不懂得
> 那样的红玉米
> 它挂在那儿的姿态
> 和它的颜色
> 我的南方出生的女儿也不懂得
> 凡尔哈伦也不懂得
>
> 犹似现在
> 我已老迈
> 在记忆的屋檐下
> 红玉米挂着
> 一九五八年的风吹着

红玉米挂着

怎样纯正清澈的一种声音，音乐家据此可以顺畅地写出一部"北方交响曲"；怎样鲜活明快的一些意象，艺术家们据此该生发多少创作灵感？

——被放逐后的记忆，记忆中的人生、家园、故土以及历史与文化情结，全被那串火焰般燃烧在记忆之屋檐下的"红玉米"点亮了，如暗夜中的烛光，如漂泊途中的篝火，一点慰藉，一种依托……而陌生的南方的土地不懂，在这块土地出生的女儿不懂，犹如异质文化下的凡尔哈伦不懂一样。家园的失落、传统的隔断、文化乡愁的郁结等等，尽在这流失的存在之中，在那串对北方的红玉米的记忆之中了。

读这样的现代诗作品，常使我想到一个问题：对于痖弦这样的诗人来讲，"形式"究竟意味着什么呢？

——是自然，是"水到渠成"，是风的律动、树的呼吸、潮水的起伏，是那串"红玉米"就那么平平实实顺顺溜溜鲜鲜亮亮地挂在"记忆的屋檐下"，倾听"宣统那年的风吹着"……

由此可知：在真正成熟和优秀的诗人那里，对经验的整理和对语感以及结构与形式的呼求是同步完成的，是一种自如地呼吸与自然地生成过程，而非什么操作。

这一点，在痖弦身上表现得特别突出。在他几乎所有的作品背后，都有一种声音的存在，一种沉凝、超然、明澈的声音背景的存在，其他所有的形式要素，似乎都是由这声音导引而出的。比如，即或是处理如《深渊》这样沉重的题材，那声音也一如既往地存在着，让人着迷："哈里路亚！我仍活着。双肩抬着头，/抬着存在与不存在，/抬着一副穿裤子的脸"。

由此想到尼尔·霍夫曼在《诗歌：现代主义之后》中的那句话："在这里，我们得到的是赤裸裸的经验事实，而不是'高等文化'的提货单；如此敏锐的目光所选定的简单事实，旨在从这平淡的描述而展开一种联想形式的内在的折反意义——在这种即兴结构里，经验和形式是不可分的，结构寓于经验本身——或说寓于经验的表现，诗行不再有什么规则的或可预见的节奏，而是在其自身措辞中找到这种分离的强度。"①

这便是痖弦——他的声音，他的灵魂，他对存在的独自深入和对语言的独特感受。在他那个时代里，他处于最佳状态，很快就成熟了，就彻底深入了，就预先领略、预先品尝、预先经受了，就纪念碑一般坚实地矗立在那儿了。

——"这是一个浓缩的、自发的灵魂的完美表达"（劳伦斯语），一下子就成了"盐"，一直"咸"在今天的口味中；一下子就成了"深渊"，使后来者久久凝目入神！

对痖弦诗歌艺术的研究，是历史的，也是现实的。

说其深入，是说在痖弦时代的深入；说其完美，是说在痖弦时代的完美。然而我们必须看到，痖弦诗歌艺术中的许多特质，于今天的现代汉诗之实践，仍是有所裨益和启悟的——他对存在的质疑，对生命的悲悯，对生存危机的叩问；他叩问中特殊的方式，质疑中独到的视点，悲悯中本真的情怀和他那种独在的声音；以及在对叙述性语言的再造中仍保留意象的和谐共生等等，在今天新的出发中，仍然具有无可替代的开启与鉴照意义。

故而，即或是痖弦后来"金盆洗手"式的终止创作的举动，

---

① [美] 丹尼尔·霍夫曼：《诗歌：现代主义之后》，转引自《西方诗论精华》（沈奇编选），花城出版社1991年版，第447页。

今天回头来看，也是别有意味所在。正如尼采所言："不间断的创作愿望是平庸的，显示了虚荣、嫉妒、功名欲。倘若一个人是什么，他就根本不必去做什么——而仍然大有作为。在'制作的'人之上，还有一个更高的种族。"[①]

而生命的"盐"依然缺少，而存在的"深渊"依然存在，而那串"红玉米"，依然悬挂于我们记忆（文化的、历史的、诗的）之屋檐下——

北方的雪很厚，南方的雨很多，而水晶依然稀有。

1994年6月

---

① ［德］尼采：《出自艺术家和作家的灵魂》，转引自《西方诗论精华》（沈奇编选），花城出版社1991年版，第48页。

重读洛夫
——《洛夫·世纪诗选》^① 序

一

阅读洛夫，既是在阅读一部现代诗人的精神史，同时也是在阅读一部现代诗的美学史。

回首 20 世纪中国新诗，山回路转，潮起潮落，近百年中加入这创世般的滚滚诗潮中者，有如过江之鲫，不可胜数。而尘埃落定，我们自会发现，太多的仿写与复制，以及工具化、庸俗化、娱乐化等等，使新诗作为一门语言艺术的发展，始终难以自律与自足，难得有美学层面的高度成熟。

同样，我们有太多或浅尝辄止、或执迷不悟的写诗的人，缺少艺术与精神并重的诗人艺术家。诚然，一部诗的历史，是由大

---

① 《洛夫·世纪诗选》，台湾尔雅出版社 2000 年版。本序文依据洛夫先生提供的结集诗稿撰写，原题为《现代诗的美学史——重读洛夫》，后在大陆发表时更名为《重读洛夫》。

诗人和小诗人以及无数诗爱者共同造就的，但真正奠定这历史的基础并改变其发展样态的，是那些经由富于原创性的开启与拓殖，既拓展了精神空间又拓展了审美空间的杰出诗人——因了他们的存在，历史方有了稳得住的重心，而新的步程方有了可资参照的坐标与方向。

新千年伊始，重读洛夫，重读洛夫于20世纪中国新诗的历史长河，朗然于心的，正是这一种遗憾中的欣慰。

较之台湾其他几位杰出诗人，历史对洛夫的误读，可谓最多。一词"诗魔"的命名，一词"蜕变"的指认，以及所谓"超现实主义之怪胎"的谬责，"回归传统之浪子"的误赞，历史解读中的洛夫，似乎成了移步换形、重心不稳、风格不统一的"多面人"。——其实真正的洛夫只有一个：起步于"禅"（早期的《窗下》《烟之外》等诗），落步于"禅"（晚近的《雪落无声》一集），中间是"禅"与"魔"的交错印证。

"魔"之于形，源于洛夫的艺术"野心"，旨在经由多向度的美学追索中，得西方诗质之神而扩展东方诗美之气宇，取古典诗质之魂而丰润现代诗美之风韵，以求为新诗的"艺术探险"和诗学建设，带来更多有益于属于诗这种文体的因素和特质；"禅"之于心，源自洛夫的本然心性，旨在引古典情怀于现代意识之中，用"东方智慧，人文精神，高深的境界，以及中华民族特有的情趣"，[①] 更深刻地印证现代人，尤其是经受精神和肉体双重放逐的台湾前行代诗人族群的历史之思、时间之伤与文化之乡愁，以加深现代诗的精神内涵。

如此两面一体，那个视诗为"全生命的激荡，全人生的观照，

---

① 洛夫：《诗的传承与创新》，《洛夫精品》，人民文学出版社1999年版，序文第6页。

知性与感性的统摄"① 的洛夫何曾多变？而今日再读其《石室之死亡》，所谓"西化"、"晦涩"的指斥，又有几处站得住脚？

"我作品的血纯然是中国的"，虽追慕"诗人是语言的魔术师"之审美风范，但"血的方程式"从来"未变"（洛夫语）；"持螯而唉的我/未必就是爱秋成癖的我"，而"爱秋成癖的我"，也未必就不是那个"持螯而唉的我"（《吃蟹》）；"上帝用泥土捏成一个我，/我却想以自己作模型塑造一个上帝"，且"暗自/在胸中煮一锅很前卫的庄子"（《归属》）。

这样的洛夫——"独与天地精神往来"而"禅""魔"互证的洛夫，其实是始终如一的，并在持久而不断超越的美学追求与精神开掘中，锤打出自己的道路，影响了整个20世纪下半叶的中国现代诗的历史。

二

人类的精神是由情感的争战和对意义的冥思所构成的。表现在洛夫的诗歌世界中，这种构成则由"雪白"与"血红"两个核心意象，亦即"白"与"红"两种色调的对立、摆荡与统一所体现。——"白"（雪、烟、雨、月、雾、风、灰烬、泡沫、蝉蜕等）代表着出世之伤、时间之伤；"红"（血、火、灯、酒、虹、太阳、石榴、罂粟等）代表着入世之痛、生命之痛；"白"即"禅"即"对意义的冥思"；"红"即"魔"即"情感的争战"——这是洛夫诗歌的两个母题，也是解读洛夫诗歌精神的两把钥匙。

大陆诗人、诗学家任洪渊在他题为《洛夫的诗与现代创世纪的悲剧》一文中，曾将洛夫的创作分为三个时期：《石室之死亡》

---

① 洛夫：《现代诗人的自觉》，洛夫诗论集《诗的探险》，台湾黎明文化事业公司1979年版，第110页。

（台湾创世纪诗社 1965 年 1 月版）的"黑色时期","原始混沌"时期；《魔歌》（台湾中外文学 1974 年 11 月版）的"红色时期","有色、有形、有我、有物的'血色'的生命"时期；《时间之伤》（台湾时报出版公司 1981 年 6 月版）开始的"白色时期","无色、无形、无我、无物的终极的空无"时期。①

这种分期，其实已包含了"红"与"白"两个系列母题，只是单独将《石室之死亡》看作另一系列。实则"黑"仍是"红"的变奏，或叫做"红"的极致——死去的"红"就是"黑"，而且现在看来，这段特殊的"黑"，也并不"混沌"。

《石室之死亡》是洛夫"红色系列"母题的一次有意味的分延，且带有明确的精神指向与美学目的。

此前的洛夫，其实已写了不少近庄近禅的"白色诗作"，如《窗下》《烟之外》等，与晚年的《雪落无声》（台湾尔雅出版社 1999 年 6 月版）形成回应。然而身处《石室之死亡》时代的诗人，一方面因生存的危机感（冷战的低气压、与家园永绝的痛失感等等）所生成的"勃郁之气"，已无法再作"白色"的消解："天啦！我还以为我的灵魂是一只小小水柜／里面却躺着一把渴死的勺子"（《石室之死亡》之五十九）；一方面，视"写诗即是对付这残酷的命运的一种报复手段"（《石室之死亡·序》）的诗人，也正欲以一次具有穿透力的"艺术探险"，来做一次火山爆发式的生命与生存"突围"——这是一场"遭遇战"，在"横的移植"之狂飙突进的时代语境中，与西方"超现实主义"的迎面相撞，只是不期而遇的耦合，且绝非摹写，而是具有"原质根性"（叶维廉语）的对接："宛如树根之不依靠谁的旨意／而奋力托起满山的深沉"（《石

---

① 全文见《诗魔的蜕变——洛夫诗作评论集》（萧萧主编），台湾诗之华出版社 1991 年版。

室之死亡》之三),而"由某些欠缺构成/我不再是最初,而是碎裂的海"(《石室之死亡》之一十六)。

这真是一次山呼海啸般的"报复"与"突围",是20世纪中国诗歌中,对"放逐"与"死亡"主题最为壮观和经典的诗性诠释:化"禅"为"魔"的诗人之思,以"目光扫过那座石壁/上面即凿成两道血槽"的穿透力,狠狠地进入精神实体最昏暗的深处,最敏感的浑浊带,在上意识与下意识的诗性交锋中,突破语言的理障,超越语言的逻辑局限,以密集而慑人的意象,绘制出那个具有象征意味的特殊时代之紊乱的"心电图",像地狱一样深刻,又处处渗透着一种救赎的情怀。

在洛夫入世之痛/生命之痛的"红色"精神向度中,《石室之死亡》可谓是"在最红的时刻"的一次"炸裂"与"洒落"(《死亡的修辞学》),一次将历史的巨大伤口猛力撕开,暴露其全部残酷与迷惘以求浴火再生的史诗性呐喊与命名,虽杂乱而不失丰富,虽生涩而不失深刻。若无这一部颇多争议的杰作,洛夫的"红色系列"较之其"白色系列",恐怕就要逊色许多。

而,"只要周身感到痛/就足以证明我们已在时间里成熟/根须把泥土睡暖了/风吹过/豆荚开始一一爆裂"(《时间之伤·之五》)。说到底,"那个汉子是属于雪的",浴火再生后的那份澡雪精神,已是"如此明净"(《石室之死亡》之六十三)。

时代在生命之痛的呐喊声中"炸裂",更在时间之伤的叹息声中寂然。比起死亡,那"简单地活着/被设计地活着"(《猪年二、三事》)且"浮亦无奈/沉更无奈"(《雨中过辛亥隧道》)的放逐人生,才是现代人最常态也最本质的"痛"。"迷失在文化的碎片间,和在肢解的过去和疑惑不定的将来之间彷徨。"① "一仰成秋/再仰冬已深了"(《独饮十五行》),冷("灰烬"之"冷")而且白("蝉蜕"之"白"),尽管"在体内藏有一座熔铁炉"(《无题四行·之九》),但寻寻觅觅地攀登到历史的"绝顶",找到的终还是"一枚灰白的/蝉蜕"(《寻》)。

秋意本天成,雪魂自来生,在诗人洛夫,爱秋之淡美,爱雪之纯白,一直是他精神世界的底色。——从湖南故乡"冷白如雪的童年",到北美他乡,"大冰河"的"苍冥中,擦出一身火花"(《大冰河》),那双"雪的眸子"总是及时闪亮在"风过/霜过/伤过/痛过"(《湖南大雪——赠长沙李元洛》)之后的生命间歇,点燃禅悟的灯,在《月光房子》里,将血色的我,"还原为一张空白的纸",然后《走向王维》,《解构》《猪年二、三事》,在《时间之伤》意义之冥思中,"看到自己瘦成了一株青竹"(《走向王维》)。

进入洛夫出世之伤/时间之伤的"白色"精神向度中,我们看到,落视于日常、亲近于自然的诗人之心之笔,越发显得自信与老到,可谓德全神盈,游刃有余。其间一系列精品佳作,可说人皆称许,少有异议。

问题是,洛夫的这种庄禅之"白",是否就是所谓"回归传统"的"幡然悔悟"?

其实不然。有品位的读者自会发现,这种"白",既是洛夫古典情怀的本色,只需回到,无须"蜕变",同时也是洛夫现代意识的升华,是"血的再版",而非美丽的遁逸。

在现代性的苦闷和危机中,亲近自然,是为了"重建人与自然的和谐关系","在自然亲和力感染下,发现自我的存在","心

---

① 叶维廉:《洛夫论》,《诗魔的蜕变——洛夫诗作评论集》(萧萧主编),台湾诗之华出版社1991年版,第8—9页。

灵便有了皈依，生命便有了安顿，进而对人生也有了深刻的反思和感悟，因而得以化解生之悲苦"。①而落视于日常，是为了审度那发自时代和生命更深处的声音，于寻常生活、日常世界中寻找生命的支点、生存的真义，并在审美愉悦中，滋养我们的心灵，驱除我们的精神荒寒。

在这寂寞而澄明的"白"中，在这被寂寞和澄明洗亮了的视阈中，我们咀嚼到的，是诗人一以贯之的孤绝与超脱，并同诗人一样，"把自身化为一切存在的我。于是，由于我们对这个世界完全开放，我们也就完全不受这个世界的限制"。②

总之，设若将洛夫诗歌精神世界的"红色向度"，看作是为清洗历史/生命的伤口而展开的话，其"白色向度"，则是为守护现代人心灵的质量而展开——神韵飘逸的禅意美感下，不是生命意识的寂灭，而是生命意识的深化，是雪中红梅、石中电火——有如诗人老来的风姿：一头雪峰般的白发下，是石榴般红亮的童颜！

同时尤其需要指出的是，无论是"魔"、是"禅"、是"入世"、是"出世"、是"超现实主义"、是"新古典"，在洛夫，都不是为了添几件唬人的行头用以蒙世，而是化入人格、融于生命，成为独立、个在、自足和超迈的诗性言说——这是大诗人、杰出诗人与仿写性、复制性的普泛诗人本质性的区别，也是洛夫诗歌世界精神容量大、艺术原创性高、深具影响力和号召力的根本所在。

三

阅读洛夫，有人本亦即精神的震撼，更有文本亦即艺术的惊艳，二者水乳交融，和谐共生，使人们真正领略到一位诗人艺术

---

① 洛夫：《诗的传承与创新》，《洛夫精品》序，人民文学出版社1999年版，第3页。
② 洛夫：《魔歌》，台湾中外文学1974年版，第516页。

家的创造魅力与写作风范。

洛夫是诗人,也是诗学家,在持续近半个世纪的创作中,除奉献了极为丰富而优秀的诗歌文本外,还有多部诗学论著出版,其视点所及,关涉到现代诗从内容到形式到语言问题的方方面面,且多有精湛到位的独特见解。

这也从另一方面证实了,洛夫是现代诗人中,为数不多的几位将新诗的创作真正视为一门艺术,且经由自身的创造,有力并有效地推动了这门艺术的发展的杰出诗人之一。强烈的艺术自觉和卓越的语言才华,使洛夫不但在各类题材的处理上都能别开生面,而且遍及小诗、组诗、长诗、中型诗等各种形式,均有名篇传世,还创立了新诗史上独此一家的"隐题诗"形式,令诗界惊叹!实验性、发现性、主动性、自足性,无一不贯穿于洛夫创作实践之始终,形成其高标独树的美感风范。

我们常说诗是语言的艺术,语言是诗的本质,有如炮制一百首平庸的"诗",不如创造一个新奇的意象。如何将追求情感(以及精神和思想)奇遇的文字(作为工具的文字),转换为"文字的奇遇"(作为与精神和思想同构共生的文字)之追求,确乎是现代诗创作的不二要义。

洛夫向有"意象大师"之称,台湾诗人、诗学家简政珍在其题为《洛夫作品的意象世界》一文,开篇即称"以意象的经营来说,洛夫是中国白话文学史上最有成就的诗人"。① 诗学家李英豪在其《论洛夫〈石室之死亡〉》中,也指认:"洛夫是最能使意象

---

① 简政珍:《洛夫作品的意象世界》,《诗魔的蜕变——洛夫诗作评论集》(萧萧主编),台湾诗之华出版社1991年版,第61页。

及修辞的张力达到自给自足的一个。"①

确实，仅就意象而言，洛夫真可说是"兴多才高"、"仗气爱奇"，乃至于时而出现一些因词害意的失误，尤其在前期的《石室之死亡》等作品中，甚至给人以迹近"雕琢"的印象。其实这种印象同样是由误读所造成，源于总是习惯于拿洛夫清明疏隽的中晚期诗风与前期的意象繁复作简单比较，褒此贬彼，以便得出"回头是岸"的推论。岂不知这同样是洛夫的一体两面。当"魔"则魔，当"禅"则禅，"魔"则繁复，"禅"者清简，且都服从于生命形态的精神呼求，形神互生，思言并行。

在《石室之死亡》中，对应于"一片碎裂的海"和"炸裂的太阳"之精神形态，诗的语言张力皆被撕扯分割于局部，着力于句构，不求篇谋，是以意象密集，气息沉郁，有浓得化不开的语境，读之处处怵目，步步惊魂。在这样的阅读感受冲击中，实则一些看似"雕琢"的地方，也让人觉着是迫于强烈的创造欲望，且可诉诸此时此地之语境的水到渠成的"雕"或"琢"，并非不得已而为之的生硬造作。

当然，最能体现洛夫整体美感风范的，还是中后期亦即"白色路向"的诗风，人们大多都倾心于此，也有其审美意义上的合理性。

在这一路向中，创作主体逐渐从社会角色、历史角色的困厄中超脱出来，悬置文化身份，潜沉生命本真，纯以诗心禅意，亲近自然，落视日常，亦啸亦吟，无适无莫，由"魔"之诗而人之诗，其思其言其道其情，自有一种合于人们阅读期待的亲和性和普适性；心境的转换自然带来语境的转换：由丰而简，由博而约，

---

① 李英豪：《论洛夫〈石室之死亡〉》，《诗魔的蜕变——洛夫诗作评论集》（萧萧主编），台湾诗之华出版社 1991 年版，第 329 页。

对于有"语言魔术师"之称的洛夫来说,自是稍加控制便可从心所欲而澹然自澈、风神散朗。

此时洛夫,其一,不拘于一词一句的经营,注重篇构之妙,让一首诗成为一件紧凑完整的织物,线索分明,缀饰有度。许多佳作,从字句的披沙拣金到句式的起伏回荡,都既具匠心,又显自然,在畅美的阅读快感中品味悠长的余韵。

其二,合理使用意象,在叙述性语式清清简简疏疏朗朗地娓娓道来中,于不经意处生发意象,照耀全篇,使熟句(非意象语)变生,生句(意象语)变熟,张弛之间,妙趣横生。挥洒自如处,每每如书法中的飞白,国画中的点苔,用在"关节",点在"穴位",令人击节。

其三,多重视野的交叉运行,包括时间空间化,空间时间化,意象事象化,叙事理趣化,主客移位,虚实相生,明晰的抽象意义和含蓄的未限定含义互相交织,形成一种复合张力,深美宏约,有骨感而不失风韵。此三点,只是简略言之,难窥洛夫诗美之全豹。

其实就诗的语言意义而言,关键是要有命名性,经由这样的命名,被书写的事物和语词,顿时生发出新的精神光源,且无法再重复,亦即一经如此命名,就无须再说什么。

正是在这一点上,洛夫显示了他超乎寻常的大家气象。他的许多名篇力作,都给人以"到此为止"的感觉,亦即由他处理过的题材,似乎已再难以有别的"说法"超乎其上,所谓被他"说绝了",如《边界望乡》《午夜削梨》《湖南大雪》《金龙禅寺》《烟之外》《随雨声入山而不见雨》《回响》《危崖上蹲有一只独与天地精神往来的鹰》以及《石室之死亡》等等。

可以说,阅读洛夫,欣赏洛夫,既是一次新奇而独特的灵魂事件的震撼，更是一次新奇而独特的语言事件的震撼。在这样的震撼中，我们的灵魂重归鲜活，跳脱出类的平均数，在重新找回的那个真实的自我中，复生新的情怀、新的视野，开启新的精神天地——而这，不正是现代诗最根本的使命和意义？

——"激流中，诗句坚如卵石／真实的事物在形式中隐伏／你用雕刀／说出／万物的位置"（《诗人的墓志铭》）。

四

从20世纪50年代初在台湾公开发表第一首诗《火焰之歌》，到90年代末移民加拿大后出版晚近作品集《雪落无声》，持续半个世纪的创作，洛夫为中国现代诗史奉献了二十多部诗集、五部诗评论集和六部诗编选集，如此丰沛的创作量，虔敬如圣徒般的创作态度，在整个20世纪下半叶的中国诗坛，恐无出其右者。

同时，洛夫也是风云际会的台湾前行代杰出诗人中，最具有艺术自觉、文体意识和探索精神的一位，直到90年代花甲之年，还创造出"隐题诗"这样"一种在美学思考的范畴内所创设而在形式上又自身具足的新诗型"。①

说到底，诗人是一个民族精神空间的开路先锋，也更是一个民族审美空间的拓荒者。在洛夫的诗歌世界中，我们不仅能获得强烈的、我们中国人自己的现代生命意识、历史感怀以及古典情怀的现代重构，更能获得熔铸了东西方诗美品质的、现代汉诗之特有的语言魅力与审美感受。我是说，是诗人洛夫，让现代中国人在现代诗中，真正领略到了现代汉语的诗性之光。在这样的诗

---

① 洛夫：《隐题诗形构的探索（自序）》，《隐题诗》，台湾尔雅出版社1993年版，第3页。

性之光的照耀下,彷徨于文化迷失和精神荒寒中的人们,方才觉得暂时回到了"家",并欣然倾听——

哦!石榴已成熟,这动人的炸裂
每一颗都闪烁着光,闪烁着你名字

2000年3月

萧散诗意静胜狂
——评洛夫诗集《雪落无声》

因了专业的偏颇和爱好的偏执,我可算是个长年累月读诗的人了。多年来,在这种诗的阅读中,总是难忘洛夫——他的诗句、他的诗意,总是在一次又一次阅读的浪潮冲刷之后,新月般地跃升于诗性记忆的海面,令人复归神往,不胜追怀!

爱读洛夫的诗,尤其对我这样的读诗人。

沉溺既久,我渐渐习惯于将现代诗分为供研究的诗和供阅读的诗。前者需专心致志,以诗学的眼光考量其艺术价值高低新旧,成为一项"科研工作",难免其累;后者则只需随心所欲,以欣赏的眼光领略其瞬间永存的审美感受,有如一次快意的散步或邂逅式的恋情,赏心悦目。时间长了,遂以为,仅从接受美学角度而言,似乎后者才真正契合诗的本质,且发现但凡好诗,总是既具有抑或首先具有赏心悦目的阅读价值的同时,也不失为具有一定诗学研究价值的作品。

其实对诗评家而言,他既是诗的专业化研究者,又是诗的普通欣赏者;研究的目的除提供诗学价值之外,也有提高欣赏眼光的一面。假如,连诗评家都已失去读诗的乐趣而不堪研究之累,这诗还有谁愿意去读?

是以近年读诗、评诗、琢磨诗,愈来愈乐于纯以欣赏的眼光而非研究的心理去辨别诗的优劣,倾心于一见之下心为之一动眼为之一亮的感性体悟,而不再信任于"五马分尸"式的所谓"解读"与"阐释"。

正是在这样的阅读视阈里,洛夫的诗便在诗学价值的考量之外,更显示出一种雅俗共赏的阅读亲和性。

应该说,这种亲和性,不仅是古今中外大诗人、好作品得以流传再生的基本属性,也正是历经几番实验、先锋之拓殖后,渐次进入常态发展的现代汉诗所要首先解决的问题。尽量减低阅读障碍,在字面上把话说明白,使之语境清明畅朗,而又不失字面之下无限的内涵,扩展文本外的艺术张力,从而让阅读成为快事,使品味更加绵长,这是我多年心仪的一路诗风——晚年洛夫的创作,无疑已成为这方面的高手,且愈发显示出大家风范。

洛夫曾有"诗魔"之称,那是指诗人当年左冲右突,做多向度诗学探求而卓有建树的创造形态。那时的洛夫,无论在诗体的架构、诗语的锻造和意象的经营上,都用的是"加法",刻意求新、求变、求原创,极为有力而深刻地影响了现代诗的发展,并为现代诗歌史留下了许多颇具研究价值的重要文本。但若仅从创作主体考察而言,作为"诗魔"的洛夫,在狂飙突进的当年,或多或少,难免有角色化出演的成分,而暂时潜隐的另一个诗性自我,则一直期待着蜕变后的复归,还原一位完整的洛夫。

考察洛夫的精神世界,有入世甚深的一面,也有出世甚切的一面;有张扬生命个性之西方意识的一面,也有倾心认同天人合一之东方意识的一面。窃以为,这两面性的前者,是后天形成的洛夫,后者,才是先天本然的洛夫。前者在不免有些角色化的早期创作中,可谓已表现得淋漓尽致;后者则在其晚近的创作中,逐渐成为着力拓展的重心所在——由角色而本我,由历史风云而个人天空,由"魔"之诗而人之诗,由王者之诗而隐者之诗,由神品而逸品——善变的洛夫,这回终变回到原初的自我,虽无涉正误,但却是一种重要的互补。

亲和由此生成:阅读洛夫,已不再有解析的负担,成为价值与审美、营养与快感并存共生的一件快事。

此时的洛夫,洗尽尘滓,人清诗清,风神散朗,骨感清癯,平宁淡远,无适无莫。落于创作,多用"减法",解构意识形态之残余,解构意义价值之归所,不再刻意而为,仅只随缘就遇,飒飒容容,不懈不促,更无涉炫奇斗诡。

如此"减"下来,洛夫的诗显见是"瘦了","瘦见了骨",方又呈现一派冷凝萧散的骨感之美——至新近在尔雅出版社出版的《雪落无声》诗集中,这种"骨感之美"已到了炉火纯青的境地。

《雪落无声》一集,大体是洛夫近十年(1989-1999)来诗作中,除《隐题诗》特集外的一个最新选本。

对于这部诗集的基本风格,其实无须评论家过多赘言,诗人自己在其题为《如是晚境》的代序短文,和其题为《叶维廉家的后院》一诗中,大体已经做了直接和间接的说明:"选择'雪落无声'作为书名,主要是因为我喜欢这个意象,它所呈现的是将我个人的心境和自然景象融为一体的那种境界,一种由无边无际的静谧和孤独所浑成的宇宙情怀……"这是诗人在序文中的夫子自道，进而由心境的告白转而为诗境的告白："近十年来，我常有'夕阳无限好'的惊悚，诗里面难免不时透露出一股萧散冷肃的味道，这正是前面所说的'满不在乎'的境界，不过这并非意味着颓废和放弃，事实上反而是对生命有着更全面的观照，对历史有着更强烈的敏感。"

诗境的变化来自心境的变化。洛夫自 90 年代以来，逐渐在形迹上淡出诗坛，沉潜书斋，一边分力于书道以养气，一边调整诗笔的走向，以契合新的生命观照。这一转折，在写于 1988 年的《走向王维》一诗中早见端倪："生得、死得、闲得/自在如后院里手植的那株蜀葵/而一到下午/体内体外都是一片苍茫。"这份"苍茫"，在整部《雪落无声》诗集中都可感受到，成为晚近洛夫诗思中深度弥漫的背景氛围。写于 1995 年 11 月的《灰面鹫》，则以"二度放逐"的命题，对这份苍茫的晚境，作了宿命式的认领。

此时的洛夫，已决定离台湾移民加拿大。来台是被迫的"放逐"："我们从很远的家园飞来"，"羽翼的孤寂/从此传染给每一次飞翔"；离台是自选的"放逐"，是对"非我族类"的"过客"的身世与命运的最终认领后，决然以四海为家而不再做"回家"之梦的"自我放逐"——一生都在漂泊的路上，"故乡，只是秋风中/一声听不清楚的呼唤"。认领"放逐"，只是"不愿堕落/为一双在路旁破口骂人的弃鞋"，而"过客"的风骨更硬，"寒风中/我们只用一只脚/便稳住了/地球的摇晃/剩下的力气就只能做一件事：/以小小的死/陈述/小/小/的爱"。

这首以短歌赋大诗的力作，以寓言的方式，为世纪末恪守独立人格和精神自由的漂泊者们写真存照，既是自况，更是为一个特殊的文化族类传神，写得苍凉凄美而不失力道，堪称此类题旨之作中的绝唱。

认领便是安妥，远去他乡作故乡，心乡即故乡。孤居理气，襟抱超然，神澄笔逸，思新格老，由"魔"而人而隐者，其思、其言、其道，自是不计"鬼斧"，不着"神工"，只是淡然而出浑然而成而众美从之。

"如是晚境"中的洛夫那支诗笔，不再"寻求矛盾，制造冲突"，唯守平实之意象、萧散之意味、清明之意境，举重若轻，逸韵自适。或作"马鸣风萧萧，落日照大旗"式的长歌大赋，如《出三峡记》《杜甫草堂》《大冰河》等诗，语词清峻，风骨劲健，"于苍冥中，擦出一身火花"（《大冰河》）；或作"明月松间照，清泉石上流"式的小令绝句，如《南瓜无言》《未寄》《后院所见》等诗，意象清简，韵致疏逸，于客观冷肃中透显深沉内质；或时涉闲笔，于日常一瞥中随手拈来，不脱不粘，近庄近禅，寄隽永于空灵之中，如《水墨微笑》《或许乡愁》《埋》《叠景》《秋意》《风雨窗前》《又怕》等诗。

如此风格之追求，其实早已在"二度放逐"之前，诗人便告白于《叶维廉家的后院》中。这首可谓以诗论诗的小诗，既可看作领略《雪落无声》一集诗风的导论，也是领会洛夫晚近诗美追求的"入境证"。

做客诗友之家，且是异国他乡，难免反思来路，推想去处，诗之一生，繁过、荣过、上下求索过，而晚来何以归所？诗人自问自答："然而，被繁花围困的诗人／如何淡、如何远？／如何庄、如何禅？／这时，他正俯首从满地的落花中／寻找那一瓣／彻底解构后的自己"，诗人进而不无深意地顺便带出一闲笔："至于他后院子里偶尔冒出的／一丛／非常之欧洲的薰衣草／也只是一群过客"。

显然，这是彻悟后的自问自答，是解构后的二度重构，当年欧风美雨的浸染，已为近庄近禅的心境所化解，而曾经繁复的语境遂化为清明。清明而有味，是东方的韵致，是大家的风范，也是一直潜流于洛夫艺术天质中的一脉本原活水，几经起伏，于中年诗风中，已渐成格局，晚来则归为主流，蔚然大观。

至此，"江水洗过的汉字——发光"（《出三峡记》）——在洛夫，这"江水"，是曾经沧海复为水之"水"，是繁华散尽后，清明岁月中的自在呼吸和本真写意。此时为诗，可谓"雪落无声"胜有声，萧散意绪静亦狂，无涉经营，不着迂怪，无论本事还是寄寓，都形踪空寥，淡然如烟，看似清水白石，却又禅机四伏，余味悠长。语言在有节制的平衡中，作自然而然的断连切转，复以叙事为本，化意象入事象，于具体中见机锋，不奇中见奇，体现一种超越时空、与天地万物和谐共生的淡远情怀。

时而也技痒（别忘了，洛夫惯有"意象魔术师"之称），写星空"美哉，这个撒满了发光的虚无之卵/的天空……"却不着刻意，似随口言出。更多数的，则是如"池子里躺着一个/只愿映照自己的天空"之类的意象，于叙述语中自然带出，言近而意邈。尤其值得称道的是，诗人还常在散淡的诗意中，时时扯出几根弹性良好的形而上的筋腱，亦庄亦谐，牵动得其他诗句有声有色，令人莞尔。

　　储备整生的热量
　　只为了写一首让人寂寞的诗
　　　　　　　　　　——《杜甫草堂》）。

寂寞是大美，唯大诗人方可出入其内，领略与呈现这"寂寞之美"的真义。

应该看到，弃"魔"从"隐"后的洛夫，晚近诗风，思近庄禅，语近清明，绝不可以所谓"回归传统"、"迷途知返"之庸俗腔调作论，而是历经淘洗之后的兼容并蓄、冶炉自臻，是在更高层面上的升华与提纯。淡而知味纯，远而知思深，雨（语）淡风（思）细之中，那份曾"魔"曾"幻"的现代意识与现代审美的成分，从未有半点缺失，只是经由内化而更趋精纯罢了。

这也正是洛夫的可贵之处：不仅持之一生创造活力不减，且持续提升艺术追求，从不重复自己或重复他者。

是以，阅读洛夫，总有一份不失期望的惊喜，并且相信这份永葆信任感的阅读期待，必将伴随这位大诗人延展到新的世纪以至更久远的未来。

1999 年 8 月

"诗魔"之"禅"
——《洛夫禅诗》[①] 序

20世纪70年代初（1974年），洛夫出版了他的代表性诗集《魔歌》，由此与其另一部重要诗集《石室之死亡》的前卫风格形成明显对比，似乎"诞生"了另一个洛夫，一时备受诗界关注。

多年后，诗人自己也谈道：《魔歌》是他艺术生命和语言风格趋于成熟的一个转折点。[②]

在《魔歌》里，除《长恨歌》《巨石之变》等名作外，引发人们特别关注的，是《金龙禅寺》《随雨声入山而不见雨》等一些别具禅趣的小诗、短诗，由此得识，"诗魔"原来还有另一面风貌。

实则诗人素有"禅心"。——在洛夫这里，"魔"即"禅"，

[①] 《洛夫禅诗》，台湾天使学园网路股份有限公司2003年版。本文应洛夫先生邀约依据其结集诗稿为序。
[②] 《洛夫访谈录》，《诗探索》2002年第1—2辑总第45、46辑合刊，天津社会科学院出版社2002年版，第287页。

"禅"即"魔","禅""魔"互证,方是洛夫诗歌美学的核心。

《魔歌》之后整整30年来,诗人一直"暗自/在胸中煮一锅很前卫的庄子"(洛夫诗句),创作了不少"禅诗"之作,并最终指认:"诗与禅的结合,绝对是一种革命性的东方智慧"。①

遗憾的是,洛夫的这些"禅诗",多年散落于各种选本中,难得集约性地全貌而观。如今,诗人终于将其精选结集,单独出版,既满足了人们长久的阅读期待,同时,又为近年崭露头角的现代禅思诗学研究,提供了一个典型个案,实在可喜可贺。

大陆诗学家陈仲义在其《扇性的展开——中国现代诗学谫论》一书中,将"禅思诗学"归为"新古典"一路,高度肯定其为"打通'古典'与'现代'的奇妙出入口"。同时也不无憾意地指出:"(新诗)八十年来新禅诗实践者寥寥","专司于斯的诗人凤毛麟角","1917年至1949年三十年间,大概只能找出废名一人","而后才是入台的周梦蝶","再后是部分的洛夫和孔孚","从总体趋向看,现代禅思诗学明显露出断层与失衡。"②

对此,笔者也曾在《口语、禅味与本土意识——展望二十一世纪中国诗歌》一文中提出:"'现代禅诗'一路,我主要看重其易于接通汉语传统和古典诗质的脉息,以此或可消解西方意识形态、语言形式和表现策略对现代汉诗的过度'殖民',以求将现代意识与现代审美情趣有机地予以本土内化。"并认定"现代禅诗由

---

① 《洛夫访谈录》,《诗探索》2002年第1—2辑总第45、46辑合刊,天津社会科学院出版社2002年版,第281页。
② 陈仲义:《扇性的展开——中国现代诗学谫论》,浙江文艺出版社2000年版,第109—113页。

式微而转倡行，只是迟早的事"。①

如今，"部分的洛夫"已越来越凸显出他在新禅诗一路的特殊价值和重要地位，而《洛夫禅诗》的出版，便也带有了几分既填补历史"断层"又开启未来发展的意义。尤其当此极言现代、"光脊梁穿西服"而复生"文化乡愁"的21世纪之初，回头再全面领略洛夫的现代禅思之诗境，自会蓦然惊喜，这里确有另一番别开生面的天地。

由生命诗学而禅思诗学，在洛夫而言，不是美丽的遁逸，而是"血的再版"，所谓借道而行，换一种方式观照人生，审视世界。儒家的热衷肠、禅家的平常心，在诗人这里，乃一体两面，相融相济，相激相生，于互证中见别趣，且潜在的精神底背，仍是现代人的生存体验与生命意识，只是别有通透，而非无所住心，是以称之为"现代禅诗"。

应该说，这是自新诗以降，有禅思诗学以来，洛夫有别于其他新禅诗的根本所在。

这是一种"焚过的温柔"（《信》），而"你是火的胎儿，在自燃中成长"，"你是传说中的那半截蜡烛／另一半在灰烬之外"（《灰烬之外》）；

"葬我于雪"，隐我于禅，所隐所葬的，并非一个枯寂的空无，而是"一块炼了千年／犹未化灰的火成岩"（《葬我于雪》）。

反观传统禅思，追求的是"悟入"、"空出"、"不即不离，不住不着"，求解脱，得逍遥，有中生无，无虑而自性清净，不但失却人生应有的关切与担当，且以弱化生命意识为代价，堕入寡情幽栖之个体心智的禅意游戏。入诗，则唯禅是问，将其固化为一

---

① 沈奇：《口语、禅味与本土意识——展望二十一世纪中国诗歌》，原载《作家》1999年第3期。

种知性网罩,失去本初心理体验和个在审美追求,实则只是观念形态的诗型诠释,与真正的诗性生命意识相去甚远,所谓"酸馅气"即在于此。这种"酸馅"不换掉,凭你用怎样现代的诗法去重新包装,也难除其腐味,难消其隔膜。或许,这也正是新禅诗一路一直"式微"而"寥寥"的主要原因所在。

洛夫于中年午后之诗旅中近庄近禅,自有其独在的出发点。

一方面,是其卓然峭拔的人格精神和素直萧散的人文心境的自然取向。"静寂自内部生长/自你的骨头硬得无声之后"(《石头记》),方"裸着身子跃进火中/为你酿造/雪香十里"(《白色之酿》)。另一方面,则主要是经由现代诗潮的淘洗之后,对富有"东方智慧"的古典诗美及汉诗本质的二度认领,以求汲古润今,在现代性诉求与汉诗审美特性的发扬之间,寻求可能更具超越性与亲和性的联结点。"我走向你/进入你最后一节为我预留的空白"(《走向王维》),这"空白",正是那"革命性的东方智慧",一朝为"我"所用,则顿开新宇。

禅与现代诗,有隔处有不隔处。

洛夫栖心于禅,看重的是禅道、诗道皆在"妙悟"。妙悟于思,因隐而示深;妙悟于言,由简而致远。以此助现代诗思,而非以诗心入禅道,洛夫得其所然。若仍拿上面的比喻来说,洛夫显然是用传统禅思之皮("妙悟"之法之味)来包现代诗思之馅,这就从根本上弃绝了"酸馅气",所谓借道而行,同途殊归,即在于此。

因此,读洛夫禅诗,从来不觉有隔;意不隔,语不隔,味也不隔。现代禅诗中,有此三不隔者,确实"寥寥"。

意不隔,在于洛夫的禅思,是一种立足于现代性生命维度和存在维度的游心于意,与性空为本、以禅为禅而弱化、虚化生命诗意与生存追问的传统禅道，有着本质上的不同。

这种本于生命诗学的"禅化"，实则是对现代生命诗学的另一种"深化"或"澄化"。澄言以凝意，澄意以凝思；澄而不寂，静而不虚，"课虚无以责有，叩寂寞而求音"。（陆机·《文赋》）尽管如此"澄"下来，"体内体外都是一片苍茫"（《走向王维》），却有另一种目光和语感的生成，以此消解角色意识与语言困扰，复以超然心态和本初自性涉世入诗，反而"对生命有着更全面的观照，对历史有着更强烈的敏感"了。[①]

诗人浴火酿雪，虽"心中皎然"，但到了却"心惊于/室外逐渐扩大的/白色的喧嚣"（《白色的喧嚣》）；诗人近禅爱秋，悟"秋，美就美在/淡淡的死亡"，却又暗藏一句"天凉了，右手紧紧握住/口袋里一把微温的钥匙"（《秋之死》）——于达观中见眷顾，挽留一缕人间烟火。

一部《洛夫禅诗》，走笔处，时见灰烬、见蝉蜕、见泡沫、见雪见烟见苍白，也同时见蜡烛、见飞鸟、见石头、见火见光见红润。即或是较早的《金龙禅寺》之名诗中，诗人也有意让那只"灰蝉"，"把山中的灯火/一盏盏地/点燃"。而如《剔牙》《沙包刑场》《西贡夜市》以及《清明》一类诗作，更是直面现实丑恶与荒诞，于冷眼中迸射针芒。

只是"白"也好、"红"也好，"静"也好、"动"也好，在洛夫禅笔下，均不再是刻意的冲突或暴张的矛盾，只是以实言虚，以虚言实，于静笃之语境中弥散悲悯之情怀、关切之深意，化曲思为直寻，而"直致所得，以格自奇"（司图空·《与李生论诗书》）。

[①] 洛夫：《如是晚境——〈雪落无声〉代序》，《雪落无声》，台湾尔雅出版社 1999 年版，序第 4 页。

如此由眼前物、日常事、当下境、平素心所生发的禅意诗语，又何隔之有？

当然，作为一种语言艺术，其关键处，尚不在于说的是什么，怎样说的，而在其说法是否有味道，诗的味道，尤其是诗人所操持的母语特有的味道。味道隔，则一隔百隔；味道不隔，则其他的隔尚有化解的余地。

百年中国新诗，要说有问题，最大的问题就在于丢失了汉字与汉诗语言的某些根本特性，造成有意义而少意味、有诗形而乏诗性的缺憾，读来读去，比之古典诗歌，总觉少了那么一点什么味道，难以与民族心性通合。

洛夫以禅助诗，最得意且最成功之处，正在于此——助之简，助之净，助之清明灵动，助之澄淡涵远，助之素言淡语而得言外至味。素有"意象魔术师"之称的"诗魔"，大有"水停而鉴"（刘勰语）、重觅汉诗本味的兴头，以素直之质为体，略施诡异之采，自常境中入，由奇意中出，于静笃中见峭拔，于澄明里生悬疑，淡语亦浓，朴语亦华，自然呈现，邀人共悟，一时尽得禅思之别趣，且现代，且鲜活，且有味——汉语的味、东方的味、我们中国人所钟爱所珍惜所无法割舍的味。

正是这种可信任而极富亲和性的"味"，使诗爱者选择《魔歌》为30部"台湾文学经典"之一，而非洛夫自认为"我诗集中最具原创性和思想高度的《石室之死亡》"，① 今天看来，也是顺理成章的事了。

需要补充说明的是，洛夫深得汉诗语言本味的诗风，在诗人

---

① 《洛夫访谈录》，《诗探索》2002年第1—2辑总第45、46辑合刊，天津社会科学院出版社2002年版，第287页。

其他作品中，其实也早已水乳交融，只是在其禅诗创作中显得特别明显而已。

而那片被诗人自视为"最后一节为我预留的空白"之现代禅诗，也确实在洛夫"进入之后"，不再"寥寥"，不再"失衡"，焕发出新的异彩、新的生机，进而有了具有影响力与号召性的代表人物。

由此，每读至洛夫《走向王维》结尾处那充满自信的诗句，总觉得这不仅是诗人个人的自信，也是整个现代汉诗的自信——套用洛夫的语式来说：不但自信，还带点骄傲。

  我走向你
  进入你最后一节为我预留的空白
——《走向王维》

2003 年 4 月

论张默兼评其组诗《时间，我缱绻你》①

> 在时间的路上
> 诗是永恒的伙伴
>
> ——张默·《诗的随想》

在时间的长河之岸，人有两种树立自己纪念碑的方式：一是通过自己的创造物，塑造起自己生命价值的雕像；一是通过历史所赋予的机遇，加上自身特具的禀赋，经由对创造型人物的支助与扶植，对创造性事业的参与和投入，最终在他人的或群体的纪念碑上刻下自己的名字。

有人一生只专注于前者——那是超凡而孤弱的、天才型的生

---

① 《时间，我缱绻你》，见张默诗集《落叶满阶》，台湾尔雅出版社1994年版。本文应张默先生邀约，依据《创世纪》刊发稿撰写，后作为"附录"收入该诗集。

命之旅；有人一生只专注于后者——那是入世而真诚的、英雄式的生命之旅。

前者更多地依赖于天赋，所谓上帝的骄子，那是非努力可以达到的；后者更多地依赖于热忱，所谓赤子之心与奉献精神，那是非努力而不可达到的。

前者是本能的自觉；后者是理性的抉择。

对于一般创造型人物，二者居其一则足慰平生而无憾了。

但，对于那些更优秀的人们来说，则可能兼而具之——那是既入世且出世，既代表着个体生命价值又代表着一个优秀群体价值的、圣徒式的生命之旅！

一

诗人张默，正是这样一位同时树立起两种纪念碑的诗歌圣徒。可谓有口皆碑。

作为诗的创作者，他已有七部诗集问世，其中不乏立身传世之作；

作为台湾现代诗运的推动者，在早期"横的移植"之潮头初起中，有他的英姿。在作为《创世纪》诗社的创始人之一，力推"超现实主义"诗风中，有他轰隆隆的脚步。在乡土文学论战之前，是他提出了颇有诗学意义的"现代诗归宗"的口号，并成为《诗宗社》的主要人物，从而最终被诗界同仁誉为"诗坛火车头"；

作为诗刊的创办人，文学刊物的编辑人，他是《创世纪》诗刊的主要创办者，其近40年的历史中，有30多年是他一人主编的。同时还先后主持《中华文艺》月刊、《水星》诗刊等编辑工作，且每有至功；

作为文学新人的培育与扶植者，更不知有多少后起之秀得益于他，如沐春风而沾灌终生；

作为出色的诗编选家、诗评论家，他则有十七种编选集、三种诗评论集为诗界称道。

由此，历四十年之诗歌活动，张默已成为一种具有特殊价值的诗歌现象。

在诗人张默的血管里，似乎不曾流过一滴其他的血，一切都表现为纯粹的诗的火焰，从不会旁涉到诗燃烧不到的地方。这种充满殉道精神的现代圣徒式的生活方式，已经有了某种超越诗、超越诗人位格的存在——不是单一寻找诗，而是在寻找一种真正的、彻底的诗之生命存在——第二生命的存在。

诚然，作为诗的价值，张默有他的局限性；作为诗人的价值，他则几乎趋近于完美的程度；他不是最优秀的诗人，但无疑是最重要的诗人。就这一点来讲，张默在当代台湾诗歌史上的地位是独在的、谁也无法替代的。也许，若干年后，当作为诗的张默和作为诗人的张默合而为一个诗性文本时，我们会从中发现更多更有意义的闪光之处。

二

包括诗在内的一切艺术创作，本质上是纯然个体的活动。但作为文学艺术的整体发展，还同时依赖于另一种驱动力，即作为创造者群体的不同组合，而发动或促进的文学运动，所产生的强大推动作用，使之不断繁荣而不致中断。

诗人的历史感由此提出。——尤其在当代，当现实社会加速度向物欲膨胀和即时消费的潮流沉沦，所谓诗及一切严肃文学艺术，已被商业文化和消费文化挤压到一个冷寂的角落时，这一点显得尤为重要。

深入研究张默，研究他独特的、圣徒式的诗人形象的现实意义，正在于此。在危机重重的现时空下的文学大环境中，很难想象单凭诗人个体的、孤寂而闲适的存在，能为我们找回那个失去的家园、诗的居所。

"我将追索的或许是那朝朝暮暮的撞钟人"，① 这句发自诗人肺腑的诗句，为张默自身，也为所有现时代的诗人们，提出了一个强者诗人、抑或圣者诗人的人格形象。

诗，这是我们与生命签订的协议，是我们真正内在的生命方向，也是我们最后的避难所和栖息地——失去即意味着死亡！这里是圣地，是净土，文人相轻的祖传老毛病在这里已成为必须根除的东西；我们只能相重，只有我们自己能看重相互的存在。需要的是赤诚、宽容、理解和更多的投入——更多真正的撞钟人靠紧在一起，守望在这最后的营地，把诗之钟撞得更响！

诗，已不仅仅是天才歌者的宣泄，诗性灵魂的自慰，诗已成为"撞钟人"的"私人宗教"；重要的已不仅是偶尔的创造物，而是朝朝暮暮将那神圣的钟不停敲响的创造精神和创造过程。

由此，当几代诗人正同时在艰难的跋涉中，走到21世纪的门槛前时，我们从诗人张默匆匆前行的身影中感受到的，正是这种深沉的启悟——他和许多诗人最大的不同，乃在于，他一直关心诗更甚于关心他自己作为诗人的名声或者作为诗人的形象；他深知诗比诗人更重要、更伟大，而"在艺术和诗里，人格确实就是一切"（歌德语）。

---

① 张默：《时间，我缱绻你》第6节诗句。

三

按照 T. S. 艾略特的理论划分，张默主要是一位中年诗人——有长途跋涉的脚力，持续不断的发展，相当的变化能力，同时不失去自我的特性——多样性而不是完美，以及滞后的成熟。

艾略特在对英国大诗人叶芝的评价中指出："事实上，只有很少几个诗人有能力适应岁月嬗变。确实，需要一种超常的诚实和勇气才能面对这一变化。大多数人要么死死抓住青年时期的经历——所以他们的作品就成了早期作品毫无真情的仿制品——要么干脆抛弃激情，只用头脑写作，浪费空洞的写作技巧。还有一种甚至更坏的诱惑：爱尊荣，成了在公众中才能显示其存在的公众人物——挂着勋章和荣誉的衣帽架，行为、言论，甚至思想、感受都是按照他们以为公众是那样期待他们的去做。叶芝不是这样的诗人；或许这就是年轻人更接受他的晚期诗作的原因——因为年轻人眼里他是这么一位诗人：他的作品保持了最好意义上的青春，甚至在某种意义上，到了晚年他反而变得年轻了"。①

正是这样——仅就诗歌艺术来讲，比起洛夫、痖弦等并肩而起的诗友们，张默不得不等待一个晚来的成熟。

这种"等待"，无疑曾长久困扰着张默的创作，乃至成为一种"焦虑情结"。由此我们方能真正理解到，何以张默曾那样狂热地投入"超现实主义"的诗歌实验。对此，已有不少评论家谈到，且大多只是从当时的文学大背景和时代因素论及。笔者则认为，至少就张默来讲，那是一次并无充分准备、带有一定盲目性，且主要出于内在焦虑郁积而寻找外在开启的、"突围"式的实验。这种实验对张默日后的创作不无好处，但对于骨子里主要属于传统

---

① ［英］T. S. 艾略特：《叶芝》，《艾略特诗学文集》，王恩衷译，北京国际文化出版公司1989年版，第167页。

型的创作主体来讲，实际上造成了又一次背离和延误。颇富现代风尚的性情取向在和审美取向，与相对传统的人格取向和价值取向，在张默身上奇妙共存而又相互争斗乃至撕扯，从而使"焦虑情结"愈演愈烈而难以消解。——走出"超现实主义"，又投入"现代诗归宗"的实验，以及对诗歌活动的全方位、全身心投入等等。在所有这一切的背面，都隐含着一种寻求突破、寻求超越的心理动因：一种对诗性生命追寻的焦灼和紧迫感。

求新，多变，专注而勤劳，以坚忍不拔的毅力向前辈诗人挑战，同时又向同时代诗人挑战。在这种焦灼的追寻中，一方面练就了作为诗人长途跋涉的脚力，作为诗的稳固上升的内质，一方面却又总是难以企及预期的成就和完美。心态超前而诗力滞后，在"焦虑情结"的迫抑下，总是习惯于把新奇、醒目的意象当作追求的主要目标，而忽视了整体诗歌精神品质的健全、饱满和升华，忽视了人格主体与审美取向的协调共生。

或许，这正是全面理解包括张默在内的一批台湾现代诗人，其作为诗的存在与作为诗人的存在有一定落差的问题所在。

四

目标的远人，步程的徘徊，抱负与成就的落差，对于任何一位以诗为生命归所的严肃诗人来说，都无疑是一个严峻的考验。

"焦虑情结"有其上面所说的负面效应，也同时具有激活新的创作能力的正面效应。关键看发生在怎样的诗人身上。在弱者诗人那里，它可能会断送其艺术生命，在强者诗人那里，则可能反而会将一位并非天才型的诗人，推举到超乎本身才具的更高成就。

诗，在张默是一种许诺——对生命的许诺，对生活的许诺，对友人和历史的许诺。按张默自己的话讲，是"对生命的挣扎、拥抱与企盼"。张默不是天才型的诗人，但在其生命的本源中，确有一种诗的原生态的东西，鼓促着他对这种"诗的许诺"以始终不渝的热忱投入；同时在这火热的情怀深处，还持有一份理性的散淡，使他具有适时的自省。

张默喜欢两种色调：其一是红色，"枫叶是我最喜爱的植物之一"，显示了诗人对燃烧、热情、成熟、荣誉的渴求；其二是蓝色，"我对蓝色有出奇的好感"，显示了诗人对纯正、高远、宽容、澄明的认同。正是在这两种心理色彩中，我们寻找到作为强者诗人对"焦虑情结"反抗和消解的可能性，同时重新理解到他对诗歌创作和诗歌活动全方位投入，乃至旁顾甚多不惜影响其创作的心理机制。

许诺与焦虑，企盼与挣扎，由此构成张默整个诗歌创作的主体意象：时间意象。

生命/时间/诗，在张默永远是三位一体的东西。所有的许诺均落足于诗的许诺，而所有的焦虑又源自对时间亦即生命的焦虑。无论张默是否意识到这一点，以及在其诗中对此表现了多少，时间意象始终是其内在的发轫点，并展开为三个层面。

其一，对逝去之时间的追忆——由此生成作为诗人的历史感、使命感、乡情、游子情结，和作为诗的内在的传统约束及古典意味；

其二，对此在之时间的张扬——由此生成作为诗人的生命感、参与意识、持续的热情、青春活力，和作为诗的外在的求新多变、无所不包以及现代主义倾向；

其三，对未来之时间的超越——由此生成作为诗人的宗教感、殉道精神、理想主义，和作为诗的深沉、厚重及渐趋澄明、畅达、理性的本质特征。

纵观张默四十年的诗思脉络，对时间/生命的追忆（还乡归宗）、张扬（现代精神）和超越（终极关切、神性意识）一直是潜沉其中的原生意象。只是这位如逐日者般追赶时间的歌者，似乎总未能真正静下心来，为他的这一原生性的核心意象写部大作品。然而这意愿肯定是时时在心底滋生着的。从浪漫抒情的青春岁月，到意象繁复的中年之旅，以至澄澈无我的斜阳漫步，一支关于时间的咏叹调在诗人的心弦上久久颤动——他应该将它写出来。那将是他诗性人生的一次总结和新的出发，那将是一首完整地、浓缩地、深沉地展现这颗苍老而又年轻的诗性灵魂的大诗——

主题，依然是"对生命的挣扎、拥抱和企盼"；色调，依然是红与蓝；意象，则必然是——时间。

五

1992年夏天，63岁的诗人张默，在一度沉寂之后，终于写出了他进入成熟期后最为重要的作品：组诗长卷《时间，我缱绻你》（载《创世纪》诗刊1992年冬季号，以下简称《时间》）。全诗共40节，暗合诗人40年的诗路历程。每节六行，字数不限，亦可各个独立成篇，共计240行。

> 时间，我锤炼你
> 一把劈风鏖火的石斧
> 不自觉的掂掂，千斤若鹅毛
> 许是生命的担子，沉重如昨
> 回首，日月在我的眉睫间舞踊
> 眺望，世界在你的发茨中开花

这是《时间》的开卷题诗，在组诗中列第21节，仅从诗人赋予这节诗的位置看，便可知它的分量。实际上，整部作品的主体意象和精华内蕴，已凝结在这短短六句之中。

四十载风风雨雨，一万五千个日日夜夜，爱诗、写诗、编诗，以诗的生命追赶飞逝的岁月，以生命的诗谱写时间的编年史，如此匆匆，弹指惊雷一挥间，而"生命的担子"亦即生命的许诺，仍"沉重如昨"。

这自然是另一种"沉重"：收获的沉重、使命的沉重、新的企盼的沉重、诗的沉重。"朝朝暮暮的撞钟人"是幸运的，他将时间撞成生命的乐章、诗的花环，他将血与火的年代撞成诗与歌的篇章，给生之苦乐一种诗意，让人保持人的本质，让精神生命的升华成为一代人取得的最高成就，让渴望不朽的幻想成为最终的慰藉——回首，是诗的舞动串起了坎坎坷坷阴阴晴晴的日月；眺望，是诗的花朵守望着死于非死的未来之彼岸——无憾的人生，无悔的岁月，诗人老了，但青春的热情依旧，晚来的成熟中，老了的诗人还给生命/时间一个溢光流彩的许诺！

仅仅六句的题诗，已使人如临大海，如登高山，其内在的大气底蕴透纸扑面而来。而当我们读完整部组诗，回头再领略这六句题诗，又会发现它潜藏的提纲挈领的作用。

原来，诗人在这里以浓墨重彩大写意的手法，有意将创作主体勾勒成一位雕塑家的形象，而整部作品，则正是由40个"意象团块"雕凿而成的大型浮雕组诗，从而对诗人40年的诗性生命/时间之历程，进行了全方位、多声部的诗性解读，成为张默漫长的诗歌创作生涯中一个不可多得的里程碑，更为台湾现代诗殿堂，增添了一部颇有分量的精品力作。

六

一切对诗的解读，都是对诗人生命的解读。生命/时间/诗，这一横贯诗人一生的核心意象，在这部带有心理自传性质的《时间》组诗中，得到了最集中、最充分的展现。

组诗题以"缱绻"，透露了诗人经由 40 年诗路跋涉后的苍凉疲倦之感，以此回首，逝去的岁月如奔如泻，其中几多浮沉、几多得失、几多苦乐，此时此刻，均化为诗的烟云纷纭于心宇。

首先涌至笔端的，自是那一缕萦绕大半生的故土乡情，那一阕"千万遍千万遍唱不尽的阳关"①，到了凝冻成"一方头角峥嵘的巨石"，任怎样浮想雕凿，而"俱是灰褐褐的影子"。（《时间》之1）其游子深情，还乡苦愿，再次成为生命/时间之缱绻的发端。

逝者逝矣，失者失矣，斜阳余晖中，尚有诗慰平生，酒暖衷肠！

按下乡愁，诗人从时间的暗影里找回诗（之2）、找回酒（之3），狂饮高歌。怎奈这诗里、酒里依然是"黄山的苍松"、"三峡之翻滚"、"浓荫蔽天的万里长城"，是"绝尘超逸的黄庭坚"、"淳真高古的米芾"……真是才下眉头，又上心头，剪不断，理还乱。终归是难掩赤子之心，一方面为两岸乍明还暗的状态隔海浩叹（之4），一方面又将这段痛楚的历史置于时代大背景中，为临近世纪末的环球风云变幻发出无奈的感慨（之5）。

对故土、时代这些生存之外部局限的追思是表象的，渴求突破这种局限而为之奋争的过程，方是生命存在的本真。于是，在自我调侃的心境里，时间化为"一堆窸窸窣窣的落叶"，在"萎谢"与"攀升"亦即死与非死的思考中，诗人做出了"或许是那

---

① 张默：《无调之歌》诗句。

朝朝暮暮的撞钟人"的人生选择（之6）——时间的主题意象由此卓然而立。

组诗1到6节，如潮头初起，声势夺人。此后（自第7节起）则放开闸门，横溢漫流，成镜湖、成飞瀑、成潭、成沼，静动张弛，咏叹讽喻，高旋低回，令人目不暇接。

随着诗思的展开，诗人或"搓揉"时间如"一束朝秦暮楚的藻草"，顿悟"永恒与璀璨，原不堪一握"（之7）；或"放纵"时间如"一匹佼佼不群的野马"，检讨"至爱的路"程中失误与徘徊（之8）；或"风流"时间如"一瓢烟波浩瀚的活水"，欣慰在智慧的导引下，生命"如一朵朵净洁的莲花"，且归一"自由自在的如来"（之9）；或"怫郁"时间如"一只古拙斑驳的破瓦钵"，"走不出自己设定的方圆"（之10）。

忽而明快，"烛照"时间如"一廊笛韵琴音的童话"，遂借安徒生的嘴，自问"黄昏的天幕该用什么颜色打底"（之11）；忽而低沉，"幽微"时间如"一蓬重重叠叠的倒影"，伏案头而怀天下，操心"莫非人间的喜剧永远在连环的悲剧中打转"（之12）；忽而垂首，"婉转"时间于"一疋景随情移"的刺绣，几多心血凝注后，于不舍之舍中欲放下倦手（之13）；忽而振衣，"切割"时间以"一柄寒光闪烁的名剑"，几多奋争苦斗后，仍心系征程，不甘"就此休手，独坐空城"（之14）；于是壮怀"突兀"，激扬"一茎横七竖八的春梦"，任一同春过、夏过、迷乱过、热狂过的诗之伙伴们，如秋果般累累的诗句挂满梦的枝头。（之15）

往事如梦，梦依然在诗里；诗即时间，诗即生命，天若有情天亦老，唯有诗点燃着我们"不知老之将至的双睛"（之16）。

诗行至此，已入化境：

> 时间，我攀登你
> 一座苍苍烈烈想飞的远山
> 灿然，闯入我的视瞩
> 任轻薄的身躯在虚无缥缈的域外扬升
> 尖拔高峰，一排排鹤立的岩石挟着松姿的晚雪
> 令我不得不摘下一肩瘦瘦的巍峨，半节萧萧的傲骨
> ——《时间》之17

三位一体的生命/时间/诗，在这里——在晚云夕照下、苍烈远山前，悄然裂变为生命/虚无——诗——永恒/时间。

死亡的意象由此切入："所有的出出入入，俱将化为一只静止的花瓶"，而诗仍在，只是有了几分禅韵、几许空明；对死亡的反抗转化为认同，诗神与死神握手言和，"缱绻"为"一幅迤逦绝俗的长卷"（之18）……

七

按一般诗思，这幅"长卷"到此似可卷轴，然而对诗人张默来说，那将是违背其生命本质的断裂——是的，生命是终归于虚无的，但又是经由实在的；时间是永恒的，但又是瞬间可握的。而诗将使我们变虚无为实在，化瞬间为永恒——生命/时间/诗，依然是三位一体，随不泯的诗魂，再现辉煌。

在向更深部展开的诗思里，不老的诗人由"一勺稻穗成行的薄暮"出发，时而"畅然款步梵高的画域"（之19），时而"急急奔向酸楚的从前"，再次陶醉于"语音的嫩蕊"、"俊彩星驰的意象"（之20）；仍有力"锤炼"时间，不畏"生命的担子，沉重如昨"（之21），仍有心"追逐"时间，尽管常"拎着一尾清清冽冽

的夜，如絮"（之22）；难耐好奇，时时想"验证"时间的"形象如何彩绘"（之23）；也喜"逍遥"，"在落絮如雨短笛轻吹的牛背上""神闲气定"（之24）；而人生毕竟在征程，壮心如雁阵，"在空空渺渺的天幕上行走/不沾惹阳光与尘土，不细数风暴与山岳/喃喃静静，噙着一枚小小的惊喜/交给无声且不倦怠的翅膀去完成"（之25）。

虔诚的诗路历程，超拔的生命形象：他以哲人的风骨"羽化"时间，"往抵达不到的傲岸的巅峰/掷出一圈圈心灵的白浪"（之26）；他以赤子的情怀"温暖"时间，温暖"包容的脸"、"银杏的脸"，"管它是否来自同一个母体"（之27）；他"敲击"时间（之28）、"剪贴"时间（之29）、"审判时间"（之30），而终归在对中华文化的归宗认祖之深情中，"寻寻觅觅"、"一笔不苟"、"如出一辙"（之31、32、33），且更感两岸"黄皮肤"式的"勾心斗角"，和同样黄皮肤式的世纪末反文化游戏，为今日之中国文化的生存与发展，造成何等的困境，乃至愤然喝道："看你鬼精灵还能祭得出什么新招"（之34、35）。

从27节到35节，在近十节的篇章里，诗人于生命、时间、诗的母题里，连连注入文化的意涵，并在36节中予以更为深切撼人的表现：

时间，我浑圆你
一棵没有年代的巨树
我抚摸，有一些刻痕，像山
我挖掘，有一些纹理，像海
我纵横，有一些气韵，像经
而你层层爆裂，酷似一根根急欲再生的断柯

以精卫之魂，再造文化；以女娲之魄，浑圆历史——这是怎样的抱负，何等的气度！生命——时间——诗的主体意象，深化为生命/文化——诗——时间/历史的史诗境界，这正是包括张默在内的一代诗人们心路历程的真实写照，而那个"断柯再生"的意象，则无疑是对现时空下中国文化命运最精警的诗性界说。

全诗最后四节，诗人弥天澈地的诗思，最终又落脚于故土乡愁——这是出发，也是归宿，是台湾前行代诗人无以消解的命运。"我们从哪里来？我们向哪里去？我们是谁？"这一世纪性的命题在张默们的身上显得分外凝重深刻。

对文化的再造，对历史的浑圆——这一未竟的使命已成为生命的支撑欲罢不能。而作为生命的归属，那一双如枫叶般"鲜红的瞭望"（之2），终归还是投向那故有的家园——"穿越"时间，老而未老的诗人又回到那"一亩绽放真情的泥土"，一颗心，为"锄草的声音，犁田的声音，牛群汲水的声音"激动如"久久未被敲打的皮鼓"（之37）。只是这样的欢情又能有多少？如烟似梦，归来醒来，仍旧是"悲风望洋抚物，百川湍激如矢，流向不知名的远方"（之38）。

而心依然不甘。沉浮在时间的汪洋里，一颗自称早已"习惯漂泊的灵魂"（张默语），"已不堪千顿万顿泥土的重压/已不堪凄风苦雨无情的腐蚀"，发一声最后的呐喊"天啦，人哦，你还要把俺折腾到何年"（之39），并将最后的"远眺"，依然投向那"千万遍千万遍唱不尽的阳关"——

  时间，我悲怀你
  一滴流浪天涯的眼泪
  怔怔地瞪着一幅满面愁容的秋海棠

> 嘉峪关之外是塞北，秦岭以西是黄河
> 我遨游，一遍又一遍，我丈量，一寸又一寸
> 啊！且让几亿兆立方的滚滚黄土，寂寂，把八荒吞没
>
> ——《时间》之40

这是世纪的悲怀，这是人类的愁肠。——在又一个世纪末，所谓"乡愁"，早已不单单是黄皮肤式的了——上帝死了，精神的"荒原"上，无数的灵魂在漂泊，而"无家可归状态变成了世界命运"（海德格尔语）；人类自己放逐了自己，也自己掠夺着自己，甚至连自然也已成为掠夺的象征！家园何在？也许只有在诗人的心底里，还存有一星返归家园的灯火。而时间依然是时间，欲望、荣耀、骄傲或沮丧以及企盼，一切都归于寂灭，归于空茫，唯有诗存在着，也许，那是我们世纪横渡、抵达彼岸的唯一的诺亚方舟？

——在诗人黄钟大吕般的《时间》之尾声中，我们听到的是这样的余音……

八

对任何一部文学作品的解读，都可以是多种方式的。诗人张默的这部《时间》长卷，首先震撼笔者的，是其整体意义上的深度和其内在的诗歌品质，故而取被动投入而摒弃客观审视，以感觉为主，解析为次，随波逐流，形成以上初步的、散文式的解读。其中难免有曲解误读之处，尤以线性有序的流程阅批组诗，实已犯大忌，微力如此，权且为一种方式，或可引发其他论家的深入剖析。

仅从全诗的结构来看，这是一部真正意义上的组诗，同时具

有史诗的气韵和长诗的仪式。长期以来，组诗的概念落实于具体文本，一直于被搞得混乱莫名，大多数所谓组诗，皆有生拉硬扯、虚张声势之嫌，徒有其表，不得要义。实则组诗常常比长诗难写，而既具组诗要素，又兼融长诗、史诗之特质，尤为难得。

张默的《时间》长卷，为我们提供了一个范例。

本来，着力于这样宏大深广的题材，似该顺理成章、一泻千里地倾注为长河大江般的、交响乐式的长诗样式，而张默却将之处理为组诗套曲，在40节各自独立而又相互渗透的篇章中，运用明喻、暗喻、象征、用典、宣叙、层叠、反射、衍生、浓缩、跨跳、交叉等多种手法，多触点、多角度、多侧面、多层次地围绕生命/时间/诗这一主题意象展开诗思，收到外看有型（有序），内看无型（无序），心凝而形释的艺术效果。打开来看，40首精短的小诗，有如40处或深或浅的湖泊，各得其所而又断连有趣。又似40颗或明或幽的星子，各含内华而又交相辉映；合拢来看，则如一派水系，浩浩荡荡，烟深波渺。又似一圈星云，翻翻滚滚，云蒸霞蔚。其间意象或典雅、或奇崛、或灵幻、或幽邃、或壮阔、或峭拔、或清丽、或冷峻，佳句叠出，气象非常，令人时时击节叹服。

如此，组诗的结构，史诗的气韵，长诗的仪式，既保留了短诗简洁、典雅的品质，又具整体构架所蒸腾的恢弘气势，"骨骼英挺，如黄山的奇松"，"词藻雅致，如栖霞的枫叶"，——对于一向苦于追求完美的张默来说，或许，这正是他所想要表现的？

当然，这样的一种结构，也有它不利之处。尤其全诗限定每节必六行，无疑是自缚（实际上诗中许多长句已显憋屈欲以跳脱）；若单一小诗作缚，自有收神凝气之效，用作长诗巨制，则难免伤元神滞大气。加上每以"时间，我××你"这同样的起首句连贯之于40节，造成阅读心理上的倦滞，也削弱了语言张力，影响韵律的畅流。

设想假若作者不拘此小束，完全放开诗情，随遇而形，大则大章，小则小节，或江河湖海，或溪流飞瀑，而大构架上仍以组诗整合行之，或可另有一番气象吧？

再纵观全诗，其6、9、17、21、25、26、36、40等节堪称上品，抽出来单独看去，可谓各个生辉，放进全诗中更起中坚作用。个别节则失之语言的粘滞，过于理念，有些意象也显得较为熟套。部分诗句似可再作精练，比如第2节中三、四、五起首三个"它的"，就完全可以去掉，等等。

有意味的是，整部作品诗思广披博及至时间、生命、乡情、友情、艺术、宗教、文化、历史、环境、战争、政治等等，唯独没有涉及"爱情"，其中玄机，唯有诗人自己解说了。

九

"九"是个好数字，大数，功德圆满之数。

1992年之夏的诗人张默，也可谓功德圆满。

以"一肩瘦瘦的巍峨"，以"半筋萧萧的傲骨"，长途跋涉，上下求索——在对时间长久而深情的"缱绻"之中，诗人张默终于还给生命，还给早已与其生命融合为一的台湾诗坛和诗坛的老伙伴们，一个无憾的许诺！

艾略特说："如果到了中年，一个诗人仍能发展，或仍有新东西可说，而且和以往说得一样好，这里面总有些不可思议的东西。"①

---

① [英] T. S. 艾略特：《叶芝》，《艾略特诗学文集》，王恩衷译，北京国际文化出版公司1989年版，第166页。

是什么呢？——是真诚与智慧，以及持久的爱心与努力。

总之，从张默这部《时间》长卷中，我们看到了这样努力的结果：相对于张默以往作品中的缺陷，一些可资弥补的新品质在此出现了，且由于生命底蕴的更趋深厚和博大，生发出新的意象，新的语言光泽。我们甚至可以预期，凭着这种上升的艺术力量，诗人必将有更成熟、更优秀的作品问世，而作为诗的张默和作为诗人的张默之间存在的落差，也该由此而弥合。

1992 年 12 月

认领与再生
——从张默手抄本诗集《远近高低》出版说起

1

有近半个世纪创作历程的诗人张默,最近将他的第十部诗集《远近高低》,以作者自己手抄本的形式出版印行,在两岸诗界传为佳话。

此前,收到张默先生赠寄此一手抄诗集之"特藏本"时,便产生一些想法,觉得是一件含有特殊意味的事,待收到正式出版本,这些想法也渐次明晰,确认张默这一可或称之为"现代诗行为艺术"的"文本"或"事件"的背后,是有许多话可说的——限于本文题旨,这里暂不论此部诗集作品的品质,仅就这一特殊的出版形式谈一点感想。

2

新诗走了80年,便已进退维谷,渐为大众所疏离,实乃所处的时代变化巨大而致。

突飞猛进的现代科技，在这个世纪里对人类生存环境所形成的改造能力，只能用"日新月异"一词来形容。这其中，尤以视听艺术的冲击为最烈，很快将新人类俘获其域，难得旁顾。紧接着是电脑的普及，网络的扩张，无一不将以文字出版为主渠道的新诗传播逼向"死角"——这种困窘和尴尬是世界性的，并非中国新诗唯一境遇。问题在于，面对这一境遇，我们总习惯于避开直面的发问，要么钻社会学层面的牛角尖，拿曾经有过的"热闹"作对比纠缠不清，要么绕开现实不顾，执迷于一己的虚安与清高。总之，很难老老实实地承认自己的"已死"，因而也就很难有其真正的"再生"。

显然，作为诗人在这个时代所持有的人格与心态，成为直面诗歌境遇以求有所作为的关键。对宿命的认领，则是考察其人格与心态的第一要义，所谓"置于死地而后生"。认领一种艺术的宿命，便是确认一种艺术的责任并安妥这一艺术的灵魂，不再无由地慌乱或躁动，乃至背弃其本质——在这个艰难过渡的时代里，这大概是唯一可行的思路。

拿这一思路看待张默的这次"诗的行为艺术"，就会理解到，它绝非诗人一时的突发异想玩个新花样。

3

张默一生为诗服役，不仅凭热忱与激情，更有一份超乎常人的敬业与智慧，直面诗的现实境况，想着法子推动诗运的不断前行。

狂飙突进的五六十年代，他和洛夫、痖弦一起，创办了《创世纪》诗杂志，使之成为一方重镇、一脉高耸的山系；

七八十年代，他的一系列重要编选，为台湾现代诗的发展历程，留下了一幅清晰厚重的版图，影响及后来的推进；

两岸诗界交流渐开，他虔心投入，持久付出，为人们所感佩；

及至90年代诗运跌至低谷，他又参与"公车诗展"以求化大众，别开生面。最终又在诗集出版发行不景气的情况下，自费印行手抄本，再寻诗的生路以留存诗的精魂。

凡此种种，在在说明诗人张默的一番苦心孤诣，皆立足于对现代诗之当下处境的理性把握和对其最终宿命的虔敬认领，而后处变不惊，拿出自己的办法来，予以有效的投入。

仅此一点，就个人而言，两岸当代诗坛，唯张默高标独树，无出其右者。

4

这是"文本"外的考察。落视于张默这部手抄本诗选本身，也不乏讲究。

既是"行为艺术"，就该有艺术的含量，妙在诗人写诗之外，本就有一些绘画、书法、装帧设计的素养，集于一身，落于一书，自是出手不俗。

手抄影印成书，自然先得讲究那笔字要说得过去，这是一个基本条件，也是此种形式的一个基本限制，用惯电脑打字、笔下东歪西斜不成字形的新人类，恐难为之。

张默的硬笔书写，虽不尽工稳，难求法度，但诗人多年笔下行走，早已自成一体，字形秀美，书写流畅，有味也好认，不妨碍阅读，也不失些许书法之意味，且有"我手写我诗"的那一脉鲜活气息灌注流溢于其中，相比非诗人的那种硬笔书法家生抄硬写的字帖诗形式，自是多了一份意趣。

同时，集中还配以多幅诗人的抽象水墨小品画作、多帧诗人生活照及诗友楚戈的线描插图等，更是相映成趣，既冲销了单调滞重的可能因素，又增添不少审美快感，加之封面设计尤其素雅精当，颇具版本收藏价值，可谓一次成功的诗与艺术的美妙结合。

其实说起来大家都知道，张默这一诗与书法的结合形式，其实是我们中国文化传之千年的一门独特艺术。

古人作诗，原本就是以手抄赠友的方式完成其传播的，根本谈不上什么小众与大众，纯系个人化的"行为艺术"。后来印刷业发达了，方为后人整理结集印行，渐次化得大众影响。而这种影响中，以书法形式这一渠道广为传播，一直是其得益匪浅的支脉。

新诗倡行后，适逢印刷技术快捷发展，依赖既久，加之新诗越写越长，诗人们也就完全忘却或放弃了书法传播这一汉语诗歌独有的通道，是一个不大不小的损失。实则这不仅是一个技术层面的缺失，更是一种文化层面的缺失。果然问题很快出现了，随着电脑的普及，文字出版的依赖遂成为空落，诗人被迫上网而变味，我们似乎又回到了出发时的原点，面临新的抉择。

对此，张默溯流而上，找回这种祖传的形式，保留诗的特殊艺术品性，在世纪之交，开风气之先，出版手抄本诗集，实在是一次创造性的实验。它显示了一位资深诗人的敏锐悟性和传统素养，是以在有意无意间契合了一个重要的诗学命题。

5

早在1996年3月，著名诗人、诗学家郑敏在其题为《语言观念必须革新——重新认识汉语的审美与诗意价值》宏文之《汉语与诗》一节中就指出：

需知自古中华书法与诗词就是一种综合艺术的密不可分的两个组成部分——诗歌如果只能通过阅读来接近群众，其受冷落是必然的，但如果能与书法结合，悬挂于壁，它就有机会如画如雕塑主动走入群众的视野，发挥汉字写成的诗所特有的空间/时间艺术价值。古典诗词之所以能在群众中至今占有重要地位，是与书法、碑文、字画、对联等视觉艺术分不开的。

笔者的想法是新诗（至少有一部分）应当成为突出视觉美的诗，在诗行的排列、字词的选择都加强对视觉艺术审美的敏感，让新诗和古典诗一样走出书本，进入群众的生活空间——当然这仍需要看诗作者如何从发现诗的视觉及音乐节奏审美入手，使得新诗获得简练、精美、深邃的形式和内容，使之适合与视觉艺术相结合……时下不少青年诗人对诗的视觉审美的关系很少关心，只愿为宣泄自己的情绪而写，即使想创新，也很少站在新的角度考虑诗歌的兴衰的客观原因。

汉语文字主要是以视觉审美为主，特别是走出古典平仄声韵模式之后的新诗，不易如西方那样以朗诵来吸引群众，但如和书法、绘画结合好，就有可能与书画携手走入展览厅及百姓的客厅。①

郑敏先生这一高远独到的理论见地，及其前后一系列有关文

---

① 详见郑敏学术文集《结构·解构——视角：诗歌·语言·文化》，清华大学出版社1998年版。

章，发表后引起大陆诗学界和语言学界的很大反响，遗憾的是，却很少得到当代大陆诗人群体的实质性反应。

反观隔岸张默，是否读到过这类文章（想来可能性极小）笔者不得而知，但他的包括参与"公车诗展"策划、选编二至十行为限的《小诗观止》在内的近年一系列创造性诗歌活动，确实与郑敏的思考一脉相承，及至手抄本《远近高低》的印行，已构成"张默式"的系列创意。这些创意在时下可能亦如郑敏的高论一样，人们仅为之一震而复归旧习，但谁又能断定：今天看来似有"孤芳自赏"的事情，明天不会成为时尚乃至"群芳争妍"的局面呢？

历史的"心机"无法猜度，还是你上你的网，我抄我的书，急剧裂变与重构的时代，只能以各自认领的宿命去求再生——仅就实验价值而言，张默这一系列创意，必为跨越世纪的中国新诗历史所珍视，或可在未来呈现其更新的意义。

1998 年 6 月

在游历中超越
——再论张默兼评其旅行诗集《独钓空濛》

一

一个世纪的结束,又一个世纪的开始,当代中国新诗的研究者们,有越来越多的目光开始投射于回望中的审视,并在这样的审视中,展开对过往历史的重新认识与书写。从各种新的诗歌史的问世,到名目繁多的诗歌选本的出版,在在显示出于此特殊时空"节点",人们对历史经验之总结的渴求和对现实发展之前瞻的期盼。

诚然,身处依然充满各种局限的当下时空,这样的总结与前瞻,不免难求尽善而歧见纷呈,但有一点或许是大家都基本认同的:当此"物质的暗夜"(海德格尔语)和非诗的时代,杂语与清音共鸣,文本与人本分裂,中心涣散,边界模糊,价值混乱,典律缺失,凡此种种,大概只有那一脉生生不息的诗歌人格与诗歌精神,作为新诗存在的底线,继而成为百年新诗历程中,唯一可资共同认领和凭恃的资源与传统。

诗人是诗的父亲。"一个诗人既然是给别人写出最高的智慧、快乐、德行与光荣的作者,因此他本人就应该是最快乐、最良善、最聪明和最显赫的人。"① 而"在艺术和诗里,人格确实就是一切。"(歌德语)

可以说,在这个世界上,享有"诗人"的称誉,早已不仅仅是单纯文本意义上的认领,而更多是基于人本意义上的指待——最终,是一种可称为"诗歌人格"的东西,及其所焕发的诗歌精神,感召并不断赢得普凡的人们,对这一过于古老的"艺术行当"依然心存眷顾和敬重。同时,在以日益矮化、平面化以及游戏化的"话语盛宴"取代"生命仪式"的当下诗歌写作中,对纯正超迈的诗歌人格与诗歌精神的重新关注与呼唤,也正成为一个重要的命题,凸显在新世纪的现代汉诗之行程中。

正是在这里,不少研究者将审视的目光再次聚焦于台湾前行代诗人那里,也并再次重新发现:至少,仅就诗人气质与诗歌精神而言,他们的存在,才堪可代表百年新诗的精神资源和人格传统,并使之具有更为纯粹的表现形式和更为深刻而丰富的内涵。

在这一由特殊历史境遇和特殊生命历程所造就的诗人族群那里,"诗与艺术的存在,既不是宣泄苦难的简捷通道,更不是任何可借做他用的工具,而只是'安身立命'的一种'栖居'的方式——既是生命理想的仪式化存在方式,也是生存现实的日常化存在方式;我诗故我在,我在故我诗,我的创造诗意人生的行走

---

① [英]华兹华斯:《〈抒情歌谣集〉序言》,转引自《西方诗论精华》(沈奇编选),花城出版社1991版,第81页。

就是我的家、我的历史"①。由此形成的创作主体,既没有功利的驱迫,也没有观念的焦虑,只是本真投入,本质行走,淡然自澈而风规独远;爱诗,写诗,为诗"服役",只在为生命的前行,点起一盏脚前灯,照亮的是艰难或寂寞岁月中,独抱艺术良知和理想人格的人生路程,先温暖了一己的心斋,复感动所有尚葆有一份真善美之精神追求的灵魂。

也许,站在今天的诗歌美学立场上,我们可以对台湾前行代诗人的诗歌艺术成就有各种不同的认识与评价,但面对他们的诗歌人格与诗歌精神,大概只有高山仰止之叹。正如我在《台湾"创世纪"诗歌精神散论》一文中所指认的:"有了这种诗歌精神,落实于诗的创作,方无论质量高低,终不会作伪诗、假诗、赶时髦的诗,更不会为诗之外的什么去出卖自己的诗歌人格。"②

而一旦进入这样的视角,作为台湾前行代诗人群体之主要代表人物的张默,就无可避免地跃然于我们的面前,成为一个绕不开去的重要话题。

二

再论张默,首先会想到一连串与其紧密相连的关键词——台湾现代诗、前行代诗人、《创世纪》诗刊、"诗宗"社、超现实主义诗潮、现代诗归宗、小诗运动、两岸诗歌交流等等,在这些足以贯穿台湾现代诗发展史的关键词中,无一不闪耀并凸显着被称誉为"诗坛火车头"的张默的身影。可以说,以多重贡献持续作

---

① 沈奇:《台湾"创世纪"诗歌精神散论》,原载台湾《创世纪》诗杂志2006年冬季号总146期。
② 沈奇:《台湾"创世纪"诗歌精神散论》,原载台湾《创世纪》诗杂志2006年冬季号总146期。

用于台湾半个多世纪之现代诗创作、运动及思潮，并产生巨大影响者，当推张默为第一人！

再论张默，更会想到他一长列令人感佩的丰赡劳绩——写诗、编诗、评诗、组织诗歌活动，不间断地活跃于台湾诗坛近60年；13种个人诗集、6种个人诗评论集、22种编选集行世，不断惊艳于两岸三地及海外华文诗界；创办《创世纪》诗刊并历经半个多世纪艰难步程，至今还老当益壮独撑大局，为现代汉语诗歌历史创生并呵护一份独一无二的宝贵财富……如此等等，无不让人惊叹：该有怎样的人格力量和精神源泉，才能支撑这常人难以想象更难以企及的诗路历程？

无疑，在张默这里，所谓"诗歌人格"和"诗歌精神"的存在，已不单单是一般意义上的继承与发扬，更是对百年汉语新诗之"诗歌人格"和"诗歌精神"的一种创造性注塑。

也就是说，经由可称之为"张默式"的诗性生命历程的诠释和展现，一种可资借鉴和传承的现代"诗歌人格"和"诗歌精神"，才得以明确树立与彰显，也才值得我们认同：确有这样的人格与精神，作为现代汉语诗歌持续发展的深度链条，起着无可替代的历史与现实作用。同时还应该看到，体现在张默身上的"诗歌人格"，既不是一种被刻意强调的理念，更非勉强为之的故作姿态，而呈现为率性、率情、随心性展开的本真行走，以至化为一种不可模仿的"风骨"。

作家、画家、音乐家、艺术家，以及哲学家、科学家、政治家等等，古今中外，只有"诗人"这个"诗家"，在超乎常人的劳绩与贡献之后，依然被挽留在"人"的称谓中，这"意味"何其微妙？

或许，在诗人之外的任何行列中，我们都多少能理解并接受其成就与人格的分离，但唯有在诗的创造活动中，我们总是更愿意看到并乐于接受，那些将人本与文本完美地融为一体的诗人的存在——阅读这样的诗人，不只在他所创造的诗性文本，更来自他所体现的诗性气质、诗性精神和诗性生命形象；有如我们不仅感动于梵高的绘画作品，也同时感动于梵高的艺术精神。

——在这样的阅读与感动中，人们更多看重的，是生命的重量而非艺术的"文身"。

放眼当下现代汉语诗歌领域，这样的阅读，这样的感动，似乎已越来越成为一种稀有的经验。也正是在这样的前提下，再论张默，重新认领他的存在，方才具有无可替代的特殊价值和典型意义。

三

如果将诗人的创作，大体分为先锋性、智慧性、艺术型和常态性、激情性、生活型两种形态的话，作为诗的张默，显然属于后者。——张默不是天才型的诗人，但在其生命的本源"基因"中，确有一种诗的原生态的质地，使其在经由漫长的创作生涯之游历中，得以超越平凡而不断升华。

与那些充满功利性"张望"的诗人之写作不同的是，在张默这里，爱诗、写诗首先是一种生活方式。怎样生活，就怎样写作；怎样呼吸，就怎样歌吟。不为什么丰功伟绩，只是一种诗性生命之本能的需要，只是以一颗淡定、平常的心，经由诗的写作，来守护还残留在生活中的希望与梦想，进而再转化为自由精神和独立人格的个人化宗庙。

这样的写作，更多趋于精神向度的追求而非技艺性的经营，亦即写作的文本化过程，大多呈现为关于精神际遇的文字，而非关于文字的精神际遇,是以显得格外自在、诚实和素朴。诚如痖弦所指认的:"他比较深沉、厚重、不炫才、不卖弄,常常以含蓄的手法探讨生命,诠释生命,以细腻的感受为经,以真诚的感受为纬,逼进事物的内里,写出人生的尊贵和庄严……在这方面,他甚至是偏向古典的。"①

正是这种"偏向古典"、可谓"心性性"(有别于功利性)的创作,任岁月更迭、人世变化,诗人内心的诗性和率性才得以常久保持而不减鲜活。

在张默,这种心性更有一种阳光色彩,让我们常常想到艾略特在评价诗人叶芝时曾指认的:"他的作品保持了最好意义上的青春,甚至在某种意义上,到了晚年他反而变得年轻了。"②而,也正如白灵所言:"张默是这岛上的红尘中极少数能把'诗'当作动词,而不只是名词的人。对他而言,'诗'是巨大的引擎,可以装在任何东西的身后,启动它、转动它,将它带离习惯的位置,因而发现了诗的无数可能。"③

同时也应该指出,从发生学的角度来看,以"心性性"和"可能性"所形成的创作心理机制,总是易于将创作实践导向一种随缘就遇式的发生方式,没有预设的标底和路线的规划,也便难以有把握、有方向性地企及风格的至臻与经典的逼临。亦即,这样的创作,更多的时候,要依赖于"外部"作用的激发,打的是"遭遇战",拼的是"真情实感"。而对于一个诗人而言,可以说,

---

① 痖弦:《为永恒服务——张默的诗与人》,转引自萧萧主编《诗痴的刻痕——张默诗作评论集》,台湾文史哲出版社1994年版,第54页。
② [英]T. S. 艾略特:《叶芝》,《艾略特诗学文集》,王恩衷译,北京国际文化出版公司1989年版,第167页。
③ 白灵:《山的迷彩,水的乐音——张默的旅游诗》,张默诗集《独钓空濛》序,台湾九歌出版社2007年版,第11页。

再没有比"游历"(广义的"旅行")这样的"外部""遭遇",更能激发其诗性生命的真情实感的了——诗人在本质上是世界的漫游者和内心漂泊的流浪者,由于历史的成因,台湾前行代诗人、尤其是以"创世纪"为主的军旅诗人们,更是这种漂泊与漫游最为壮烈和深切的体验者,加之性格使然,到张默这里,便越发成为主体精神的核心所在,并渐渐内化为其不可或缺的写作心理机制。

实际的情况也正是如此。

在经由早期注重形式、语言及形而上思考和超现实主义诗风的短暂实验后,张默便返身于更符合自己本源性审美取向,即以"真情实感"为原发力的写作道路上来,并越来越钟情于"旅行诗"或"准旅行诗"一类的题材,将激情与诗思的千山万水,皆归拢于那"千万遍千万遍唱不完的阳关"(张默名作《无调之歌》诗句),进而成为诗人"一个最自由最充沛的身心的自我"。①

由此,当张默以近60年的诗龄,再次提交一部颇为厚重且不无总结意味与纪念意义的旅行诗集,并以《独钓空濛》命名之而惊艳诗界时,便成为一个顺理成章的事了。

正如王浩翔先生所指认的:"从《张默自选集》以后,旅行诗在张默的诗作中,逐渐成为大宗,直到近来出版的《独钓空濛》,更是辑所有旅行诗为大成的一部诗集。此书不仅将其人生旅程勾勒出大体样貌,亦是审视张默晚近内心转折的重要著作。"②

---

① 宗白华:《中国艺术意境的诞生》,安徽教育出版社2006年版,第13页。
② 王浩翔:《我是千万遍千万遍唱不尽的阳关——试论张默的旅行诗》,原载《创世纪》诗杂志2008年春季号总154期。

四

旅行而诗，古已有之。借山水梳理心象，沿行旅鉴照愿景，物我互证，澄怀观照，于特殊时空了然而悟而洗凡尘、振灵襟、逸韵自适。即使进入现代诗领域，旅行诗也不乏诗人们的钟情，成为常在常新的题材取向。

实际上，作为世界的漫游者和内心漂泊的流浪者这一诗人本质，在现代社会的生存语境中，显然是愈加突出了。

而真正的现代诗人，无不怀有严重的"怀乡病"，无不深切地发现，对于一切具有独立人格与自由精神的个体而言，所谓的"家"（家族、家园、家国）的存在，已越来越成为一种"借住"，而行走的世界才是可以安妥灵魂的居所。由被迫的"逃离"到自甘认领的"漂泊"，正化为一种宿命般的力量，驱使他们频频上路，乃至不再抱有"回家"的希望。

由此，"居家"/"借住"与"行旅"/"漂泊"，也便化为互为"镜像"的美学功能，一方面以此鉴照和梳理"行者无疆"的心路历程，一方面也将一路上的风景，转换为情感的场所、灵魂的气候和诗性生命意识的"牧场"。

显然，一向"把'诗'当作动词"的张默，对"旅行诗"的写作自然是偏爱有加且独有心得。诗人甚至在《独钓空濛》的附录部分，特别编辑了一份《张默旅游系年》（简编）年表（仅以笔者个人阅读所及，这样的年表唯见此一例），同时还随诗作配有大量与之相关的摄影图片 250 余幅，时间跨度超过半个世纪，且越是到晚近，越是呈全身心投入之势，似乎在告白：我的行旅历程便是我的诗路历程与心路历程。

也就是说，"旅行"在诗人张默这里，本身就是一种创作方式，一开始就带有文本化的意义；如果说文学作品是在"缔建一个世界"（海德格尔语）的话，张默则是经由诗性"旅行"——行走、跋涉、游历、发现……等，来缔建这个世界的。

具体到《独钓空濛》所缔建的"世界"来看，张默特意以三卷结集全书，分别为"台湾诗帖"、"大陆诗帖"、"海外诗帖"。三个板块，既是诗人行旅所及和作品内容的实际类分，也是诗人个体以及他所代表的那个特殊族群，心路历程与诗路历程的版图所在。

如此"命名"，分明带有"隐喻"的意味，暗藏"家园"、"故国"、"彼岸/远方"三种文化地缘，从而建构为一个极具代表性的经验世界。——细读三卷作品，无论诗人在写什么或怎样写，都无不暗自在对这三种文化地缘做着互动性的比较、纠缠与印证，在地缘中追寻血缘，在血缘中认领地缘。

分别三卷。于"台湾诗帖"，如向阳所指认："台湾的空间记忆和诗人的时间记忆相互交叠，使得张默笔下的台湾诗帖映现了1949之后来台作家的集体经验和生命印记。"①

于"大陆诗帖"，如须文蔚所评"……把乡愁、记忆、历史、文化和追求永恒的渴慕，透过一场场超时空旅行的记录，以地志诗的形态呈现在世人眼前，也开拓了旅游诗的新风貌。"②

于"海外诗帖"，如萧萧所言："我们可以感受到快乐出航时那勃勃而跳的心，同时也感受到旅者因见多而识广所闪现的智慧，那是吸纳杂音、芬芳嗅觉、拥抱璀璨、拍击绮思之后的智慧。"③

---

① 向阳：《融时空于一心——导读〈台湾诗帖〉》，见张默诗集《独钓空濛》卷一，台湾九歌出版社2007年版，第105页。
② 须文蔚：《从忧国怀乡到超时空漫游——导读〈大陆诗帖〉》，见张默诗集《独钓空濛》卷二附文，台湾九歌出版社2007年版，第233页。
③ 萧萧：《灿亮的心灵，明亮的调子——导读〈海外诗帖〉》，见张默诗集《独钓空濛》卷三附文，台湾九歌出版社2007年版，第358页。

如此三卷相生相济，不但构成别具一格的诗性行旅之丰饶景观，使人叹为观止，同时更将一般而言的"旅行诗"，提升到一个具有"文化学意义"的高度，令人掩卷而三思。

应该说，这也正是张默《独钓空濛》不同凡响的首要价值所在。

从审美向度来看，人们"在家中"的心境与"在路上"的心境自有不同。旅行中的诗人，既是与自然、与社会的对话，也同时是与另一个自我的对话；既是对已经经历过的生命体验与生存体验的诗性梳理，也是对还没有实现的人生愿景的诗性叩问。

细读全书，可以发现，由早期《荒径吟》（1954）中，对"不羁的浪子"形象的设问，到中期《再见，远方——旧金山红树林偶得》（1993）中，对"仰泳千山万壑之间/谈笑自在/如/风声"之况味的期许，到晚近《昆仑之云》（2006）中，对"傲视一切，它它它/它是一册令人百读不厌的风雨帖"之空茫的认取，隐隐可见一条不断转换并呈螺旋形上升的心灵轨迹——由血缘而人文，由地缘而世界；由生灵观照而心灵观照，由现实观照而历史观照；由时代意识而时间意识，由个我情怀而宇宙情怀——由此心境所生成的语境，也当然大不一样，在作为一种独特的诗写形式存在的同时，也便获取了一种对自然山水、人文景观、生命体验与生存体验之深厚而独到的感知方式。

试读颇具代表性的短诗《草原落日》（1999）：

影子揪着我，我揪着风，风揪着草原

远远的山冈上，一颗亮闪闪的落日
似乎一口气想把最后的余晖

全部倾出

于是漫步在草原上的我，和
我的影子
被拉得同地平线，一，样，长

在这里，生命的"地平线"与历史的"地平线"以及与自然的"地平线"已合而为一，直抵天人一体、物我两忘而无适无莫的浑茫境界。设若将"影子"置换为"历史"——过往的人生，将"风"置换为"现实"——此在的人生，将"草原"置换为"心境"——永恒的诗性生命意识，再将"余晖"和"落日"与一位跨越半个多世纪的诗歌老人形象相联想，这首短短七行的旅行诗，不是已隐隐然显示出生命史诗般的气度了吗？

五

总结上述，复综观张默《独钓空濛》这部诗集，毋庸讳言，或多或少，有人本意义大于文本意义的缺憾。尽管其大部分作品，都既不失专业风度，又充满自家精神，融灵魂叙事与诗性叩问于行旅感怀之中，处处可见自我的真心性、真感受，素直而爽利，鲜活而老辣，且不乏精品力作。但总体而言，在语言形式上尚缺少经典性的创造性表现。

仅从诗歌美学的角度而言，诗歌作为一门独特的语言艺术，或许更能产生艺术价值的，应该是在语言的历史中的写作，而不是仅仅拘泥于历史的语言中的写作——古今中外，一部部诗歌史，说到底是诗歌写作的风格史，即体现在写作风格中的诗歌语言之变迁史。这是作为文本化诗人之张默的局限，也是大多数当代诗人诗歌写作的局限。

然而到了的问题是：再论张默，我们最终要追索的意义何在？

其实答案在本文一开始便已给出：是体现在张默和与张默一起如此走过的诗人族群，那一种孤迥独存的"诗歌人格"和"诗歌精神"。这精神与人格体现于文本，或有这样那样的落差，但作为人诗合一的存在，便沉甸甸到不可估量！

失乡——思乡——返乡——再失乡——再怀乡，直至两厢（乡）皆不是，独自钓空濛——这样的大诗、史诗，已然由那"我站立在风里/满身的血液如流矢"（《我站立在大风里》（1967）的诗性生命在天地间镌刻，所谓文本的投影，则已是"伟大原不盈一握"（洛夫诗句）的了。

2008年3月

【辑二】

历史情怀与当下关切
——评大荒两部诗集

上篇

一个诗人的悲剧是什么？终其一生创作却没有代表作品为读者所铭心，为历史所留存。

而一个诗人最大的慰藉，也正在于无论其作为诗人的际遇是得意还是落寞，总有堪可立身入史的代表力作，存活并闪耀在现时和未来的文学艺术之长河中——而光荣也只有一种：在历史留下你的诗人之名时，也留下了你的作品，哪怕只是短短的一首。

在一篇题为《谁是诗人》的评论中，我曾将诗人分为三类：其一是知其名而不知其诗的诗人，一生没有优秀之作，仅以量取胜，最后皆成过眼烟云，凑了一阵热闹；其二是知其诗而不知其名的诗人，在生命的某个时空，"神灵附身"，挥洒就几首"天才之作"，就此洗手，有如昙花一现，是为"彗星式"的诗人；其三便是既知其名亦知其诗的诗人，他们在本质上和那些"彗星式"

的诗人属于同一族类，只是坚持"定居"了下来，成为以诗为生命存在方式和终极归所的优秀诗人。①

这一分类的建立，旨在将"质"的标准引进诗歌评论体系。中国向来是个"量"的社会，只是到了近些年，质的观念才逐渐进入我们的价值评判中。不在于你写了多少，而在于你写了些什么——在诗坛，一首天才的作品足以使其作者成为一位真正的诗人，而一个诗人的名分绝不可能使其非诗成为诗——这样的一种新的批评思想，正逐渐为人们所认可。

然而所谓"名家效应"，依然主导着诗歌批评界，大陆如此，台湾亦然。对此无须过多指责，但提示这种批评所易造成的忽略，并由此着力于对这种忽略所致的缺失之弥补，是一切对历史负责也对自身负责的、诚实的批评家们所应该做的。尤其当两岸诗界在长久的隔离之后，终于开始进入历史性对接而重写中国现代汉诗之大史全章时，这种弥补，这种全面真实地认识和估价台湾现代诗人及其作品的理论认知，显得尤为重要。

隔岸论诗，选择大荒和其20多年前的惊世大作《存愁》作评，其要义正在于此。

在台湾诗界，大荒不是大名家，但越过第一排那些一直叫响的名字之后，他无疑是最不可忽略的、重要和优秀的诗人之一。说其重要，是其拥有放在整个台湾现代诗去看，都备显突出的代表诗作《存愁》，和一部以《存愁》为集名的，具有相当分量的代表诗集（台湾十月出版社1973年版）；说其优秀，是因为在大荒身上，集中了一位诗人应有的优秀品质：不媚俗，不凑热闹，不计功利，关心诗比关心诗人的名号为重，持久地注视现实而又执

---

① 沈奇：《谁是诗人》，原载《诗歌报》1989年5月21日版。

着地深入对现实的诗性思考和艺术表现——持重，严肃，孤寂而超拔。

不无遗憾的是，从现有的资料来看，无论作为诗人的存在还是作为诗的存在，大荒和他的《存愁》，在台湾诗坛一直未得到应有的注重而一再被忽略。然而我们知道，真正优秀的诗人，最终是以他经得起时空打磨、岁月冲刷的优秀作品进入历史的。在两岸差前错后、比肩而起的现代汉诗之造山运动中，真可谓诗人如云，诗作如海，而潮涌浪卷之后，真正的优秀诗人和真正的传世之作，也正逐渐被重新确认。

在大陆诗界，明里暗里有一种说法，即台湾现代诗整体看去，大多是美而小的作品。暂不说此论的偏颇所在，即或就此为论，大陆近年来诗坛状况，不也存在这一弊端吗？这是整整一个时代的缺失，所谓诗的时代意义和历史感怀，已然主动或被动地逐渐消解。而作为"危机时代的诗人"（《存愁》诗集自序题目），我们又怎能全然脱离于这时代的挑战？时代需要诗的思考，历史需要诗的见证，人类需要诗的慰藉、诗的警策！

由此，在全面"下行"且平面化的文化语境里，那些坚持直面人生、直面时代、直面20世纪人类共同的困境，发出黄钟大吕而振聋发聩之声的作品，便显得尤为可贵——这正是笔者选择大荒，重论《存愁》的理论出发点。

大荒，原名伍鸣皋，安徽省无为县人。1930年生，年少随军赴台退伍后，曾任中学教师多年。初以小说名世，出版长篇小说《有影子的人》《夕阳船》及短篇小说集多部，继而崛起于诗坛，诗剧巨作《雷峰塔》（台湾天华出版社1979年版），曾改编为歌剧在台北演出，颇为轰动。中年后又以散文倾倒文坛，有多部散文集出版。

除《雷峰塔》外，大荒还有多部诗集先后问世，但其代表诗集当属1973年出版的第一部诗选《存愁》。该集精选长短诗代表作20多首，并自作序文《危机时代的诗人》。仅就诗而言，纵观大荒迄今30年诗歌创作，颇似一棵倒置的大树——扎根甚深，起点颇高，出手即成横空出世之大气磅礴，一发而不可收拾，成名后则渐趋委顿，少有新的高度超越起势，实在令人遗憾。然而作为堪可立身入史的传世之作《存愁》一集，已足以奠定大荒在台湾现代诗史上的地位。

能否写好长诗，是印证一位诗人艺术能量和思想深度的标志。为历史作鉴照，为苍生刻大碑，是诗人大荒发自生命底蕴的意愿。故大荒的作品，一开始就避轻就重，以个体生命与历史交融为一，作为"血的蒸气"，作为"醒过来的人的真声音"（鲁迅语），关注大时代、大状态、大生命意识，且以大意象、大构架、大诗、长诗的艺术空间予以容纳和展现，充分显示了一位高品位诗人的大家气度。《存愁》集中长诗、组诗占了主要篇幅，即是一证。

这里有抒情长诗《儿子的呼唤》，四节160余行。诗人以不屑于作破碎的、失去理想的现时代之"孝子"的心态，以睁大而至变形的眼睛和充满现代意识的新视角，以发自诗心未泯之灵魂深处的孤愤的呼唤，向这个走向沉沦的时代发出声声叩询与质疑：

> 谁的灵魂呼喊没有水洗脸
> 谁的脸孔流亡，谁的姓氏倒闭
> 谁的手抓不住泥土
> 谁的鞋子没有乘客

而生存迫人异化："伤口便遗失痛楚，眩晕便习惯船舷／不钓明月，不捕云影/面包挤在心口，心挤在脐下/海上没留足印。缺少一枚银钮/我们便典当一纸人格"，于是，"在没有疑问的年月"里，"芜蘼填着时间的空白/模式填着思想的空间"，历史已只是"一枚生锈的铁钉/把守着紧闭一房淫荡的门扇"！而唯有时代的良心——诗人清醒着，成"斜度上的重量"，尽管"时间老了，挥风的拳僵了/罂粟花已哄睡了眼泪"，诗人仍坚持着"在第三象限的晚秋"，"沿着沙滩向沧波呼喊/父亲！你在哪"——这是一个世纪的孤儿发自世纪中叶（写于1961年除夕）的"呼唤"，而传至世纪末人们的耳中，听来仍是那样深切而发人深省。

与《儿子的呼唤》相交映的，有《幻影·佳节的明日》和《首仙仙》两首长诗。

前者以诗人的人生际遇为切入口，分"夕阳船"、"西西弗斯的季节"、"远征"、"蝴蝶梦"四大章近200行，写死亡，写战争，写爱情，写命运，写个人的抗争与时代的迫抑，失望与祈愿，再次发出独自清醒的漂泊者忧郁的浩叹："玫瑰已是最后/仍然有人拿去赌博/下封信将寄到哪里。"

《首仙仙》则以一孩童离家出走、遗书自杀的真实事件为诗思的发端，展开为一阕审视现代社会之弊的苦歌："教科书是贫血的仓库/青春才美起来便宣告空竭。""冷漠！战栗！假面的回旋！""清醒是最冷的存在，你是最冷中最冷的清醒"，"长大的渴念就降成冷灰"。于此诗人再次发出呼唤："父亲，你在哪里"，"而父亲的呼唤一出门就让鲨鱼吞食；/你是一辆超速的婴儿车/犹未获得如何操作/便悄然在山巅上失速！"——这是典型的大荒式意象，为一个失控的时代作了最精警的造型。

还有一首重要的诗《挽歌》，诗不长，仅50行，但其凝重的意象，深沉的气韵，使人有如临深渊、独对荒原之感，句句如冰铁溅火，行行似暗夜电闪，将一个堕入物欲世界的现代人生存困境，哭悼得铭心刻骨。

而哭悼者，亦即这时代的清醒者的两难心态，在这里更刻画得让人惊心动魄："你是一把秋后仍然担任防务的蒲扇/不管从哪方面都扇不醒那些金脸"；"你是一口失锤的铁钟/费尽呼声都击不掉一声痛叫/你便勇敢如疯，挥拳击自己的脸孔/通过陷溺，你才认识深渊/通过历史的深渊，你才明白/何以诗总是拿去引火"。于是"钢铁豪笑的夜晚星星满含泪光/不能裁片月作卧毯或蓑衣/你就竖汗毛为刺，落手为腿/你就他娘的兽去！"——这样的诗句，即或是处于更深刻危机中的世纪末诗人们，又有几人能写得理会的？

从上述粗略的解读中，我们已初步领略到大荒创作主体的基本风骨，这就是强烈的现代意识和深厚的历史情怀。

汉语新诗的发展，在台湾进入60年代，在大陆进入80年代后，"现代性"一词已成两岸新诗创作共同追求的价值标志。然而到底何为现代性，真正到位的现代性诗感诗质是什么，皆很少深究。只是人云亦云，大多空怀一缕"现代情结"，骨子里仍是非现代性的。

对于诗人而言，现代诗的本质意义在于诗人主体人格，亦即诗人的血液、诗人的骨子里是否真正拥有现代意识——观念一日可新，手法一朝可变，而若血气未换，则永远只是在现代潮流的岸边作湿衣状，无法真正进入现代性"思"与"诗"的精神空间。

而所谓现代意识，我认为，恰好是对"现代"——现代物质文明、现代商业文化、现代驯养方式、现代生存困境的一种深层反思及反叛，以求回归或重建人类精神家园；这种家园，人类曾经未明晰且不完整地拥有过，而于近现代全面失落——这是现代诗的出发，也是它的终结。

显然，在诗人大荒的血液里，我们听到了这种现代意识的强劲的潮声。它源自诗人天生的反叛精神、审视目光和敏锐感觉，再加上他对人生严肃的叩寻，对生命深刻的体验，使他较早地成为这个危机时代的清醒者，并从主体人格上展开为三个层面——

其一，作为失去之家园的"守望者"

大荒出生于长江北岸一个农民家庭，童年、少年、亲情、田园，贫寒而美幻，瘠薄的土地上正准备开一朵自由的精神之花，战乱便撑起16岁少年虚妄的梦想，从此永离故土家园而一直漂泊至人生的黄昏。正是这种起至根部的"家园情结"，使大荒成为骨子里的愤世嫉俗之理想主义者。

在诗人大荒的精神世界里，"家园"已不仅是一个简单的"乡愁代码"，而是一种生命归所的隐喻，一种终生不甘的追寻，一种神性的呼唤和依托，从而使个体生命从时代沉溺中昂起头来，在返回"家园"的路上，使生命展开为诗性的、悲壮而真实的精神历程——"焚语字为香/我是朝山，一步一叩首/奔向你，我的神呵！"①

其二，作为生存之现代都市的"叛逆者"

正是那缕始终未泯灭的"家园意识"，使漂泊台岛、栖身台北大都市的诗人大荒，一直对其生存的时代持有一份尖锐的批判、一瞥常醒的审视。随着这种批判的深入和审视的长久，诗人的目光便渐渐超越阶级、民族和时代，为整个人类之生存困境发出诗的思考和思考的诗。这种超越是极为重要的，尤其对于常为狭隘的阶级利益和狭隘的民族利益所束缚的中国诗人，不迈出这一步，

---

① 大荒：《惊蛰——致燃烧的灵魂之一》诗句，见大荒诗集《存愁》，台湾十月出版社1973年版。

与人类意识对接,就无以深入现代意识的内核。

是以大荒的大部分诗作,至今仍使两岸新老读者发生强烈的共鸣之处,正在于此。我们很少在他的作品中,看到无关痛痒的闲适之词或自怨自艾的小我之情——"孤傲如菊/冷酷如莲/幽隐如兰/悲怆的灵魂/在寻大荒的路上"。①

其三,作为人类彼岸世界的"瞩望者"

拒绝与再造,乃是 20 世纪人类精神历程的根本命题。拒绝不是目的,解构的意义亦在于将一种绝望的拒绝推向极致;而再造更非老式的"乌托邦"之虚妄,再造是拒绝之中一次新的或另一向度的出发,一种世纪末之家园"瞩望者"真实的、源自生命本真祈愿的诗性叩寻和诗性言说。

"这就是理由了/何以顶一头雪/依旧柏然、松然/且悠然采菊东篱/万里关山外/不论你的妩媚或你的跋扈/都是我的极目"。② "瞩望者"的人格形象,在诗人深沉隽永的诗行中,得到了最真切的解读。

这种强烈的现代意识,在大荒身上,同时体现为深厚的历史情怀:赋个体诗性生命以大历史感,赋历史以个体诗性生命之大魂大魄,心灵包容历史,历史重铸心灵,在心灵与历史的两极中实现诗的大视野,这正是大荒诗歌的重心所在。即或是在后来一些乏力之作中,这一主体人格的光彩,仍然时时生辉而少有褪色。

按大荒自己的话说:"我是国事家事事事关心的人。"

这种关心在诗人大荒这里,并未陷入具体事件之被动琐碎的

---

① 大荒:《惊蛰——致燃烧的灵魂之一》诗句,见大荒诗集《存愁》,台湾十月出版社 1973 年版。
② 大荒:《倘我是中国——致燃烧的灵魂之三》诗句,见大荒诗集《存愁》,台湾十月出版社 1973 年版。

表象反映,而是上升为渗透了一个民族乃至人类情怀,为超越时代局限、生存困境而寻求家园再造过程中的大悲怆、大痛苦、大叩寻,并将这一切又高度集中于诗人生命个体之一身,予以超常的、超前的、超人式的艺术再现——"牙齿为咬历史而紧闭/双肩为挑日落后的天空"。①

大荒这一创作主体的基本风骨,在其《存愁》集中《流浪的锣声》一诗里,得到最鲜明的"诠释":

> 猛然一击,负痛从锣面抛出
> 发现自己已是一失去居所的蜗牛
> 赤身而卧,哭泣着
> 不知如何挽住那声苦楚
> 死亡犹未到达而已俯身冲下
> 就这时候,我的触手摸到
> 伟大原来不盈一握

这苍茫悲壮的"锣声",穿越时空,至今仍敲得人心痛!而集这一主体人格力量之大成、集中体现大荒诗美本质者,则是作为《存愁》诗集篇首的长诗代表作——《存愁》。

《存愁》一诗,按大荒自注附记及后记所言,前八章原为十章,是诗人最早的初稿之作,最后三章为改定组合为长诗时补充新写,前后近十年(1960—1968)酝酿修订而后定稿,可见对此诗的心力所重。

全诗最后定稿共11大章,220行,不仅结构宏大,意象精深,

---

① 大荒:《冬雷——致燃烧的灵魂之二》诗句,见大荒诗集《存愁》,台湾十月出版社1973年版。

气韵超凡,且以其深切浓烈的现代意识与特异不凡的语言艺术的和谐表现,成为台湾现代诗创作中,一部经得起历史再审视的精品力作,即或放在整个 20 世纪中国新诗大视野中,也不失为一部十分优秀的作品:

> 常是悚然,常被一羽毛击倒
> 常是迷失于幽暗的死狱
> 许多气息挤不出喉管
> 许多肮脏的影子践踏我的眼珠

这是长诗的起首一节,突兀冷峭,一句"常是悚然",将世纪的浪子孤旅——醒着的过客之心态斜刺而出,肃穆之气逼人。以这样的态势进入"存愁"世界,诗人的思考"便被咬定是一堆炸药",亦即对现实的彻底解构:"以黝冷的铁锤,在深井穿凿/我的工作是将井打成漏卮"——世界的暗夜如深井,诗人的使命是穿透它以漏进曙光——而"如竣工纪念碑终于竖不起来/我的名字必被解散为一负号"——在自热自闹自虚伪膨胀的时代表象之"美好的时刻"侧面,这个解构的"负号"冷冷地切入,"捧夜色洗脸",以代表人类"把吃过自己心脏的那份狠洗净"!

强烈的反思与批判由此爆发,而首先需要"洗净"的,是那种由两岸同然的文化根性所遗传的意识形态暴力:"不管有没有风,总是高悬七号风球/什么翅膀也不许飞,除掉蝙蝠",而"凡是笑声都被雕塑起来/犹如娼优的脸谱,借给所有的脸孔/设若不配且无以租借/就用劲打自己的腮帮"——被政治一再阉割的民族灵魂之无奈状,在此得以最典型的诉证。而对此诗人只有言说,只有拔下上帝的胡髭"填空虚的烟斗"……(第二章)

痛心疾首中，诗人意识到，必须死离这迷失的时代方能求得真生："殡仪馆是最安全的客栈/从焚尸炉出境，才是燃烧的灵魂。"由此，诗人进一步指出：这是一场"剧烈"而又"冷寂"的、物化世界与神性生命、生存与尊严极端分裂的现代战争——他告诫世人，我们"在危险上生存"，且"必在某一刻跌下"（第二章）。

第四章写失去"伊甸"而又不甘沉沦的时代"落伍"者，尴尬而无奈的生存困境："我是一株遵循主的意志的蛇木/我只占一碗之地，饮一口露水/他们说我应偿付动物时代的罪孽"；第五章写现代人最根本的失落——宗教情怀的失落。救赎成为一种滑稽的演出，诗人只有讽喻撑着冷冷的笑："唾液在犯滥，诺亚垂死地呐喊/他的方舟昨夜被海盗偷窃"，于是"释迦牟尼的睛瞳因而有慈悲的尸体"，而"一群病人用甲种火烧理念的窄门"——荒谬的时代，美学也需"配给"，外来的假美，祖传的真丑，使诗人恨不能"将我的牙在河里溺毙"而不再言说，"而当我归去，在黯黯的荒野/我又遇到戴假发掮客/只要肯卖祖传的房屋/他愿付我全世界的月光。"

叛逆者并非不肖子，诗人的恨源自更深的爱，他永不会去出卖祖传的房屋，但也无救于别人的出卖，便只有"依赖长满寂寞的躺椅/畏惧运动一如蛇蝎"（第六章）。

冷眼看世界，诗人更彻底地看到了这个危机时代的本质性病症："全部风景是一失尽风景的躯体/全部味觉是一世纪不洗一次的脚布。"两句惊世之语，给人以说绝言尽的震撼。接下来诗人营造了一个更为让人震惊的意象：已趋溃烂而满身体臭如"脏女人"的生存现实，硬拽住诗人"喂我以其淡淡的口水/要我抚摩其下体，并作她孝顺的孩儿！"诗人恐怖而至绝望，遂发出这个时代最惨烈的诀别（第七章）：

> 明天，我将去礼拜圣堂
> 我将向主作腐血质的祈祷
> 我求他将摇篮还我，将我缩小
> 将我复为一未生的原质

生存与尊严，历史与人，以及对"摇篮"（作为家园的代码）和生命"原质"泣血的祈讨，使这四句诗逼近一个世纪性的经典隐喻，实在可以勒石刻碑，矗于世纪的诗语长廊。

不甘作时代卵翼下的蛆虫，诀别之后是深深的回忆和检视："回来，在小池边放芦叶舟的日子/我重新悼念种植铅笔的故事/想想那次泪洒蚱蜢的沙冢/猛然忆起我曾以刺刀戮杀我的兄弟。"值得指出的是，这代表一段中国惨痛历史的检讨的诗句，写于30多年前，需要怎样的胸怀和眼光！而这，正是诗人大荒穿越时空之生命真实和艺术真实的力量所在。

不仅如此，诗人在检讨之后，更把嘲讽的芒刺直扎向荒谬时代的营造者："纺车要求继续其尊荣爵位/他宣称他是唯一的衣裳"；诗人欲于传统人文价值中寻求一点凭借，"去捞屈原的魂魄/他嘱我将离骚翻译成水/他已将版权卖给第二祖国！"这是何等的哀痛，而权贵们则在衰败中寻一方媚外的西药："凡外国萤火都视作灯笼/西风逐渐猛烈，他们要我/偃卧如鸵鸟，以臀抵挡蹴踢"（第八章）。

从创作时间上看，全诗前八章形成一艺术时空，其主体视觉是向外的，即带有生命体验的历史批判，为一个迷失的时代——顽腐的政治高压，窳败的社会道德，急遽的工业化进程等等存照留影,且敏锐地预示了这时代之后亦即后工业化文明的危机趋向,显示了诗人深厚的精神底背和处理大主题的艺术功力。然而仅至于此是不够的,诗人必须将主体视觉二度折返自身,向内探究为历史所重铸的生命个体的嬗变,从而由对外在现实的关注,转向更具普遍意义的人的生存形态及生命悲剧之本质的思考,把读者引向一个远远超出作品所写情境的时空境界,升华其生命意识。

对此诗人是自觉的,是本能也是智慧,促成大荒续写了最后三章,从而使整部《存愁》最终成为一部完整和谐的鸿篇巨制。

折返自身后的诗思,充溢着对个体本真生命的追忆、眷恋、叩问和彻悟。是的,只有个体的生命过程是真实而辉耀的:"曾经那样豪迈,指向日葵为活的黄金/击沉寂为音响,逼水为酒/一慷慨就是一首缠绵的情歌"!

然而在社会、在命运、在人类整体无常无序的运动之前,孤弱的个体生命只能守一份灵魂之无奈的诗意:"不再争辩常常争辩的主题/如何将愤怒摺成一袭柔软的内衣",而诗人更要守一份生命的尊严和真实:"当植物鄙弃泥土,我写赠言于水上/如果人类根本不高贵你就向鲨鱼臣服"(第九章)。

于是诗人投目光于未来的新生命,可他发现孩子们更是"第一口呼吸就是麻醉后的天空","而明日将是艰苦的雕像,犹未坐直/我已见你用窄窄的肩背抗拒巨石"(第十章)。

经由对此在之生存意义的叩问,导引出代代因袭的生存悲剧,希望何在?

诗人唯有持存一缕最终的苦恋,期冀生存大背景的转换,亦即两岸的统一、家园的重返——对于大荒这一代诗人,乡愁几已成为生命最后的维系,彼岸已渐成为宗教性彼岸的同一,且最终升腾为20世纪人类漂泊之灵魂整体的"乡愁":

当口唇已焦敝而犹拒饮脚下的河水
当河水已将冻结犹未理解该褊袒哪一岸
当两岸行将崩裂犹坚持不肯握手
他就颓然而卧，变成一枝横波的芦苇

不问倒影为何老仰望天上的流云
为何每个瞳孔都燃烧着忧戚
爱洗手的人呵，水也被洗出思想了
为何水必以盐证明身份

假如我们再试着将诗句中的“两岸”，置换为现代人类困惑的此在生存之岸与失落已久的彼在精神家园之岸，我们不是已诗意地触及到20世纪人类最根本的命题了吗？实则台湾的特殊历史存在，尤其是从大陆赴台的一代人之特殊生存处境，已成为一个世界性的“隐喻”！由此我们方理解到，何以台湾诗人的作品，大都落题旨于这已深含宗教情怀之人类意识的“乡愁”之上。

《存愁》的尾声，则将此乡愁推到更深沉绝望的境地：

硬是坚持到九月
只为观照地理上的菊花
读过二十遍雁行依然领略不到秋意
意念就是一株暮春的桃花
吹口风就落阵红泪

悲天之不天，悯人之非人，除了寥若晨星的诗人作为世纪的独醒者，谁还解得“秋意”？时代依旧按无常的驱动力作昏热的行进,一切都是在无"所指"状态中离散和消解,而"彼岸"已成为一个一再被推移的"能指"符号,而"救赎"也只是诗人孤寂的自慰,真是"此愁绵绵无绝期"!

"悚然"之最终,诗人的选择是唯一而纯粹、绝然而高贵、传统而又现代的——拒绝于世,再生于诗,返归生命的"原质"而死于非死之死——

  那抉目而死于秋天的人
  乃一拒食大麻精的蜻蜓

在对大荒《存愁》诗作做了以上意义价值向度的粗浅解析后,我们必须同时指出其审美价值向度的特殊品质——没有后者,大荒这些以史入诗,以社会题材为主,可谓入世较深的作品,就很难抵达今天以及未来人们的深心。

大荒是位趋于理性化的诗人,对他的人生和这人生所处的时代有着长久而深入的思考。但大荒没有被这理性所"钙化",而是以意象化的、敏感而睿智的诗性之思,来集纳和负载时代命题、历史叩寻和生命底蕴这样的大题材。大荒的诗歌意象大都突兀、厚重,深沉而又不乏新奇,富有哲学内涵和历史意蕴,可称之为"大意象",所谓"孕大含深"。以此大意象来表现大主题,自然相得益彰,独具风格,且常常营构出超越题旨的时空境界,从而使作品拥有长久的艺术生命力。

其次是大荒诗作中特有的气韵。

大荒是一位独步历史广原和生活化境的苦行僧,具灵秀狂狷之气、高逸华美之风。透过其深沉的思维而流于笔端的,尽是发人深省和回荡不已的纯情表达——这是台湾评论家金钊对大荒散文作品的赏析之词，借用以评其诗，也颇恰当。

因了天性的敏锐、多思、善感而又内向孤僻，大荒的艺术气质中有其阴柔的一面，而后来人生的坎坷磨砺，又造就诗人不羁的反抗意识和刚直品格。大荒将这两种相克相生之气，亦即传统文人的儒雅与现代生命的焦虑融合为一，贯注诗中，使其兼具阳刚与阴柔之美，狂狷与深沉之气，登高山而临秋水，不媚不浮，超凡脱俗，抵丹田而开胸襟。

而最为体现大荒诗歌品质的，当属其语言造诣。纵观诗人作品，可以看出他汲取了不少西方现代诗歌的感知方式和表现手法，但在题旨选取、手法经营和意象创造上，则深植于现时空下中国人自己的现代感和母语特质之中。

冷、凝、沉——这是大荒诗语的基调。冷而不僻，出人意料，新奇而峭拔，常给人以强烈的艺术撞击感；凝而不涩，聚力于引而不发，内凝外释，句与句之间常有大的跨跳，似无从联结，但内在的气韵贯通，反生张力，回味有加；沉而不暗不滞，注意控制，不滥泄，不虚浮，自然就剔除了矫情的侵蚀。冷语异象下，有生命的大激情、大关怀、大彻悟之潜流汹涌，而非浪花泡沫之浮词俗语。

三种基调的融会，使大荒的语言给人以外冷内热、如铁似金之感，于撞击之后有更深的渗透力，读来直似冰里腾火光，火里溅寒冰。大荒一直尊崇杜甫诗风，是当代两岸诗坛难得的苦吟诗人，其对语言的苦苦锻造可想而知。

大意象、大气魄、大诗语感，冷峭、凝重、高远、深沉，这些可称之为大荒式的诗美品质，在其早期作品，尤其是《存愁》诗集中，得到了最为充分而集中的展现。遗憾的是，后来的大荒似乎再未能回到其诗的"原质"，趋滑于乏力的流失状。

对于大荒，这实在已是无憾之憾，尽管我们不无期盼地守候着诗人新的"横空出世"，但有《存愁》铭心入史，又何憾之有？

下篇

在近半个世纪的台湾现代诗运中，大荒可算是历尽潮涌浪卷而少有摆荡的一位，不计沉浮，默然而沛，坚守自己的方向。这方向就其艺术追求而言，是古典与现代的融会，思辨与抒情的熔铸，理趣与意象的共生；就其诗歌精神而言，是深厚的历史情怀和落于当下的生命关切，亦即为历史作镜、为苍生刻碑的创作立场。应该说，持有这一立场的台湾诗人并不少见，但能将其作为一生写作的支点，锲而不舍、深入持久，乃至已化为诗性生命的一份期许而如大荒者，也真是为数不多。

新近问世的大荒 90 年代诗作结集《第一张犁》（台中市立文化中心 1996 年版），便是对其恪守的诗歌立场的又一份厚重的证明。

这是大荒的第四部诗集，共收入五十八首短诗和一部五场短诗剧。从题材上看，短诗中大部分是对历史事件与历史风物的重涉和开掘，即或是其他一些咏物赠答的诗作，也均深含对历史与时代的追寻与反思。一部诗剧，则是根据诗大雅《生民》及《史记·周本纪》有关神话与史料加以创制，且隐隐透出诗人关注史诗创作的雄心（大荒在 70 年代末，曾有大型长篇诗剧《雷峰塔》问世）。

以诗眼看史而反观现实、叩问当下，本是汉语诗歌一大优良传统，在新诗发展中也不乏继承与光大。只是到了后来，渐入歧路，趋滑于工具理性和传声筒式的说教，社会学的成分加大，遂"钙化"了诗的艺术感染力，使人生厌。尤其到了多元共生的当代语境下，在告别集体乌托邦式的群体写作而进入个人化写作之后，诗人们更多转向内心求索，其历史情怀与当下关切之情，便越发淡薄了。

应该说，这是一种无可厚非的过渡性现象，但我总认为，这同时也是中国当代诗歌不完全成熟的一种表现。不能因为咏史言志之诗到后来走了歧路便弃之不顾，乃至视为畏途。有作为的诗人完全可以重铸这一脉诗风的灵魂，再造其不可或缺的艺术功能。

而诗不能无"志"，有如人不能无骨。就我个人的理解，这"志"应是建立在历史感、时代感、凝缩了对人类整体生存状态和集体深层心理之关注的生命体验这三个基础之上的。当然，有无此"志"是一回事，如何言说此"志"是另一回事。实际上，在当下的两岸诗坛，这两回事都存在着普遍的缺失而有待弥补。

对此，诗人大荒在其长达30余年的创作生涯中，一直持有清醒的认识，且从未因潮流的变化而偏离他认定的轨道。大荒曾有言："把志言得很艺术，诗就辐射出另一功能——提升人的情操，净化人的心灵，人的尊严性也必从此导出。欠缺这些，人之为动物，是无价值可言的。"[①]

显然，这种"功能"说源自传统诗学，并不新潮，但在这个普遍乏"志"缺"血"的世纪之交时空下，就显得尤为珍贵——这份"珍贵"，在大荒早期的《存愁》诗集中，便已有强烈的辉耀。此后经持久的磨砺、曲折的探求以及沉寂与困窘的考验，到了再度崛起于90年代的《第一张犁》集中，已是尽弃铅华，愈见本色了。

以史入诗，难在要给出新的说法，若就事论事，则易落于说

---

① 大荒：《危机时代的诗人》，转引自《台湾诗论精华》（沈奇编选），陕西人民教育出版社1995年版，第24页。

教或卖弄知识之嫌。同时,这种新的说法还要与当下相关联,给人以新的诗意,并在这新的诗意中得以新的启悟或感染。这实在是一个很高的要求,是检验高手与庸常之辈的试金石。

大荒于此道,颇有些驾轻就熟的大家风姿,敢于接纳各种与史有关的题材,写来从容不迫,常于险峻处见风光、平实中透鲜活。如篇首《第一张犁》一诗,写登临安平古堡,追怀开山圣王郑成功收复台岛,"认领"那一片海上的"新世界"时,诗人的笔锋直探英雄当年胸臆,写道:

> 你试用双手探测她的体温
> 竟触到一颗青春的心跳
> 大地发情了!你狂喊一声
> 便急急打造犁头
> 把泥土翻起一卷卷美丽的波浪
> 植字而成为诗歌
> 播种而成为粮仓

短短数行,将一段沉寂已久的历史翻新得如此真切而又如此幻美,在虚拟中抵达历史的真实,再现英雄的魂魄,读来振精神、消暮气,沐先烈高风而开当下胸襟,颇显诗家之笔与史家之笔不同之处。

再如,《致杜慎卿》一诗,写读《儒林外史》所得,名是言说古人,志在讽喻当下,其语境便别生一种意趣:"打从猴子退化成人/地球就到更年期了/四维之外没有空间/两性之外没有匹配/我是她老掉牙以后才生的孩子/从人格到性欲都倒错过来",写现代人生命质量的窳败,可谓入木三分。诗人再作对比道:"你(指

《儒林外史》中的杜慎卿）是那个时候的公子哥儿/客串一下男人的一半/无非外遇外的外遇/我是后现代浪子/主演男人的一半/却是常数中的变数/于你为偶发的疯狂/于我则是命定的绝症",由此诗人替现代人叹息:"我只能在太阳背面采光。"这一声叹息是如此低沉而又冷峭,如一枚斜刺的冰刀,挑开我们生存中的溃疡,发人深省。而从读《儒林外史》扯上"后现代",也足见诗人笔力的峭拔与诗思的开阔,颇见功力。

给出新的说法是一回事,如何诗化地"给出"则是另一回事,这是以史入诗的又一大难度,即其语言的难度。诗以意象取胜,但写这类诗常因题材所限,很难自由地发挥意象营造之能事,事象和叙述性语言在此要占主要的成分,如何就此生发出诗意,全在于对语言的锻造,而这,正好是诗人大荒的长处所在。

只要深入研究一下大荒诗歌的语言艺术,便会发现,诗人对非意象性语言的把握,从一开始,就显示出很高的才能。这一方面来自他深厚的语言功底,另一方面,一开始就选择史诗、长诗和诗剧这样高峻的诗路,潜心探求,经久历练,那一份把握便越来越得心应手,逐渐形成了独具的风格。

大荒本质上是一位偏重于理性的诗人,所谓白昼心性、思之诗,其语言颇具知性的硬度。同时,又不失理趣与意象的弹性,显得肌理分明,有一种骨感的美,高古而又现代。由此,诗人方敢写难写的诗,处理难处理的题材,别开生面,独领风骚。

在《第一张犁》诗集中,大荒的这种语感,发挥得更加洒脱自如、纯净而干练。其中许多篇章,几乎全不事意象,纯以事象理趣为主使,缓缓道来,冷冷说出,看似不经心,散淡直白,而细读之后,方欣然会意,惊叹诗人能于如许生涩的题材上"给出"如许幽深的诗意来,有如干枝梅花,"味"在远近有无之间。

试读《黛玉焚稿》一诗中这样的句子：

然而我是大观园内一盏孤灯
以泪为油脂
我那表兄恰是我的火种
点一次
我透明的身子就枯些
我病恹恹的生命又亮些

没有什么特别的意象，纯以叙述性语言作载体，说话似的清明爽净，读来又分明觉着有一脉诡奇的意蕴萦绕于语词的背后，所谓平实中见奇崛。而写情至此，已深得"红楼"真髓，尽脱感情造作，也更贴近生命的骨头。

同时笔者还注意到，大荒在《第一张犁》集中，其语感比先前尚多了一份讽喻性和调侃意味，显得更轻松也更老到。

譬如《老子出关》一诗中，便有这样的妙句："我的道被形容成一把破蒲扇/只能替伤口扇凉"，语轻意邈，极得神韵。

为此诗人还时不时在这种语式中，有机地糅入一些颇为"新潮"的新语词，既贯通时空，又冲淡些干涩，且显示了诗人超然达观的心境。如前举"后现代浪子"之句。又如《秦淮河畔访李香君故居媚香楼》一诗中，写秦淮河："桨声、灯影、朱唇、翠袖/风流的行业/专卖销魂那种商品/小杜那首著名的七绝/除了杀风景/无非让船娘歌姬/唱过后庭花/多一个点唱节目。"亦古亦今，亦庄亦谐，横生一脉意趣。写至香君赴难："你挺身出风尘/解构花容月貌/教明日不知死所的群獠/认认/人格是什么样子/血性是什么颜色。"一词"解构"，顿使史的追怀化入当下语境，平生许多深长的意味。

其实无论古今诗人，凡以史入诗，总是要借历史那一杯陈酿，来浇当下胸中之块垒的。而诗歌语言原本是思的脱颖而出，有怎样的心境方化生怎样的语境。大荒在对他特意选定的历史切片作新的诗性解读中，既说出了独到的新意，又给出了不同一般的新的说法，在一片为当代诗人多已荒疏的领域里，拓殖出新的气象，充分显示了一位成熟的、高品位诗人的优秀品质。

这一品质在这部诗集的一些非史事作品中，也有上佳的表现。即或如登临览胜、咏物赠答这样看似普泛陈旧的题材，经由大荒的处理，也多能生发出或苍朴凝重、或新奇别致的意蕴来，且均赋予历史的目光和落于当下的关切之情。

譬如《土龙的呻吟》一诗，写我们赖以生存的土地被过分掠夺而濒临崩毁的情景，其开头与结尾的诗句就特别具大荒式风格："非我不肯帮你们挺着／是我根本挺不住自己"，话说得极平实，可似乎让人在忍俊不禁之下，又有一种被撞击的震动。"至于我，原本在沧海桑田间轮回／只是这一轮时间实在太短／桑树还来不及结椹／便随我夭折……"还是那种超然远观的语气，却又分明有一抹历史的苍凉感，浸漫于字里行间，引人于更深的回味中，感受诗人那一腔悲悯关爱的情怀。

诗是要有精神的，诗人是人类精神的开启者、承传者和呵护者。在一个历史经验与文化记忆普遍流失的时代里，诗人的职责是及时唤回这种记忆和经验。大荒正是属于这种有责任感的诗人。

但问题在于，对于大多数已远离传统、远离历史经验与文化记忆而耽于眼下、手边和即时消费的"后现代浪子"而言，无论是大荒所操持的语言，还是他所处理的题材，似乎都有些隔膜感。读大荒的诗，尤其是他晚近的作品，没有相当的知识与语言背景，是很难进入其冷僻高古的语境中去的。尽管诗人也一直在作着沟通的努力,但其恪守的诗歌立场和语言修养,又很难完全为所谓的"后现代"认同。

当然,我们无权也没有理由去要求个在的诗人去改弦更张,更无法料知新人类将如何做出更新的艺术趣味和价值立场的选择。这里我只想起艾略特的一句名言:"……一个诗人,假如在二十五岁以后仍然打算继续写诗,他就决不能忽略历史的眼光。"① 那么,一位诗爱者,假如在不再年轻的岁月里仍然要继续读诗的话,是否也应该持有一份历史的眼光呢?

这其实是不言而喻的。

我只是想借此说明:诗人大荒的作品,尽管尚有某些未完全突破的局限,但他基本的风骨,是我们这个时代所缺失的。他的诗,是为那些心智成熟了的人们所写的,或不为当下所青睐,却可能为历史所铭记。

1993年1月—1996年7月

---

① [英] T. S. 艾略特:《传统与个人才能》,转引自《西方诗论精华》(沈奇编选),花城出版社1991年版,第402页。

诗重布衣老更成
——大荒诗集《剪取富春半江水》序①

与诗人大荒一面之识而成忘年挚友,说起来,都是因心仪这位台湾前行代诗人的人品、诗品而致,交流愈久,感念愈深,虽山迢水遥,只见作品不见人,也在在难以割舍这份浸润、这份感染、这份历久弥新的激励。即或是后来分力倾心拓展开来的个人对台湾现代诗的研究,也缘起于这初始的交流,由大荒而张默,而"创世纪"的主将们,直至全面的深入。

由此经年尺牍,不觉已是七八年了。这七八年间,我几乎阅读了大荒包括诗和诗以外其他文体在内的所有作品,也得友情之利,广泛研读了彼岸诗界的主要诗人和主要作品,便也渐渐对大荒,以及与大荒并肩而起而前行的这一代诗人,有了更深的理解,

---

① 《剪取富春半江水》,台湾九歌出版社1999年版。本文根据大荒提供的诗稿撰写,后大荒以此集获台湾中山文艺奖。2003年8月1日,诗人不幸因病去世,此序便成为笔者多年研究大荒的一篇纪念性小文,收入此集,以志永念。

并时常由衷地感慨：正是有了这一代诗人的存在与持久的奋进，历史才没有完全断裂或塌陷。

大概正是因了对这份理解的信任，大荒不惜降格以求，要我为他新结集的这部诗集作序。向来为序者，多是名家或前辈，如今倒过来行事，虽是忘年知己，也不免有些惶然。只是老友心诚意挚，却之不恭，只好从命，来一次"违章作业"了。

这部新集，是大荒近几年诗作的一个精选本。就大荒个人的创作而言，大体仍遵循他持之多年的风格，只是视野更广阔、语言更精纯些。但若将其置于近年两岸诗歌发展状况的大背景下去看，就有了不少别具价值的认知。

进入 90 年代，两岸诗界都起了许多微妙的变化，彻底物化、商业化的社会与日益幽闭的诗歌，形成一种困窘与尴尬的局面。生存的问题实际上是越发尖锐了，而诗人们的言说却含混不清，只管自地高蹈、自恋、空心喧哗以及游戏化。不可否认，在"技术至上"风潮的推动下，诗的样貌与技艺是空前的发展和成熟了，诗的灵魂却有些走神，语言的狂欢下面，是精神的缺失、使命的缺失、乃至人格的缺失！新手依然层出不穷、出手不凡，成名者更是盯着"席位"、奔向"国际"……失重的时代，游戏的时代，妄自狂欢的时代，历史和诗神一起陷入了迷魂阵。

有狂欢就有守夜人——这是时代唯一没有缺失的规律，也是大荒持之一生不变的角色定位。而这样的角色常常为并非显贵的布衣诗人所认领，似乎也是一个不变的规律。

严沧浪云："学诗者入门须正，立志须高。"纵观大荒创作历程，可说是自一开始便根正志高，远离浅近功利，沉潜岁月，拒绝平庸，深入生命中的各个时空，以良知、救赎、历史情怀与现实关切为精神底背，以诗的方式对时代的文化状况和生命状况，做出深层次的介入和指涉。

由此，历 40 余载艰辛步程，为写作，大荒"积累的不是专业知识而是疑问"（布罗茨基语）；为诗人，大荒从来不屑搔首弄姿的票友形态，而自甘为以跋涉为庙堂的香客、与历史有约的使徒。无论是身处政治高压、工商风潮，还是后现代语境，大荒为时代守夜、为历史补缺的精神立场，从未移步半分。"一吟悲一事"，事事关我心，离开时代所提供的存在感受与问题意识，离开似乎与生俱来的历史情怀与现实关切，诗人大荒真不知该如何发出他诗的言说。

显然，大荒是一直看重诗的载道功能的。

诚然，"道"若载得太重，或有伤诗之风姿、诗之筋骨，但一味话语缠绕、不着负载，也难免成无骨之皮相、无根之浮萍，自哄哄人而已。对此，多年不好声张的大荒，终于忍不住做了一点夫子自道："在台湾，我大概是咏史最多的人，因此朋友们都戏称我是历史癖。历史与地理构成人类生存坐标，避开它，你算老几呢？至于我，它既是扛在背上的十字架，又是一架雷达——观照的范围。"① 话说得很平实，也很形象。

以历史之镜鉴照现实，本是汉语文化和汉语文学一个悠久的传统，然而这一传统和发扬这一传统的能力，在这些年的诗歌中，已渐渐成为"稀有金属"。多见诗的话语之翻新，少见诗的负重之加力，淡远了世道人心和人文精神关怀，更遑论历史鉴照与现实改造。正是在这一点上，历经岁月的淘洗，愈来愈显示出作为诗人的大荒，操守与风骨之难能可贵。

诗是"危机状态下的语言"（马拉美语），诗是我们这个时代

---

① 大荒：《掉进猪笼草的飞虫》，原载台湾《创世纪》诗杂志 1998 年 6 月号总第 115 期。

最深刻的需要。

轻的时代，重的诗，大荒义无反顾地选择了后者：审视历史，关注人生，着力文化，解剖时代，眷顾自然，恪守理想——从横空出世的《存愁》（台湾十月出版社1973年版）一路写下来，有了《台北之枫》（台湾采风出版社1990年版），有了《第一张犁》（台湾台中市立文化中心1996年版），又有了以肝病缠身而诗风大健的这部《剪取富春半江水》，1997年，更以一首颇具反讽风格的《威尔莫特们万岁》获台湾年度诗奖。一向我行我素自甘寂寞的大荒，终于得到诗界的褒赏，虽是晚来的慰藉，也可见历史的不薄。

《剪取富春半江水》新集，仍秉承大荒一贯的诗风，巡视于历史与现实之间，以独立的人格，独特的视角，独在的语感，在惊鸿一瞥中透显凝重的诗思，使读者在蓦然一惊中得以认识的提高和审美的飞跃，字里行间，充满社会血色和时代肌理。

不同于以往的是，诗人近年临老返乡，几番故国神游，便多了些临山川形胜而发幽思的篇章，深情中更具郁结。一阕《寒山寺》："仿唐的钟声论记卖"，"我连敲三记都没听出一丝禅意"，夹叙夹议，冷冷道来，直刺商业文化的私处。集中大量咏史之作，不落窠臼，重探新意，以现代意识切入，见出洞察世事的超越，谨严端肃，颇具大道风情。

从历史和自然中索回的启悟与感慨，更激发了诗人为时代把病疗伤的情怀，问题意识成了大荒近年诗思的重心，时作惊世危言之语，一组六首的《一杯水主义》及同类作品，辞正意邈，亦怒、亦怨、亦悲悯，理趣中见得深义。

经由持久的磨砺，晚近大荒手中的这支笔，愈发生辣与老到，在日渐人烟稀少的这一路诗风中，颇有举重若轻之风度。知黑守白，坐实务虚，反语正说，正话反说，语多调侃，辞近戏谑，常从轻喜剧的架势取悲剧的深度，嬉笑怒骂间，时有闲笔见机锋的妙趣。余光中先生称许大荒获奖之作《威尔莫特们万岁》时，所下"感性生动，知性深沉"八字评语，其实用来评价这部诗集中的大部分作品，也不为过。

整个一部《剪取富春半江水》，读下来，除少量清溪奔快的山水短歌外，诗人着重力于史笔焦墨，为我们绘制了一幅幅惟妙惟肖之紊乱虚浮的时代心电图——作为世纪末的守夜人，大荒可谓又出色地尽了他一份布衣诗人的天职。

气郁伤肝不伤诗，诗重布衣老更成，不为浮云遮望眼，青山满目夕照明——行文至此，忽借句凑出四句顺口溜，似可作添足之结语，也算正经序言外，几句祝福老友的话吧。

1998 年 11 月

蓝调碧果
——碧果诗歌艺术散论

题释：或可作参照的背景材料

a、蓝（blue），蓝的、蔚蓝的、青色的、忧郁的、贵族意味的、出乎意外的；

b、调，情调、格调、调式、调性、调调；

c、蓝调（blues），乐名，源出于美国黑人音乐，略带忧伤抑郁的爵士曲调；

d、碧，碧绿、碧蓝、澄碧、碧玉、碧桃、碧云天、碧螺春（茶名，上品，其汤清澈鲜绿、清香幽远）、纯净、青涩、"一品深绿"；①

---

① 碧果：《拜灯之物》诗句。

e、果，果实（浑圆、凝止）、果敢、果毅、果然、果子狸（亦称"白额灵猫"，四肢较短，夜间活动……），"植圆于青空之上"。①

f、碧果，著名诗人，男性，1932年生。本名姜海洲，河北省永清县人。五短身材而具绅士风度，面善却不多言语。写诗40余年，著有诗集《秋，看这个人》《碧果自选集》《碧果人生》《一个心跳的午后》，及小说、散文集多种。现为创世纪诗社社长，专司写作，且善书画。

g、"超现实主义"，名词。"纯粹的精神的无意识活动。人们凭借它用口头、书面或其他方式来表达思想的真实过程。在不受理性的任何控制，又没有任何美学或道德的成见时，思想的自由活动。"②

h、"生活在创作世界之中——进入这个世界并且留在里面——时常去光顾它——紧张并卓有成效地思索，靠深刻与连贯的注意与沉思冥想求得结合和灵感——唯此而已。"③

i、是否后什么现代主义？备考。

一、有几个碧果？
或角色出演与本真言说

手边有两部碧果的诗集：作为1950年至1988年30余年的一部碧果自选集《碧果人生》（台湾采风出版社1988年版）和作为诗人步入90年代后的第一部结集《一个心跳的午后》（台湾黎明

---

① 碧果：《拜灯之物》诗句。
② ［法］布列东：《什么是超现实主义》，转引自《现代西方文论选》（伍蠡甫编选），上海译文出版社1983年版，第169页。
③ ［美］亨利·詹姆斯：《笔记》，转引自《现代西方文论选》（伍蠡甫编选），上海译文出版社1983年版，第97页。

文化公司1994年版)。潜心研读之后,浮于脑海的第一个命题是:由两部诗集、40余年创作历程所构建的碧果诗歌话语世界中,有几个碧果在说话?

这是至关重要的,尤其面对碧果这样复杂而特殊的诗人。

在台湾现代诗场域,碧果一直被视为"异数";作为《创世纪》诗社同仁,他不但"异"于"创世纪"之外的诗人行列,且"异"出"创世纪"班行,自守一道,特立独行,历40载而"执迷不返",并因此而"拥有"孤寂、误解乃至拒斥,至今期待着真正到位的知音。

显然,要对碧果的诗歌世界进行恰切而深入的言说,的确是一件颇为困难的事。我们面对的不是一个碧果,他的诡秘和多变常常令人不知所措。一部《碧果人生》是多种觅向的展开,且每一种觅向中都既藏有结论又埋下问题——"而那人/仅仅是有权把各种声音与颜色有情无情地挥霍/终极仍然是/转身/走了出去。"(《人》)这是一节极有意味的诗句,一次诗人前30年创作心机的唯一泄露。

而最终的了然,是诗人新一部诗集《一个心跳的午后》的出版,碧果人生就此得以完整地呈现——作为一张"底牌"、一抹本色、一个可能的归宿,这个"午后的心跳"使我们多少能捉摸到一点诗人最终要守望的东西。"这时刻该是约会自己的一种约会"(《孟冬冥思》),"那人乃一枚敦厚温柔成风的月/那人乃一株披衣慢步成雨的梧桐"(《那人》)。

当然,此前的碧果也绝非玩"玄"或刻意向诗界挑战,只是从另一个角度,那样执着而又温和地、潜入式地、耐心静候知遇式地,提供关于诗性体验的另一种信息。

由此我们发现至少有两个碧果:作为角色出演的杂色碧果和

作为本真言说的蓝调碧果。必须指出的是，就写作而言，两个碧果都是真实而严肃的投入。这看起来有些矛盾，而真正矛盾的是诗人创作历程所经由的那个时代。

其实还存在另一个碧果：在智性的、"形式主义"的"杂色摇滚"与激情的、想象性的"蓝调抒情"之间，一些黑水晶球般的寓言叙事和小溪流般的纯真呼唤，一种不含操作也不面对什么的顿悟与天籁——就笔者个人而言，我更喜爱这一个碧果，且认为是其诗性生命最为本质的一面，可惜未能为诗人所珍惜而至更深入的探求。

无论哪一个碧果，在过去40余年的台湾诗坛，都一直是一位所得回报最少的诗人。诸如"看不懂"及各种误读，一直如影随形般地遮蔽着这位"异数"诗人的异质光彩。这里面有诗人自身的问题，更有诗界各种客观因素的困扰。但作为碧果的作品，最终总会寻找到它所针对的读者和所需要的批评家的。站在今天的诗歌地平线上，我们重新审视这位"异数"诗人，自会取得更新更清晰更趋一致的认识。

二、"当我的灵魂由一场争执中走过"，"河的变奏"便成为"僵局"①

一位诗人或作家，在他初始投入创作之时，遭遇的是怎样一种语境，常常影响到其后的创作觅向。设若当时身处的语境，与其自身本源审美质素相契合，自是如鱼得水，本真投入；设若相反或不尽契合，却又因"时势"所趋而不得不趋之，则必然会夹杂着或多或少的"操作感"于创作之中。

---

① 本文题目中加引号之词句均借用碧果《碧果人生》和《一个心跳的午后》两部诗集中诗题或诗句，下同。

如此，对根性弱的诗人，则最终会完全失去自我，成为一个时代之某一主流诗歌观念的脆薄的投影。对根性较强的诗人，虽然不至于完全背离个在的本源质素，但也必因之而经历较长的扭曲或分延的"变奏"阶段。由此创作心理影响下的作品，或也有精品力作，但细察之中，那种或隐或现的"操作感"总是难以消解的。

这一点，或许是解读碧果前期尤其是初期作品的一个至为重要的切入点。正是在这一点上，普泛的读者和批评家们常常因忽略而致"盲视"。

作为《创世纪》诗社最早的同仁之一，碧果始于50年代的诗歌创作，一开始便卷入了一场现代诗学的"争执"之中。在"横的移植"的语境中，在"超现实主义"的大旗下，他和他的"战友"们一起投入了如火如荼的现代诗之创世性的实验中去，而且还成为其中最为极端和长久的实验者之一。

那是一个何等令人神往的、造山运动式的狂飙突进时代——在这样的时代氛围中，即或是不无功利性的"操作"，也让人感到是一种纯正的创造！"一旗风雨在开始制造位置"（《齿号》），急于有所成就的浮躁感和"争当排头兵"的焦虑情结，在年轻的诗性生命体验中，渐渐衍生为一种异己的力量。

问题的关键在于：实验不是目的——有如身处今天后现代主义语境下的诗人们，不是人人都可以成为"后现代诗人"一样，当年身处超现实主义旗帜下的《创世纪》同仁们，也不尽都必然应该或可以成为"超现实主义诗人"。实验是一种必要的开启，一种可能的激活，经由实验这一过程而必须抵达的，则只能是为新的诗学观念所照亮和拓展了的、诗人自身所独在的本源性诗歌流向。

遗憾的是，在这场有关诗歌灵魂的"争执"中，碧果显得过于执拗乃至偏激。他在"实验室"待得太久，似乎非要去"证明"一点什么不可，由此影响到他未能及时返回自身而取得更大的成就。

我是说，他完全可以写得更好，以至成为第一排的人物。

对于今天的读者来讲，碧果所有的所谓"怪诗"（主要是前期作品）应该都已不再为怪了，若再以上述"实验性"和"操作感"去审视，更可了然。可以这样认为：作为"杂色碧果"时期的大部分作品，与其说是表现了某种特别的"表现形式"，不如说是表现了一种强烈的"不可表现感"——从语言形式到生命体验——也许从这一点切入，去指认碧果的创作态势中含有后现代因子，倒不无几分道理。

当这种"不可表现感"着力于语言形式方向时，便产生了《纽扣》《水》《兵士的·玫瑰》《神哦·神》以及最具代表性的早期作品《鱼的告白》。在这些诗中，语言经由诗人的"实验之手"，被强行拆解、移位而后变构，传统的语义系统裂为碎片，大量的空白乃至需要用多种标点符号来补充，诗人似乎患了"呓语症"，但悉心倾听又有他自身的"逻辑"。实则我们无须在此中寻觅更深的含义，诗人在这种实验中要"索取"的，只是"一个由交错而构成的时空"（《拜灯之物》）——新的语言时空。为此，实验暂时成了目的，作为过渡状态下的这些诗歌文本，负载的不是要表现什么，而是可能会表现什么。

由此开启的"变奏"是漫长的，乃至于时时给人以僵硬的感觉。我们不得不承认，这是一位真正彻底的探索型诗人，对此作任何价值性的判断都可能不对位，真正需要追问的只是：诗人最终是否走出了已成"僵局"的"实验室"，而找到并构建了独属于自己的、新的语言空间？

回答显然是肯定的。

经由对传统新诗话语范式的全面而极端的"反动"，碧果终于研磨出后来足以立身且至今异彩照人而不可小视的独特语感。而当诗人一旦消解了之前的"操作感"，将此语感体验与其生命体验导入自然而贴切的契合时，便产生出卓尔不群的艺术魅力——"错综的剧情不是安排/请不要驳回我的申诉/我们并没有绝望/扬弃故事/是因为可能会发生任何新的/等待。或者是/任何新的/判决。其实，我们应该都是自己的导演，而非/……而/非/风/雨"（《一九八三》）。

三、当"所有的争论均化为水声"，"河的变奏"则有了另一种"结论"

研究碧果，须持一份细致缜密的态度。这是一位心意埋得很深，具有很好的艺术控制力的诗人。他说出来的很少，想要说的东西又很多；他一直没有放弃形式上的探索，却又于多向度的变异中，悄悄守住他不变的内在；他不事张扬，却又处处留意。细心的读者，自会在其作品中，找到他刻意留下的某些隐秘的通道，进入他所构建的诗性时空。

在《碧果人生》诗集中，收入两首同题为《鱼的告白》的诗，一首写于1984年，置于开篇，一首写于1950年，置于收尾。且整部诗集逆作品的写作时间倒序编排，让作者沿着这条"变奏"的诗歌之河溯流而上，其心机何在呢？显然，80年代的这条"鱼"已不再是50年代的那条"鱼"，它昭示着一个漫长的蜕变过程。

那种"告白"的方式依然是"碧果式"的，但其"告白"的精神内容却有了不同质地:"将美/归还予初生之婴/将丑/归还于/黑色的/土壤/一群舞者,将自己舞成柱形的阳光/自体肤/散发出煤的光泽/花的/缤纷。"(《鱼的告白》·1984)渐趋宽阔明畅的河流上,诗人的心境是如此旷达而明澈,颇有点如鱼得水的自如和达观。反观早年那条初生之"鱼"的告白:"怀孕着那/飞跃的马蹄的梦/唉,而今,我却被泅禁于/这夜的圆镜中。"(《鱼的告白》·1950)两种"告白"横跨了30余年的时间,再参照步入90年代之《一个心跳的午后》的"告白",我们会发现这样一个奇特的现象:作为诗人的碧果,在年轻时思考着死亡,在年老时歌唱爱情;在应该充满幻想和激情的青春岁月里,持一分特别的冷峻和沉郁,其写作是那样的怪僻和矜持,而在应该宁静而致远的暮色黄昏中,却如火山喷发般地投入激情与想象的吟诵!

矛盾的人生,错位的时空,语言的变异源自精神的变异,对言说方式的质疑与反叛来自对生存方式的质疑与反叛——正是在这种双向交错的质疑、反叛与变异中,碧果对人生的诗性思考和探寻达到了一个至深的独特境地。

其实真正"耍怪"的,是那个荒诞的时代,是存在对生命的迫抑。

年轻而早熟的碧果,在对现实的初步审视中,便从语言到精神皆持以完全不信任的态度。但就气质而言,他又不是一个"斗士",而只是一位"思者"、"言说者",他只能返回自身,遁入感官世界中,去倾听"肉体内的琴音"(《牙齿的哲学》)。

看来,逃逸是诗人碧果永远的命题,他只和自己争论,在自己构建的"有着二十七个浅绿色的方格"(《窗·盲鸟》)的小屋里成为"一方想飞而未飞的风景"(《窗是一方想飞而未飞的风景》)。这片特异的"风景",选择"超现实主义"的表现方式,并成为其最极端的实验者,就碧果而言,既是那个时代的写作境遇,也是寻求自由思想消解精神束缚的必然过程。这种选择也许不尽契合碧果的本源诗性,但却为他开启了一方找回本我的天地。——当"树被阉割了。房子被阉割了。眼被阉割了。街被阉割了。手脚被阉割了。云被阉割了。花被阉割了。鱼被阉割了。门被阉割了。椅子被阉割了。/大地被阉割了"。而诗人却因了这选择,有幸成为"一只未被阉割了的抽屉"(《静物》)。

在这里,"抽屉"的意象是别有意味的,它几乎成了整个碧果诗歌创作的一个标志性的隐喻。它喻示着一种收藏而非展示,一种私人话语空间而非公共话语空间,一份诗性人生的个人档案而非历史的烦嚣演出。在这份档案里,我们看到的是对"表现"的表现和对生命体验的表现的双重书写。当这种书写着力于后者时,我们看到了更为本色的碧果——实际上,在迫于外部的挑战而作不无"操作感"的"杂色碧果"式的"变奏摇滚"中,那个本色的"蓝调碧果"一直存在着,且成为《碧果人生》中最精彩的部分。

这个部分包括两类诗作——

其一,是写于60年代的可称为"轻音乐"式的几首小诗精品,如《溪流》《春之讯》《晨之晨》《逃逸》和《拜灯之物》,代表性的是《溪流》一诗:

　　且叠起千层晚红

　　有山进入

　　乃蛇之躯

　　那女子

　　踩笛音而入画

牧童之脸

乃烟雨的小径

娟娟然

那株纤柳点醒一季

晨。竹帘轻卷

笛音中

有雪

寝自遥远

且叠起千层晚红

那女子已

入画。

乃蛇之躯

闪闪。

在这样的诗里,浮躁和焦虑已完全消解,只是沉凝而清澈的"一品深绿",自心灵深处汨汨地流溢。意象依然有些诡秘,却不再生硬,是神秘体验之自然的生发。这一更具碧果本质的审美体验,到了后来的《一个心跳的午后》中,方得以全面的展开而更显丰盈。

其二,是写于70年代至80年代的一部分可称之为"寓言性叙事"的作品,如《又是安适的一天》《初春琐记》《这就是风景》《昨天下午我走出电影院之后》《一九八三》《当我走出家门前的红砖小巷之后》《脚印》《梯子》《当我要离开的那一刹那之间》《椅子或者瓶子》等。这些作品的风格似乎突然游离出碧果的"主旋律",迥异成另一种语感体验:客观、沉着、平实而又充满智慧。冷僻的视点,陈述性的话语,不动声色的白描,平面化的呈示,却将存在的荒诞和破碎感揭示得"入木三分",且不乏后现代式的反讽意味。

尤其是《椅子或者瓶子》一首:

想入木三分
就必须把那张椅子放在那里
这就是别具风格的一种解决的
解决
方法。
像
一支空了的玻璃瓶子很武断地倒在那里

绝非醉了
那是独树一帜的
把结论
和
一把锯子与一副白森森的牙齿
制成的
你
和
我

但一闪而逝
其实我们根本就是在玩这种无法摆脱的

演出

　　幕落不落
　　都会有新的房客来
　　不容更易
　　一群犀牛中的一只不愿为犀牛的也是

　　犀牛。

这是智慧的写作——一种诗化的思与思着的诗。

同样的语感,在《这就是风景》一诗中,更至化境:完全摒弃意象的营造,纯是直白的言说,言说一个活着的人与一块作为死之标志的石碑,在墓地中同时倾听鸟叫的"寓言"。说得那样轻松、那样质朴,却说出了深入骨髓的一种人生况味。

可惜的是,这样的作品,在碧果的整体创作中,一直未构成大的局面。到底是什么原因呢?

时间是最后的赢家。

当"所有的争论都化为水声"时,生命的调色板上便只剩下那原初的本色。到了 80 年代末,整个"创世纪"一代前行诗人,都在步入暮色的旅程中从各个向度回返本我的诗性时——有的则不无遗憾地丢失了可能有更大成就的探索时,碧果也蓦然发现:"自此我始终无法把体内的月光排去"(《月光劫》)——那是忧郁的蓝色"月光",一直未得到真正呼应而辉耀的爱的"月光",激情与想象之舞诵的"月光"——向晚落暮,那久已生锈的蓝色月光会重新璀璨吗?

令人惊叹的是:奇迹真的发生了。

四、在"一个心跳的午后",他把"最后的一个角色","扮演得最为成功"

《一个心跳的午后》是一部诗与画合集,诗全部是爱情诗,画(与书法合成)也全部是有关爱情主题的为诗而配的画。诗计73首,首首带露含珠、情深意邈,令人沉醉;画共41幅,大都构图神奇、笔法老到、意趣横生。如此相映,构成一个瑰丽奇幻而不无神秘意味的诗之"伊甸"——进入90年代后的碧果,在已60初度之时日,突转诗向,仅用两年多的时间,便向诗界献出这部令人为之一震的"奇书",你不能不为这种越老越年轻的心态、越老越旺盛的创作能力而倾倒。

在现代诗的国度里,爱情诗这块园地,已日渐委顿。浪漫主义时代的辉煌,早已成为昨日的记忆而为今人所淡忘。年轻一代宁肯在流行歌曲中去寻求爱的共鸣,也不愿去读那些不伦不类不深不浅不痛不痒的所谓"爱情诗"。这其中,除了现代人尤其是现代青年的情感世界本身有了质的变化之外,现代诗人对爱情诗的表现形式缺乏新的把握是其关键所在。——陈旧、平庸、矫情乃至浮情滥情,日益败坏着读者的口味,甚至连诗人们自己,也渐渐厌弃而致荒疏无为了。

何况,在这个日趋物化,一切均被纳入物质化、商业化和即时消费的时代里,那种真正意义上的"罗曼蒂克"还有多少存在?年轻人都不信"这个了",年老的人们又有何为?因而当我们偶尔听到那些发自不再年轻的歌喉中对爱的咏叹时,我们只能认为,那是一缕伤感的追忆和怀念,很难相信其中有多少当下的真实情怀。

然而，在细读碧果这部《一个心跳的午后》时，我却惊异地发现：这"心跳"竟然真是现实的、当下的、正在发生和发展着的，是对此在之现场的爱的礼赞，而非黯淡的目光中闪烁几粒追忆的星光——这是黄昏里复燃的火焰，这是生命中唯一的月亮，"骤然，时间又诞生于你我之间"，"透过生存，超越死亡/回首已发现/我所有的思念及梦/皆欣然肃立"（《第十五日·一九九一年八月十五日》）。

重涉爱河，"轻吮一窗新月的奥秘"（《一个心跳的午后》），老碧果青春焕发，诗意盎然，爱得死去活来，"诗"得如痴如醉。三十年前那"一羽黑色的向日葵"（《齿号》）《蜕变》为今日《燃烧中的那朵玫瑰》，且"宁愿把生命与天地交换"（《第十四日·猫咪，归来吧！》），乃至发誓"我要在这泓小小的银泉之中/蜜一般地溺毙"（《夏日情怀》），"因你我已把岁月的尾端布饰成一树紫色的/繁花"（《蜕变》），"花香引领着你我吐纳成泼墨的风景"（《风景的收藏与收藏的风景》），而"在天地之间/此刻的你我才是岁月的唯一"（《溢》）。

无须更多引证，我们已为这诗行中所散发的气息和光晕所迷醉。更无须去考证，让老碧果如此为之"心跳"的那个被秘称为"小蜜罐"、"小月芽儿"、"小猫咪"者是谁，而只认定，是上帝之手造就了这晚成的"伊甸"，使我们的诗人重燃想象和激情，复归本色之"蓝调碧果"。

应该说，这种"波特莱尔式的蓝色"（《蜕变的蓝色》）在以往的碧果创作历程中，是有意无意地被长期抑制和遮蔽了的。在前30余年作品选集的《碧果人生》中，我们几乎找不到一首有关爱情的杰作，其个中缘由，只有诗人自己清楚。也许正是由于这种压抑，造成了今天的一发不可收而成奇观。

而且，这里不仅有对情爱的火热吟诵，更有对性爱的真诚歌咏："今夜我又裸白在梦里未眠想你/管它舞台上茫茫烟火粼粼月光/我只想/缠绵在你那撮俏丽的尾形发绺之上/吞食一夜暖玉般的肤香"（《第七日·俏丽的尾形发绺》）；"今夜为何又掩窗遮月/裸坐的你正映入你的妆镜/百花不及于你，因/你已把自己舒放为一茎鹅黄的水仙"（《你依然是一茎入世的水仙》）；"在一方洁白如玉的田亩上/此刻的你我就是饲养春的汁液"（《春的诞生》）；"为使生命中的另一朵生命之花开放/你我已使体肤蜕变为一方丰沃的土壤"（《有题》）。

值得称道的是，无论是写情还是写欲，在碧果那支磨砺多年早已得心应手的笔下，皆化入溢光流彩的奇异意象之中——心香、肤香、花香、灵光、泪光、月光、肤之田亩、心之田亩、自然之田亩，声、色、光、味，虚、实、幻、真，皆相融共生于同一语境里。

如此，情欲成了如水似山的情欲，山水化为有情有欲的山水，徜徉其中，感受到的，是情爱之恋、生命之恋，也是山水之恋、自然之恋。而在这情恋、欲恋、山恋、水恋之中，又可隐隐倾听到那一缕发自灵魂深处生命本源的忧郁的蓝色乐音，曲回萦绕，使你想到诗行之外还有一些什么更深幽的叹喟……

爱情诗难写，写好更不易。

好的爱情诗，其要旨在"真""大"二字，真即情真，不矫不饰，敢爱敢言，"以我的骨骼为你生火取暖/而后在火的光华里吻你"（《夏日情怀》）；大则指境界大，化小爱为大爱，以激活生命、拓展精神空间，"唱一首野声野调的好听的歌/使燃烧在心中永恒不息"（《草香的初夜》）。

以此看整部《一个心跳的午后》，应该说是一部难得的成功之作。尤其是碧果此前一直刻意追求的语言特色，在此集中得到了更恰切的发挥，使之在华贵典雅的古典风格中，仍处处弥散着现代的气息，实可谓90年代台湾诗坛一束"秀出班行"的奇葩。

五、何为碧果？
或个人化的语言向度与精神空间

在以上对碧果两部诗集三个层面的粗略描述之后，我们可以对这位诗人得出一点理论性的指认了。

现代诗是一种多向度的展开，因此，现代诗人的创造也应是多元共生的。一切或激进、或保守、或传统、或先锋等等表象的指认都是非关诗学价值的。今天的诗人，甚至依然可以去写浪漫主义的作品，而所谓后现代主义，更非谁捞着就可身价百倍的什么"彩票"。——实际上，就整个大中国新诗而言，哪一种主义的诗歌都未走到尽头，都需要更深入的探求和更到位的建构。

这里只有一个可通约的标准，即作为一个成名的诗人，你是否通过你的作品，为现代汉诗拓展了一个新的语言空间和精神空间。拓展的大与小是一回事，有无拓展则是首要的。无论"异数"不"异数"，关键要看这一点。

纵观碧果四十余年的诗歌历程，诗人于此方面的努力是有成就的。他在现代诗语言与形式上坚持不懈的探求，使他由最初的怪诞、生硬而经由去芜存正、消解"操作"，最终形成了他自己的一套语感特性和编码方式，并由此营构了一个特异不凡、自足自明的意象天地。像诸如"一品深绿"、"一肢肉云"、"一牙骚动"、"一廊柔黄"、"一肌肤的梦"、"一尾裸白的鱼"、"一茎入世的水仙"、"一羽音的千山波动"，这些初看颇为生涩难解的诗句，在今天的诗人和读者眼中，也渐次成为颇为鲜活生动的创意，而令人珍爱。尤其是他对诗行排列中独具匠心的节奏把握，更使过于散文化了的现代诗，多了一分别具一格的调式，和由此生发的新奇的韵律感。

而语言之相即精神之相。无论在《碧果人生》中还是在《一个心跳的午后》，我们都能经由那些新颖诡奇的诗句系列，打开一扇扇富有神秘意味的窗口，窥视到另一片人生风景，拓展了我们对生命的体味和对存在的思考。

然而必须指出的是，碧果给予我们的语言空间和精神空间仍有着极大的局限性。那只"抽屉"的喻象和那个"逃逸"的命题依然存在着。

细心的研究者会发现，在碧果的作品中，我们很难找到对真理、价值、终极关怀等超越性命题的切入。在大部分的时间里，诗人似乎只是沉溺于稍嫌卑微的自我愉悦中，或甘作一只"抽屉"——只是避免不被阉割？或遁入"一个心跳的午后"——只是为了补偿苍白的黎明？而那个充满激荡和危机的现实世界，则很少能进入到这个"贵族化了"的私人空间中来。他甚至很少写"乡愁"（包括文化乡愁），而日益内卷的精神主体，在晚来的爱情火焰中，更软化为一个"跪月的人"（《跪月的人》），且向世界宣告——

　　再也没有跃然的意象
　　我只想酿爱为酒

　　　　　　　　　　——《初秋感觉》

这便是上帝之手——当他给你一些什么的时候，常常又拿走你曾拥有的一些什么。

也许，最终的碧果，就只是这个"蓝调碧果"?!——至此，我也和评论家张汉良先生一样，"反而对早年碧果的达达式行为产生乡愁"了……①

1995 年 1 月

---

① 语出张汉良为《碧果人生》写的序言：《〈碧果人生〉中的个人私语》，《碧果人生》，台湾采风出版社 1988 年版，第 16 页。

异质之鸟、之蝶、之鱼或菊
——评碧果诗集《说戏》①

一个世纪即将落幕。在古长安的现代黄昏里,欣然收到老碧果寄来的新结集的诗集《说戏》清样稿,翻览之下,灰蒙蒙的北方冬日之薄暮中,便灿然起一抹亮紫的菊影。在这菊影的照拂下,拜读三日,一首首来回看过读过琢磨过。悠然落于笔下的这篇文章之题目,竟也是如碧果般"超现实主义"了。

——当然,不是戏仿,是认真的。

是的,是认真的,因为那个超现实主义的、让我和张汉良先生(或许还有许多人)"怀旧"而念念耿耿的早年碧果,那个依然有些"达达式"的怪味碧果,又——回来了。

先是这诗集的名字就有些怪。

初读之,曾想,碧果何不就叫这部诗集为《异形梯子》或

---

① 《说戏》,台湾文史哲出版社 2001 年 2 月版,本文根据碧果提供诗集清样稿撰写。

《异质的鸟声》多好,名副其实。再二三读后,方解《说戏》之深意。

人生如梦,时世如舞台,出将入相,悲欢离合,本我非我,梦幻现实……百年中国一台戏,大概就数碧果之族类们体味最深。如今诗化人生,脱身戏外,再回头看这台戏,颇有些不说不快、欲说还难、愈难愈想说的况味了。——最终还是得说,是"说戏",不是"演戏",更不是"戏说";"说戏"是导演的活,因此戏的真假巧拙,只有导演最清楚。也只有导演最清楚,戏中的人生和现实中的人生为何是两回事,不像演员演久了,对此常犯迷糊,将"说戏"弄成了"戏说"。舞台在导演这里永远只是舞台,他必须清楚这一点。有如只有清醒地深入于现实之中的人,才知道何为超现实一样。

有意味的是,在碧果的这部《说戏》中,还真有两首剧之诗,一是独幕诗剧《我们是被孵育着的一个卵》,一是一景四场之独幕剧《原来如此》。

两出剧的台词都很简单,但若细心结合"剧本"的其他成分去品味,自会发现它们的妙处。一个行走中的中年人,走了一辈子,左顾右盼中,"四周都是路",最终突然醒悟"俺就是一条路"——这个人,这句话,从"镜框式"的"舞台"、"紫色"的"灯光"、"交错横悬着的一些白色的布带子以示为路"的"布景"和(使人难以消受的)"噪音"之"音乐"中突兀而出,确实有些意味深长。可以说,这是一首表示中年午后之旅中困惑与顿悟的杰作,我更将其看作碧果诗路历程与心路历程的隐喻小结。那一句"他奶奶的,俺就是路",不仅是自诩,更带着几分自得呵!

《原来如此》一剧,与此有同工异曲之妙。诗中"那人"与那人的"式样近似袈裟"的"那套衣服"的关系,无疑是全诗的锁眼。"那套衣服"乃非我之我，是现实中的角色之我，也是梦幻中的角色之我，入梦、出梦、再出而入之，通达无碍，无所谓裸身（本我）或着装（角色），亦幻亦真，天人合一，"而后，他情不自禁地发出一声快慰的惊叹声——啊"，这"啊"的潜台词，或许还是那一句顿悟之后的大实话："他奶奶的，俺就是路"，亦即，"我就是我"啊！

起头先说这两首诗剧，是想首先导引出碧果在整部《说戏》诗集中，重新确立的创作立场：超现实主义与现代禅意。

从"政治动物"到"文化动物"到"经济动物"，半个世纪的中国，虚拟了多少"交错"的时代场景，出现了多少非我的历史角色。无论是"被那属于私我的壳困禁着"，还是在时代总体话语的包裹中成为"被孵育着的一个卵"，都激发诗人超越现实的"皮囊"寻找"翅的语句"（《翅的语句》），以异质之鸟、之蝶、之鱼的美学，"把自己超越在诗之中/熄灭胃的反面意义"。（《把自己超越在诗之中》）

这是现代诗的本质所在。抵达这一本质的路径，因诗人的生命型构与审美型构的不同，决定了其不同的行走方式。

碧果在早年起步时，便义无反顾地加入了超现实主义的行列。最后，仍是碧果，在这个行列中坚持了下来，成为硕果仅存的"孤独的老狼"（台湾新生代诗人诗论家孟樊语），化角色为本我，建构起真正属于碧果的"诗的居所"。现在看来，当年加盟超现实主义的诗人，大多是借道而行，一种策略性运作，只有碧果，是从生命内里做了认同而最终成为自己的艺术归所。

其实一位诗人的优秀，并不在于他服膺了哪一种主义，而在于他是否在他认同的这一主义中结了正果，继承并且有效地发展了它的美学特质。对于超现实主义，碧果有过初期的盲从，而后便进入长久的有方向性的自我挖掘，经由取长避短、外延内敛，逐步打磨出碧果风格的超现实诗学之异质之光。即或在分延及情诗十年的创作中（《一个心跳的午后》与《爱的语码》和正待出版的情诗《魔术师之手与花》），也渗透着这异质之光的闪耀，到了《说戏》一集中，又加入了现代禅意的整合，并增强戏剧性、寓言性的表现，冶为一炉，终使一度绝版的超现实主义之碧果，再度令诗坛刮目而视，重新领略其独具一格的修辞与意象。

现代诗的实现首先是语言的实现，改变语言惯性就是改变一种生存以及思维惯性，而导引出新的意识，打开新的精神空间，逃脱总体话语对人的囚禁与驯化，这是现代诗的本根，更是超现实诗学的出发点。正是在这一点上，碧果显示了他不同凡响的才华。如果说早年碧果在语言的追求上，还有刻意或生涩之处，《说戏》中的碧果，则已抵达随心所欲之境。这是一位无须标明作者名号，就可一眼辨识其作品语言特色的诗人，其原创性的修辞方式，既是对阅读的挑战，也是难得的激活。

读碧果的诗，一个字也不敢疏忽，且要前思后想，上挂下联，注意语字的排列中处处有机锋隐藏，连同其空格空行都不乏心机的埋伏。尤其是大量的跨跳、留白或分延，运用得很特别，初读有些别扭，读进去了，弄明白了，又觉别有情趣。

像"我们一勺一勺地食着/那碗粥/也一勺一勺食着我们"（《茶楼食过我们食过茶楼》），若将诗句中的"那碗粥"，先作前一句的宾语用一次，再作下一句的主语用一次（诗题中的"我们"也当如此看待），意思就更丰富也更深入了。

再如"秋天的天空高而亮蓝/我已是一条午后无奈的长街/双目//凝视"（《坛子游戏》），"凝视"与"双目"之间空了一行，且单独成一节并就此结尾，好像这"凝视"已不是上节"双目"发出的，凭空孤独在全诗的结尾处，而"凝视"什么，也不说了，戛然而止，让读者续说去。

其实不续说也罢，我们不是常常要不为什么地去凝视什么吗？那一种空茫感与错位感以及空茫与错位中的荒诞感，尤其是置身这种荒诞中的悬疑状和失语状，不正是现代人最本质的生存感受吗？而这，正是一部《说戏》的主题所在，围绕这主题展开的修辞方式，无不在加强这一主题的深化。

我曾在《蓝调碧果》的评文中，指认早期碧果的大部分作品，有如说是表现了某种特别的"表现形式"，不如说是表现了一种强烈的"不可表现感"。并认为其实验性的诗歌作品负载的不是要表现什么，而是可能会表现什么。现在看来，这一指认既是中肯的，又是偏颇的，偏颇在于将碧果的形式实验仅看作是"形式"的，是"过渡"而非目的。其实就超现实诗学而言，形式就是目的，就是品质。碧果咬定"超现实"不放松，纵有十年情诗之分延，回头还是"原形毕露"，出发便是归宿，只是略有生涩与纯熟之别而已。当年被视为耍怪或游戏的修辞方式，如今成为与题旨和谐共生的修辞风格。词性的转品变性，词格的互换易位，虚实、巧拙、奇正、显隐以及跨跳、留白、复沓、顶真等等，都已不再是修辞本身，而成为自觉的诗性话语方式，成为诗之思的肉身与魂灵。

重新领略碧果超现实风骨，除明显不同于他人的修辞风格之外，还须把握其已成体系的意象特征。

至《戏说》一集的创作主体，似已"幻化为风儿的手指"（《惊晤》）或"液状般地飘移、纠扭了"（《人境之菊》），在这种幻化、飘移与纠扭中，物与人、镜与像、我与非我、角色与本真，都时时处于移形换位、互参互证之中，不可明辨。但潜心研读之下,还是可以抓住一些贯穿整部诗集的核心意象——

如"鸟","一方受惊了的天空/满盈的是鸟飞中的翅翼/是潮来潮去的方向"(《诗的居所》);如"鱼","一尾可能不被抽象的鱼/体肤完好地/优游而去"(《存在主义与鱼》);如"蝶","双蝶飞舞而成禅"(《春想》);如"菊","梦在一朵正绽放中的菊花里活着"(《人境之菊》);如"镜","因左右始终把时间贮藏在一面镜中"(《镜的自辩录》);如"风","风追捕自己而成为风/我们就是那风的样相/捕食品店流质的自己"(《把自己超越在诗中》);以及"舞台","舞台上仅留你我的眼耳鼻口与手足"(《哲学鱼》)等。

这些核心意象,有的作为非我、欲念之我亦即社会人的代码,与现实情景同构;有的作为幻我、嬗变之我亦即审美人的代码,与超现实情景同构;有的作为本我、禅悟之我亦即宗教人的代码,与自然情景同构。把握住这一脉络,就不会被碧果繁复多变的叙事主体和交叉视点所迷惑。

当然,这样的归纳也不免牵强,实则在碧果式的超现实诗界里,上述核心意象都非固定的角色代码,同样处于不断的飘移与纠扭之中:鸟即蝶、蝶即鱼、鱼即菊、菊即鸟,本我、幻我、非我,造梦、入梦、出梦,互动、间离、叠加,形成多向度的读解空间,尽可自由出入,随意认领,以此生发无可限定的象外之象、景外之景、韵外之致、意外之意,而深得超现实诗学的奥义与妙趣。

如此说来,便沾着禅意了。

"由超现实主义入禅"(孟樊语),乃碧果诗歌的又一妙处,并因此将碧果式的禅味与周梦蝶式的禅味区别了开来。梦蝶先生的禅可谓是古典禅意的现代重构,立足在传统,修一己之善果;碧果的禅可谓是现代意识的古典禅化,立足在现代,纠缠着一世界的烦忧和思考。梦蝶的禅清,碧果的禅不免有些浊;梦蝶的禅是对现实的一种超脱,碧果的禅则是对现实的一种深入,是以浊、有烟火气,有质疑与批判的锋芒闪烁其中。

《说戏》开篇第一首小诗《看见》,就是碧果式禅意的代表作,看似空灵无着,其实负载得很多,是一种让你沉下去而非飘起来的禅意,重在禅之非理性、非逻辑、破规范、随机缘的表现方式,只求机锋而无所谓抵达寂照圆融的境地,可谓现代禅诗的另一"功法"。

比起禅意来说,我更看重的是碧果近作中的寓言意味,它和戏剧性一起,相辅相成为《说戏》中最让人心仪的韵致。在这部诗集中,几乎所有意象都带有戏剧因子,在寓言性的叙事中扮演各类角色,加上虚拟的情节,写实的场景,看似没来由实则有来由的插话、旁白、画外音等,读来有声有色、似真似幻、引人入胜而又发人深思。

像《异形梯子》一诗,就直接上演了一出寓言性的荒诞剧:

斜斜的一张空梯子依着屋檐戳在那里,之后有人往上攀成春夏秋冬的模样,这是场景和情节。接着插入画外音,"唔/早已不能自我于梯体与自身了/而荞麦田是荞麦田/而狗尾草是狗尾草/河也依然是河/井也依然是井/他却精致而高雅地活着/活着"(这里的"精致"和"高雅"二词用得也极精妙),下来剧情突转,如此"精致而高雅地活着"的那人,最终却活成了那张梯子,而梯子也已然活为一棵花果繁茂的树了。最后是作者(导演?)作结语:此刻他始才知晓,人为何把自己也能蜕变为梯子!

典型的戏剧情节,典型的寓言性叙事,人与梯子一旦纠缠不清,梯子亦非梯子人亦非人了……。至于那张梯子喻指何意,欲望乎？事业乎？乌托邦乎？或因欲望与事业与乌托邦所需而扮演的各种角色乎？全留给读者去推想了。可明确的只有一点：异化的主题以及对这主题的戏剧性和寓言化的表现。

如此解读下来，便有了一个新的碧果：依然是那个超现实主义的"碧果人生"（碧果早期诗集名），却多了一份老到与自信："错误乃我们生不为松为柏/而是落叶乔木的树种/（其实，落不落叶均很风雅）"（《一株超现实主义的树种》）。

近半个世纪过去，这位台湾前行代诗人中的异数之异数，所发出的"鱼言"、"蝶语"、"鸟声"，越发不好"归类"了（《对鸟说》）。唯一可以看清楚的，是他一贯前倾和不断探索的创造态势。这态势让人相信，当大多数台湾前行代诗人，已然作为历史的深刻记忆，留在了20世纪的暮色中时，老而不老的碧果，或将再度活跃于新世纪的曙光之中？！

2000年12月

管管之风或老顽童与自在者说
——管管诗歌艺术散论

一、管管其人

要读管管其诗,需得先读管管其人——读其籍贯、生平、举止、嗜好、怪癖、异相、童心、长身、宽肩、阔嘴、直鼻、"马脸"(实则是标准的国字脸)、披肩发(年轻时则多留平头)、快性子、直肠子、亮嗓门以及其他等等。

比如,管管为其散文集《请坐月亮请坐》自撰的"作者简介",[①] 便很值得一读——

> 管管,本名管运龙,中国人,山东人,胶县人,青岛人,台北人。写诗三十年,写散文二十年,画画十八年,喝酒三十一年,抽烟二十六年,骂人四十年,唱戏三十五年,看女

---

① 管管:《请坐月亮请坐》(散文集)封底简介,台湾尔雅出版社1979年版。

人四十年七个月,迷信鬼怪三十三年,吃大蒜三十八年另七天,单恋二十九年零二十八天;结婚八年,妻一女一子一。好友三十六,朋友四千,仇人半只。最近还担任电影"六朝怪谭"的男主角。

这样的"简介"文字,在当代两岸诗坛文坛,至少就笔者所见,唯有管管!字里行间,坦直、率真、幽默、大气,其为人为文,可见一斑。

作此小传时,管管50余岁(1929年生),至今多年过去,阅其人,读其诗,仍是如火如荼如疯如魔亦如当年,自称"劣性未改",实则风采依旧——诗越写越老辣,人越活越精神,"一匹野马",自50年代末冲上现代诗坛,便一直特立独行至今。在台湾,常被称之为"头痛人物",可谓异数中的异数。1991年春,笔者在西安有幸与管管一会,相见之下,顿为其超乎寻常的老顽童性情和纯艺术家气质所叹服。暗自惊呼:此公跟别人不一样!

无疑,这是一位天生要与众不同的诗人艺术家。无论是作为人的不同,还是作为诗的不同,皆在于管管自始至终都未被后天的什么(岁月、命运、教养、学识、功利等)所消磨掉的那股真气、那颗童心、那份永远不羁的人格魅力,以及总是习惯将自身和外部世界均纳入审美的眼光去对待的独特情怀。

当大兵时,他便"老喜欢弄一朵野花插在他的枪上","讨厌了别人,逍遥了自己",还时不时"带着酒",溜出军营"去听青蛙叫",从而误了晚点名,"虽然有人嫌他,但他喜欢这么做";作情人当丈夫了,仍要"在有月之夜在那个海上有渔火的海滩上裸行而歌",自认"此非放浪形骸,而是一种近乎美的投入";管管自称:"吾爱晋朝,吾爱晋朝那种用战乱灌溉出来的一些奇特的花。这些花是开在一些人身上，或者书的身上。"①

做了诗人，且成为名诗人了，他却声称"吾会跟文学艺术一块玩，像跟山川草木玩一样，像男人跟女人玩一样。吾偶尔也会衣带渐宽。吾也曾有蓦然回首那人却在灯火阑珊处的喜悦。但吾讨厌功利。也会痴迷，也会情深，也会掉头而去！吾讨厌不朽！""吾喜欢大自然，吾希望吾就是石头、树、花、草、鸟、溪、春天"。"吾写的诗也都是在吾那些喜欢中长出来的。技巧等等当然也很重要，但最后是看他的气韵生动天生丽质。虽然也可以修炼出来，但还得靠气质，人品不高，落墨无法。吾自有吾的面目呀。不管丑俊，真便是美。""能活得像诗，那也许比诗还动人。吾总想这么活。"②

这便是管管——一位把生命当作艺术去活，把艺术当作生命去"玩"的异端诗人。在一个人人都已变异的异化世界中，管管的异则是非异而异。在他的身上，很少中国传统文人和艺术家那种酸腐功利之气，而异出班行，卓立不凡。

从气质上看，他不像是中国诗人，至少不像是眼下的、普泛的中国诗人，似乎来自另一个星球的艺术族类；从文本上看，他又是纯种的中国诗人，操持着纯种的汉语语言；作为人本的管管，他不是个合格（中国特色之格）的"演员"，不会把人生作为一段戏演给别人看，而坚持返回本我，成为他自己的角色；作为艺术的管管，他又不是个作假的演员，不会将创作与人生当成两回事，而只是痴痴迷迷疯疯魔魔地用真实的生命去做鲜活的艺术创造。

归宗一句话：诗即其人，其人即其诗，这是解读管管诗与艺术的一把密钥——套用管管的话语方式，那是一些些梵高、一些

---

① 以上均摘引自管管散文集《春天坐着花轿来》，台湾尔雅出版社 1981 年版。
② 管管：《管管诗选·自序》，《管管诗选》，台湾洪范书店 1986 年版，序第 3—5 页。

些克利、一些些米罗，一些些金斯伯格，和一些些魏晋风骨……

二、老顽童与自在者说

按照新批评学的观点，文学批评只以文本为准，到文本为止，文本之外的什么均不能作为研究的参照。然而对于像管管这样的诗人，如此研究则未免褊狭而至满头雾水。作为一个诗与生命交融为一的诗人，可以说，管管的诗即他生命的注释，而管管的生命亦即他诗的注释。有如我们不能把日光晒昏了头的梵高与其画疯了势的向日葵分开来谈一样，我们也不能将诗的管管与人的管管分开去解读。

管管的诗，向来被诗界称为难解之物，皆因为在这些完全失范的文本里面，存在着一个为普泛的读者和评论者完全陌生和不解的、异于常态的创作主体，由这个创作主体所操持的，是一个与其他诗风几乎毫无关联的、独在的诗之"家室"。

管管在诗中大异于他人的言说方式是显而易见的，而诗人对这种言说方式的选择，实则是对生命存在方式的选择。无疑，这是一位对所有既定的生命与言说规则和秩序，有着天然反抗意识的诗人，所谓性情中人，无拘无束咋想咋说的人。这样的反抗意识和至情至性，或许凡是可称之为诗人者都或多或少地存有些些，但真要成为一种持久而恒定的态势，则需要一股永不衰竭的生命元气、底气、真气，和一颗永不泯灭的童心作原动力，方可最终成就另一番天地。

这正是管管之风的来源所在——几十年真气不散，一辈子童心不泯，让诗歌写作成为本真生命之生存方式的组成部分，从而使写作主体成为无所顾忌、无从规范的独语者，成为不拘一格、率性而为的老顽童式的自在者说——一旦持有这种诗歌立场并由此立场出发后，便义无反顾地走到底、走到头、走出另一番样子来，走出一派风度、一种状态、一片他人不到的野生地。

试读写于1978年的《野马》一诗：

"他是一匹野马吗？"

一匹马冲破那人的肋骨栅栏脱缰而出！

一匹白的开着一身黑牡丹花的马，在雪里狂奔着，他昂首摔掉骑在他身上的月亮狂奔着。"吾不要鞍！不要缰！不要索！"在雪里狂奔着，他挥开四蹄，擂击大地，"吾要击大地之鼓，吾不是达达的马蹄！"咚咚咚咚！大地之鼓咚咚！

他擂过一座又一座山，他擂过一条河又一条河，他擂过春秋，他擂过岁月。"吾要踏醒，踏醒这乾坤一梦！"

他狂奔着，他狂奔着，他要奔出这天绳地索！去找那雪中第一棵蒲公英！

那个人冲破他肋骨的栅栏脱缰而去

"你是一匹野马吗？"
"不，吾是一匹踏雪寻梅的驴。"

在这里，擂击大地的野马和踏雪寻梅的驴是两个相悖的意象，前者喻指西方精神，原始的、入世的、张扬个性而狂放不羁的；后者喻指东方情怀，审美的、出世的、禅意的、沉浸自然而超凡脱俗的。奇怪的是，这两种精神质地在诗人管管身上，得到了水乳交融的和谐共生,且成为他诗歌中最本质的东西——既是"野马"亦是"驴";既非单一的"野马",亦非单一的"驴"。对人生,出而入之,静而狂之;对艺术,"东"而"西"之,"西"而"东"之。是真气不散的诗人浪子,故而能抛弃文明的一本正经,归于自然而然的原始生命;亦是童心不泯的艺术香客,故而能穿过功利的云苫雾罩,找回孩提般的天真浪漫。

正是基于这一大异于常人的精神质地,使管管"老顽童"式的诗性言说,达到了一个融复杂与单纯、具象与抽象、微观与宏观、经验世界与超验世界、原始性与现代感为一体的非凡天地。诗人在这个天地里自由进入,自由出走,不拘守于任何固定的价值形态和审美尺度,"一个直觉的生命就是他的道,他的诗"(洛夫语)。所谓只讲情不讲理,只管说不管解,率意爽言,如歌如啸如呢喃,自我愉悦和陶醉,且最终也愉悦和陶醉了他期待中的知音!

知人心则解人语。理解了"老顽童"式的管管,方能理解管管式的言说——那种自由、轻快、幽默、怪诞、狂欢无羁的诗性言说。

三、话语狂欢与重拓诗语空间

读管管的诗,有一种特殊的语言快感——一种生命体验与诗性言说完全统一和谐而飞扬灵动的流泻之快感,与语言做爱(野合?)的快感——"主啊!那种欢快的离题话,那种变化的文笔多妙,尤其它似乎是漫不经心、妙手偶得的样子……"(蒙田语)

所有的诗人,都是语言城镇中的居住者,时间长了,或多或少或长或短地依照各人的感觉与爱好,占有这城镇中某些房间和街道,安居而乐业。渐渐地,也就必然要受他住定的房间和徘徊于其中的街道的影响与制约，在日趋锁定的所谓"语境"中，成为这语言城镇里的某种"继承人"、"守财奴"、"工匠"、"手艺人"、"小商贩"乃至"囚犯"等等。而设想，假如有一个"野性未改"的流浪者来到这城镇中，会怎么样？

他，是"一匹野马"，一个不安定的漂泊者，在他那里，几乎没有房子的概念，或者说没有去建立这种概念的习惯。他只是听由自己的性情在这城镇的街道上逛逛，或者在这已成为定局的城镇的边上自己造一间房子。总之，他不愿做大家习惯做的居民，不管怎样高低、贵贱、世袭、暴发、有头、有脸、无头、无脸的任何一种居民，而只是一个来到这"语言的城镇"中寻欢作乐的"浪子"！

由此分出了两类诗人（从语言的角度而言）：一类是经典性诗人，一类是拓荒者诗人。前者借承传、借鉴、修正、重铸、光大而再现经典之辉煌，是一种有来有去、有迹可寻、有规律可理、有范式可依的艺术创造；后者则面对既定的一切完全转过身去，跟着感觉走，拉着上帝（天性）的手，由对生命范式的反抗而至对言说范式的反抗，突破语言的理障，超越经典的局限，以非理性的方式，去探寻和创造全新的诗语空间，从而或多或少带有某种原创性和不可模仿性的艺术特质。

管管显然属于后一种诗人：

> 吾们展览美丽的赤裸。吾们燃烧花式的面具——甚之树叶。吾们不是什么。吾们是太阳的兄弟。吾们赤裸。吾们不爱咀嚼文字与文字的私生子。吾们愤怒。吾们就是吾们，不夹杂一点胭脂
>
> 走吧。沙漠。走吧。仙人掌。要不？往哪儿去呢。吾们

是太阳的兄弟。吾们愤怒。吾们燃烧。吾们敲碎各代的图案。吾们赤裸。吾们要那么一种神

……

吾们不是谁的儿子。吾们不要脐带。吾们是太阳的兄弟。吾们燃烧。去燃烧这些这些画廊。去捕捉剌刀尖上一枚蝴蝶，吾们就是吾们

——《太阳族》

使用一种语言就是采用一种生存方式，所谓精确性和经典诗意只是一种逻辑神话。管管的天性决定了他绝不会依从这种逻辑神话。反而是这种逻辑神话被他的语感和天性，解构为原生态式的诗语狂欢——是的，是一种狂欢，在当代两岸新老诗人中，很少有如管管这般，将感觉与语态的原始合成，推至如此极端和彻底的境地，乃至不惜去触犯通行的语法规则与构词方式，而最终创构出一套可名之为"管管式"的编码程序和言说方式，从而拓展了现代汉语诗歌的表现能力和精神空间。

考察这种"管管式"的语感之生成，是颇有意味的。

在台湾《创世纪》诗社同仁中，管管属后来居上的一员猛将。从年龄看，他与同辈的洛夫同岁，比张默、痖弦稍长，但其诗龄却晚于他们数年。管管出道之时痖弦已成盛名，曾令其倾心。更年轻时则恶补古诗文，猛抄新诗，然而背来抄去，面对古人、前人、同辈人以及当时正倡导超现实主义诗风的"创世纪"同仁，管管显然曾陷入过一段不无尴尬的失语阶段——无所适从也不容适从，他必须返回自身去寻找本我的语感特质，成为唯一的管管，而不是别的什么"某某二世"或"某某翻版"。

失语导致背叛，在汲取了该汲取的一切，包括"超现实主义"

之后，管管彻底地转过身去，从自己的天性中，开掘出一股生猛鲜活又灵动激扬的语感之流，横冲直撞，不断突破既成诗歌语言"范式"，心欲所至，意象乃成，气血贯畅，快意言说——在这种推至极端甚至有些肆意妄为的言说中，日渐衍生出两种大异于其他诗人的语象：谵语和悖语。正是对这两种语象的独特运用，使管管的诗即或是二流的作品，也会打上特异不俗的烙印。

谵语者，胡言乱语也，俗称："大白天说梦话。"读惯了"正宗现代诗"者来读管管的诗，会觉得一派胡言，满纸荒唐。岂不知对离经叛道的管管来说，这正是他苦心孤诣之所在。语言乃精神之相，人们如何言说着，便如何生活着。所谓人的异化，说到底乃是被语言范式与思维范式所异化，所谓文明的苦果。而背离一种既定的言语方式，便是背离一种既定的生活方式；开启一种新的言说通道，便是开启一种新的生命通道。在一个语言/生存已被高度公共化、通约化、规范化了的时代背景中，这种开启常常需持一份置于死地而后生的勇气和胆识——而这，正是上帝赋予那些真正优秀的诗人们之最根本的使命。

对于因特殊的历史所致，而成为文化放逐者之代言人的管管们来说，这样的开启具有更深沉的意义。在失去原有生存空间（文化的和家园的）之后，正是凭借这种诗性言说的探险，亦为自己开辟了另一个生存空间的自由——被抛弃后的自由，重新张望的自由，迷失于自主思绪中的自由——对此，管管走得更彻底，他把寻找精神出路的严肃主题，置于诗性谵语的狂欢无羁之中，让好奇、快意、生冷不忌、嬉笑怒骂皆文章的心态支配语言的走向，而又不失其严肃思考的内在质地，成为顽皮的严肃，天真的智慧，直接刺激力和隐在的禅意，在惊人的想象力支配下的奇妙结合！

而所谓谵语，就管管而言，只是由于其语言已完全摆脱约定的所指，热衷于相互追踪而不急于进入所指确切的区域，使确定的语义空间趋于含糊，而于新的置换、拼贴、捩转和跨跳中，创生出一种既超越现实又非同虚幻梦境的语言空间和精神空间，使存在的本真得以在这种全新的、非理性的言说中亮朗起来。

悖语之说，乃笔者生造，而又因管管所生；正话反说、反话正说、非此亦非彼、是此也是彼、既否定又肯定、似肯定又似否定，使语词与映像、映像与实体、思绪与言说处于一种歧异的悬浮状态，从而成为管管诗歌语言艺术中最为特异之处。

例如这首著名的《荷》：

> 那里曾经是一湖一湖的泥土
> 你是指这一地一地的荷花
> 现在又是一间一间的沼泽了
> 你是指这一池一池的楼房
> 是一池一池的楼房吗
> 非也，却是一屋一屋的荷花了

读这样的诗，无埋可寻，却又暗含曲径，那"径"通的什么"幽"，又全在读者各人自己的体悟。

同样的怪作，还有《飞》《缸》《多了或少了的岁月》《春天像你你像烟烟像吾吾像春天》等。就精神向度而言，管管试图以这种令人悬揣的言说表现一种生存的迷惘、错位和无可把握感。而就语言向度而言，这种悖语式的运用，则是对语言的多义性、表达的隐喻性和语义的可增殖性的有效探寻。

除了上述谵语与悖语两大特性外，整体上看，管管的诗性言说，属于一种独白式的、游走性的叙述性话语。独白即自说自话，无涉宏旨（意识形态化的所谓主题性）；游走即居无定所，一切凭感觉而定；叙述性话语则避开了为抒情而抒情为意象而意象的虚妄、矫饰和腻美，质朴而敞亮，兼及戏剧性和幽默感的有机运用，构成一派自由、轻快、奇异之诗性话语的狂欢景观，一种真纯的艺术醉感。

在这种醉感中，你会发现话语已成为诗者的情人而非工具，言说便是目的而非过程，生命的郁积在此中消解，一片新的精神空间被狂欢的语言之手打开，徜徉其中，你便可和诗人一样重返本我而至真气顿生、童心盎然！

四、永远年轻的"牛仔"与老字号的"后现代"

这一节题目定得有点"悬乎"，然而它确是笔者在深研管管其人其诗包括其文之后，参照大陆诗歌现状，油然而生的一个命题；或许不无偏颇，却又自有意味在其中。

"后现代"之说，近年在大陆诗界和台湾诗界已成热门话题。在诗人们眼里，那似乎是一座新的高峰，必欲先登之而可称雄于天下。理论与批评界也视之为一件新的锦袍，给谁披上，谁就会高人一等。实则这种梯级价值判断的思路，本身就完全是非后现代式的。所谓后现代性，是对现代性的反省，对人类现存文化的一次全面质疑，从而选择一种新的视点以提供可能的展开。因此，后现代绝不是一个必须要抵达的什么思想与艺术的制高点，而是一种有必要经由的过渡与开启。作为诗的后现代之说，更应该视之为当代汉语诗歌多元进发中，不可或缺或理应加倍关注的一元。对于诗歌生态环境来讲，它毕竟是一块新生地，打开了一条新的生路，起着洗刷旧诗质、激活新诗质的特殊功用。

这里的关键在于，所谓后现代式写作，主要是指一种语言立场和心理态势，而很难圈定一种文本范式（圈定便是非后现代）。因此，对谁是"后现代诗人"，何为"后现代诗歌"此类理论指认，应持一份谨慎的态度，不可轻下断语，更无须争"后"而恐"非（后）"。

正是基于这一理论认知，在近年日趋热火起来的后现代诗研讨中，我总是不由自主地想到管管——无论就其写作心态，还是就其诗歌语言的实验性质，以及由此二者所透显出来的精神向度，管管都可算是两岸现代诗坛中，最早逼临"后现代"状态的诗人。

在这里，我用"逼临"而不是"成为"指认管管的"后现代"写作，在于其一，在管管创作的年代，所谓"后现代"尚未被引进和炒热，亦即并没有产生一种足以成形而可趋就的后现代语境；其二，从另一个角度去说，管管也是最早逸出现代主义诗歌边界的一位诗人；其三，相对于眼下许多心浮气躁眼热情切赶"后现代"浪潮的诗人们，管管无意识的"逼临"是比"趋就"和"成为"更真实可贵的一种存在。

让我们具体到文本的分析上来。

消解深度模式、排拒载道、非中心、多元化、反对价值判断、反对人为煽情、张扬感觉、持守本能、以物观物、甘为凡夫俗子、追求偶然、不弃粗俗、纵情悦欲、消解指涉欲望、追求写作快感、以话语狂欢代替意义追寻、自我嘲弄、调侃、反讽等等这些"后现代因子"，在管管的诗歌文本中都或多或少地存在着，我们只有这样认为：这是一位天生与后现代有缘的前行者诗人。

试读这样一些诗句：

　　吾们切着吃冰彩虹把它贴在胃壁上请蛔虫看画展把吃剩的放在胭脂盒里粉刷那些脸再斩一块太阳剐一块夜吃黑太阳

让他在肚子里防空私婚生一群小小黑太阳生一群小猪再把月和海剁一剁吃咸月亮请蛔虫们垫着咸月光作爱吹口哨看肉之洗礼把野兽和人削下来咀嚼咀嚼妻说应该送一块给圣人尝尝

——《饕餮王子》

在这样一种呓语狂想式的言说中，我们看到的只是一些碎片式的语象。这些跳跳闪闪的语象碎片，既相互吸引又相互分离，既相互说明又相互消解，既相互映照又相互遮掩，形成一股液态的语流。而正是在这种混沌无序的液态语流的背面，渗漏出价值失范、文化失落、家园失所等多重困惑缠绕下的生存荒诞感。这种荒诞经由更为荒诞怪异的管管式言说，越发消解为一种别有用心的喧哗与躁动，而倍觉荒诞——这正是后现代因子"作乱"的妙处。

对经典和范式的拒绝，使管管的诗性言说成为一种完全个人化的写作，一种自我祈祷式的话语流泻，以求在这种祈祷中寻回精神的本我和存在的本真。为了强化这种流泻的快感（在后现代语境中，这种快感被认为是唯一的生命真实），管管甚至不惜冒天下之大不韪，在其本来就"没个正经"的言说中，时而拼贴古诗词句，时而杂糅文言虚词（吾、伊、汝/且、且说/自……而下，于……之上等），乃至时不时蹦出几句俚语俗词以及骂娘的话。以此驳杂、破碎而怪诞的语言景观，来表现这时代同样驳杂、破碎而怪诞的文化景观与生存景观，所谓"荒芜之脸"（管管以这个词作为他一本诗集的集名），管管可谓第一人。

其实"后现代"也好，非"后现代"也好，这些理论指涉皆与管管自身无涉。他只是凭着他的天性，他的真切的生命体验和语感体验，写了那些他喜欢那样去写的东西，所谓酒酣神全而自成其形。

故，读管管的作品，首先震颤于心的是蒸腾于文本之中的那一股子狂放不羁、信马由缰的"牛仔"精神，那种未被现代物性和工具理性所阉割过的、原生态的、形健神爽的本真自我。正如金斯伯格所言："我是按我自己的神经脉络与创作冲动来写作的……区别是这样的：一个人坐在书房中用一种确定的预先构思好了的节奏模式写作或填诗；而另一个人则是按自己的心理运动写作，并且（无意识地）达到了一种模式……也就是说，从呼吸中从腹腔与肺叶中……"① 而由这种"牛仔"精神和本真自我所生发出来的幽默感，更成为管管的诗性言说中最富魅力之处——

他写站岗的哨兵："眼看着海把黄昏的红绣花鞋给偷去啦眼看着狗子们把海的裙子给撕碎啦这家伙也不鸣枪也不报告排长只管把一朵野菊花插在枪管上欣赏还说这就是那个女人且一个劲儿地歌唱小调小妈妈吾真勇健"（《把萤抹在脸上的家伙》），诙谐之中，尽见情致；

他写爱荷华的松鼠："爱荷华的松鼠住树，不住笼子/并且在小路上跟行人散步，且跳狐步/吾想这里的猎人都死光了，还是猎人倒关在笼子里/总之，他们压根儿不曾知道/松鼠肉也好吃这档子事/这个，你去问老广他们最清楚"（《爱荷华诗抄》），亦庄亦谐、装傻打趣之中，反讽的意味愈见辛辣。

即或是四句小诗《春柳》，也摇曳着一种调侃的韵致：

> 昨夜的春雨
>
> 淋弯，吾的瘦腰
>
> 难道这一街的落花
>
> 只教吾一个人打扫……

---

① ［美］金斯伯格：《塞尚、布莱克式体验及其他——托马斯·克拉克来访艾伦·金斯伯格》，《与实验艺术家的对话》，河南美术出版社1993年版，第363页。

读这样的诗句,你会得到一种智慧的愉悦,在会心的笑意里使沉闷的心朗亮起来。在这个"沉入物性的世纪里"(金斯伯格语),生命已活得太累,对此,是作一个自我痛苦而痛苦他人,使生命更趋沉重或更猥琐的诗人,还是作一位自我愉悦而又愉悦他人,使人生自由旷达起来的诗人,管管给了我们最生动的回答:

吾该是第一个见到光的动物

——《四方的月亮》

五、谁来管管管管?

客观地讲,在台湾现代诗人群落中,管管可算是一位有相当才华的优秀诗人。然而遗憾的是,上帝在赋予他这些特殊才华的同时,又给了他无节制的粗放乃至虚掷这些才华的"自由",从而使其诗歌艺术创造的能力与其创造的成就,最终形成了较大的落差。

其一,整体成就的不足和缺乏重力场。

通观管管诗歌,不乏自然的、妙手而得的精品佳作,但依其近四十年的创作历程,终未能构成一个足够辉耀的星座而只是一些散落的星子,尤其缺乏可作代表性的鸿篇巨制之"拳头产品",实在令人扼腕!

管管似乎一直是以散步状作长途跋涉,懒散和随意化,成了他艺术进程中最致命的困扰和阻遏。如此之说,非关功利,更非鼓促重复(其实随意性反而容易造成重复),而是一个艺术精神问题:既然将此生与诗结缘,就该用"心"而不仅仅是用激情和智慧来写作,你可以不为要成为什么(比如地位与永恒)而急功近利去趋就什么,但却应该为可以成就什么而恪尽天职以慰平生。

虚掷无异于自杀，粗放则近于亵渎，尤其在这样一个文化坍塌、物欲横流的危机时代里，作为一个不乏天才和创造力的诗人和艺术家，有没有理由近于奢侈地仅在游戏中自娱呢？

其二，空心喧哗与意义困乏。

评价一位优秀诗人，不外两个标准：一是对审美价值的贡献，一是对意义价值的追寻。以此看管管，显然弱于后者。

管管对现代汉诗的语言艺术与表现形式是有特殊贡献的，形成了自己独特的风格。然而在对其诗作再作更深入的透析之后，我们会发现这是一位只醉心于审美体验而对意义追寻始终保持沉默或持回避状的诗人。

如此提出问题，似乎与对管管"后现代式"的态势之指认相悖。但我始终认为，所谓后现代式的写作探求，其意义只在对旧世界观、旧认识方式的解构或破坏，而在这之后，诗人和艺术家们，总还是要给出什么新的东西才是。在一种不无虚无精神的游戏态度支配下，管管的诗歌写作，基本上是依靠其天生的语言感觉力和不乏幽默感的智性操作为支撑，缺乏更深层面的精神体验，亦即以言说的狂欢代替了对生存真实的质疑和终极价值的追寻，从而容易给人以"空心喧哗"的感觉——我们随诗人一起去"跟文学艺术玩"、"跟山川草木玩"、"像男人跟女人玩一样"，确也不乏美感、快感、醉感（这是管管诗感的要素），可"玩"完之后是什么呢？诗人掉头他去，而我们依旧重蹈困惑与迷惘。

其三，缺乏克制的散文化倾向。

现代汉语之现代诗，向有两大病症，一是愈演愈烈的散文化倾向，一是越害越深的"意象症"；前者导致诗质稀薄，混淆诗与散文的界限。后者导致诗意黏滞，流于腻美和矫饰。一切艺术均是控制的艺术，失去控制则难免粗放而远离经典——这里的经典非指范式，而是一种剔除了杂质和赘疣的纯净与完美。

管管的诗歌，语感原气足、流量大，沛然而发、生气勃勃以至横溢漫流，属于一种激流飞瀑式的流体语势，本就易于散漫游离。对此，管管少有警惕而大多率性而为，缺乏必要的克制，致使散文化倾向较为严重。比如收入《管管诗选》中的《飞飞传》五首一组作品，实已"异"出诗体边界而成非诗之作。其实就管管的悟性而言，只要稍有用心稍加注意，便见奇效。像《管管诗选》中一些成功之作，以及写于后期的《爱荷华诗抄》（1982），近年在《创世纪》诗杂志发表的《之后之后》《读经》《悲观主义者学说》等作品，皆于内敛中不失自在风格，令人叹赏！

说到底，管管毕竟是管管，率真、怪诞而永远年轻无羁。于此提出谁来管管管管的命题，或许仅仅只是一份美好的期许——管管需要管吗？谁能管得了管管？就管管而言，是管一管好还是不管为妙？

这实在是一个"后后现代"式的命题。

于是便只剩下这份期许——荷香不老，霜叶更红，或许这块自称"将雕未雕也许不雕"的"老顽石"，会在老而不老的向晚行程中，再造奇迹，不定何时，"蹦"出一派更朗亮的管管之风，而辉耀于汉语诗界呢？

1995年2月

冷脸、诗心、豹影
——辛郁诗散论

一、冷脸之冷

对于那些常常心浮气躁，仅凭青春激情或所谓闪光的灵感投入写作的诗人而言，辛郁的存在，或许可谓是一剂消火败毒的"凉药"。

我这里用了"投入"而非"从事"。我是想说，凡真正能进入历史认领的诗人，是不能仅凭一时狂热而短暂的投入，能成就一番诗的事业的；换一种说法，亦即你是否在你最终的"投入"之中，不仅开启而且凝定了你所选择的诗歌艺术空间，并且成为独立的、自足的、完整而恒久的存在，而不是某一潮流或观念脆薄的投影，甚或只是"青春期诗恋症"的匆促划痕。所谓"从事"则是另一种状态，那是以诗为生命归所，在艺术中寻求生命补偿，在生命中寻求艺术补偿的长途跋涉——它是"事业"，也是生活本身，是生命、语言与诗的最终融合，而同归时间与历史长河。

由此又想到"终生写作"的命题——这是大陆先锋诗歌经由横贯80年代的狂热探索与实验之"投入"以后，由一部分渐趋冷静而沉着下来的优秀诗人们，逐渐于90年代的反思中提出来的。而反顾彼岸诗歌界，尤其是在台湾老一辈诗人群体中，这种所谓"终生写作"的命题早已解决。值得更深追问的倒是：何以同样也有过"狂飙突进"式经历的彼岸诗人们，却能差不多个个脚力不减，愈老弥坚，不断超越自身同时超越历史的局限，最终成为一座座有体积有高度的诗之山峰，而非一闪而逝的流星呢？

这是近两年来，逼着研究台湾现代诗过程中，最为深刻的体会。同样，在对辛郁长达40余年的诗路历程考察中，最先触动我的，又是这样的一种思考。

实则早就应该有人指出：一个张扬的、放任的诗歌时代已然结束了——平静下来，作孤寂而又沉着的人，守住且不断深入，进入冷静而持久的"专业"状态——在一部分诗人那里，这是需要再三磨砺方能进入的状态，在辛郁身上，却是一种源自本色的恒久存在。

从50年代投入台湾现代诗运至今，辛郁先后出版了《军曹手记》（台湾蓝星诗社1960年版）、《辛郁自选集》《豹》（汉光文化公司1988年版）、《因海之死》（尚书出版社1990年版）、《在那张冷脸背后》（尔雅出版社1995年版）五部主要诗选，其量不算丰，却"一直在平实地写，宁静地写，无视别人的毁誉"（张默语）。持有一贯的品质，而且越写越好。

仔细体察辛郁的诗路历程，强烈地感到，他首先是一个被自己个在诗性观察与诗性体验所充满着的人，而不是一场什么文学运动或诗歌浪潮的某种表征。在"那张冷脸背后"，是"来自水之深处/在火炼中/把回响/掷给众生"的石头般凝重的爱心、理想、责任和历史感（《石头记事》），且将自己的这份"回响""定调为大提琴的/一个低音"（《在那张冷脸背后》），徐缓、庄重、沉着而冷凝，没有絮烦的浮夸、放纵的奢丽及强敷的亮色，只是以"一小片寂/一小滴白/一小撮甜/呼唤他以/火的激情与山的坚韧"（《来自某地界的呼唤》）。

这便是辛郁式的"冷"——一种人格的矜持，一种艺术的控制感，一种更贴近骨头的诗歌立场，一种"不着色的冠冕"（辛郁诗语），一种"冰河下的暖流"（洛夫评语）。

在诗人题为《无题十四行》一诗中，有这样意味深长的四句："唱什么都无关紧要/但不要用鼾声伴奏/而且也不要用相类的手艺/解释疲惫的成因"，若在这里将"鼾声"看作精神的空乏和言说的芜杂，将"相类的手势"看作对诗意的复制，我们对辛郁所持之纯正、本色、冷静的诗歌精神，或可更为洞明。

辛郁有一句著名的诗："生命，一个溶雪的过程。"（《谒泰山无字碑》）这是诗人 60 初度，回大陆探亲时所发的感慨。其实，这种内敛而非张扬的冰雪性情，以及由此生成的诗歌品质，在其初始的写作中，便已认领而确立。例如在其早期不无激情且尚未控制到位的散文诗作《青色平原上的一个人》中，诗人便已唱出："让我独个儿流浪在生命这种纸器上，然后让我溶解"——显然，那种"溶雪的过程"从这里已然开启，并持之一生。

正是这种内敛的气质与目光，使诗人辛郁对人、物、我、存在与虚无、历史与人生等等，常得以冷澈深透的观测和体悟。落实于创作，则常以小见大，以轻见重，以平实见深切，不着亮色而更见肌理，也更见本质。

试读这样的诗句："感悟一滴檐滴的力量/如此清澈，昂扬的生命"（《菩提叶》），清澈于外，昂扬于内，于一滴檐滴中感悟生命的分量，诗人的内在气质，可见一斑。再细品味这样的意象：

> 无齿的唱盘
> 转了一圈又一圈
> 一种呼救之声被肢解
> 一丝气息凝成柱
>
> ——《参考资料》

唱盘无齿有如岁月无声，破碎的生存中乃至连呼救也被肢解，现代人精神空乏与心理危机之情状，在诗人冷冷的一瞥中，被透析得何等深切！

冷凝的语感，冷僻的视觉，冷峻的思考——在这一切的背后，是诗人对特殊历史境遇所形成的文化放逐之苦的冷澈入骨的体悟。

在辛郁的诗中，那个"豹"的意象是极为经典的，可视为诗人精神内质的鲜明写照："这曾啸过/掠食过的/豹"，被长期放逐之后，便渐渐"不知什么是香着的花/或什么是绿着的树"（"花"与"树"构成文化家园的象征），便只是"不知为什么的""在旷野之极/蹲着"——一种静态的、无目的、无方向的守望。于是，这只"豹"只能自己依靠自己：自己情感的节奏，自己身体的节奏，自己可触觉的经验和自己未完全泯灭的梦境。

放逐是一种痛苦也是一种磨砺，"旷野"的风使这只"豹"在孤寂中冷静下来；他知道他被抛入了另一种命运，一种混乱或无意义之中，似醒犹眠，似眠犹醒。而在这只"不知为什么"而"蹲着"的"豹"的内心深处，却依然没有放弃着"一些什么"——他只是变得更为机警、敏锐、沉着，只是将"生命的轻啸沉在/自己的内里"（《自己的写照》），试图在自己身上，唤醒和索回诗性的人生和家园的记忆。

——而最终，这只"豹"明白：对于"被放逐者"而言，"也许/活着就是一种呼唤/永远地/响起自生的中央地界"（《来自某地界的呼唤》），于是他游离于醉生梦死的浮泛群体之外，在"旷野之极"亦即孤绝的人生边缘，冷冷地"蹲着"，独立而矜持地——

等候一种意义的

初生与再现

——《来自某地界的呼唤》

二、诗心之思

诗人是诗性生命的代言人。

所谓诗性生命，并非一个异己于混沌生命之外的原初存在，而是经由诗人之眼，于普泛的人与事物之中，以思想与情感为内核、以意象语言为载体的一种发掘、提炼与展现。广义的诗是无所不在的，只是因诗人所持的立场、视点和言说方式的不同，形成千姿百态的样式与风格，由此提炼的意义价值也便有所不同，尽管其最终的价值，都是为着能够帮助人——个人以及所有的人，保持其人的本质。

从《军曹手记》到《豹》到《因海之死》直至最新的《在那张冷脸背后》，纵观之下，我们会发现，诗人辛郁的诗之思，一直维系于三个向度的展开与延伸——作为主体人格的外化，可形象化地归纳于"老兵的歌"、"异乡人"、"捕虹浪子"三个典型形态。这三个主题取向，分别代表着诗人对现实人生、历史回声和生命理想的诗性考察与言说，并坚持在这些"……丰美而又重叠的交感中"，以"人的沛然的主题突出一切"（《土壤的歌》）。

（一）在"一些混浊的酒意"中品啜人生——"老兵的歌"

在台湾现代诗人中，有相当一批，是出于经过战争血火洗浴的老兵之中，辛郁也是其中的一员。

这是一种极为特殊的人生遭遇，乃至超出了我们在一般历史常规意义上认识的所谓"战争反思"。这场在特殊时空下所发生的历史悲剧，有着完全不同于其他战争悲剧的特殊意味；硝烟散尽，一群为时代所误的青春年少，不但身心备受伤害，而且被迫去国离家，且从此成为文化（精神家园）与乡土（现实人生）的双重放逐者。由此开启的台湾现代诗以及整个台湾文学的特殊领域，恐怕不仅在百年中国文学进程中，乃至在现代世界文学中，都是一个极为特殊的存在，一个值得深入研究的文学现象。

同时，假如我们再将这种"放逐"置换为"被抛"，亦即经由与命运征战搏斗的惊涛骇浪后，复被抛入一个"似乎没有什么事情发生"（辛郁诗语）的生存空虚之中，由此生发的诗性思考与言说，就具有了超越历史事件、超越历史时空且超越族群的更高意义了。实际上，这种"被抛感"早已化为现代人类生存之普遍的境遇，而成为世纪性的命题。那些所谓轰轰烈烈之战争与爱情的什么"永恒的主题"，已随同浪漫主义诗歌的远去而消逝了，能否从庸常凡俗的生存现实中剥离出生命的奥义，已成为对每一位当代诗人的考验。

由此，"老兵"题材，遂成为台湾前行代诗人大都或深或浅涉入过的一方诗域，产生了不少优秀的作品。而真正能在此中做深入持久的探求，并将其提升为一种广义的诗性思考与言说者，辛郁应算重要代表之一。

两首写"顺兴茶馆"的诗，是这一诗思向度的代表作。

流落他乡，被抛于落寞的老兵们，唯有以茶叙旧度日，然

"浓浓的龙井/却难解昨夜酒意";落寞此身而难老此心,"尚有那少年豪情/溢出在霜压风欺的脸上/偶或横眉为剑",却只是在"一声厉叱"中,"招来些落尘",而"——他是知道的/这就是他的一切"(《顺兴茶馆所见》)。

而,即或是这样堪可小慰战争创伤的一方处所,16年后,也"轰隆一声走进了历史",被所谓现代工业文明挤压碎裂成"分量不轻"的"一桩桩心事","压得人气喘吁吁"(《别了,顺兴茶馆》)。显然,在16年之后的诗人视觉中,老兵情态已被置换为现代人整体的生存困境,使这一向度的诗之思延伸至更深层面。

人不能完全脱离意义而生存,精神的痛苦更多来自对无意义生存和无意义事件(日常样态)的体验与恐惧。在"似乎没有什么事情发生"的混沌世道中,拷问生命的存在价值;于"……一壶在手/将一张战争划过的脸/栽在白白茫茫中"(《念沙牧》),苦寻生存的尊严、人的意义……这正是辛郁一系列"老兵的歌"所以能传神警世的底蕴所在——虽然,"昨夜他仍然无梦",但"他"却一直"在寻找一个适于眺望的/方位"(《老兵的歌》)。

(二)在"历史的回声中"追忆"逝去的梦"——"异乡人"

人是天生独立自由的动物,但同时又是无法脱逸于社会与历史维系的群体的一员,亦即兼有文化共性的动物。我们常说的生命意义,在我理解,正是这种"维系"所由。一旦这种维系断裂,便会出现精神上的虚脱或游离,使生存成为一种不稳定的、临在的状态——用意象化的语言说,即沦为"异乡人"。

双重的放逐带来的是双重的反思。对辛郁来说,"老兵的歌"与"异乡人"的歌,在意义价值上有着异曲同工的作用:前者着力于现实性的诗性思考,后者着力于历史性的诗性思考;前者多落墨于生活的实在,后者多着眼于对"逝去的梦"的追忆,以及形而上的探寻。"在钟摆的规律与真理的无定之间/欲言而无言地/置生之跳动于死亡的边缘"（《贩者之颜》），而灵魂已成为"一顶帽子"，在异己的历史裂隙中游荡，"找不着一个头颅"。

由此激发的强烈的历史批判意识，在这一向度的诗域中得到了充分的展示，其笔触也更显浓烈而凝重。

这里有对战争的反省："在煮食铜铁之后/大地血红的颜面/为鼠们利齿所噬/黑色的灵魂互拥/被天的丧服所覆"（《黑帖》）。对此，诗人深厚的人道精神油然而生："我很想/在矮生的/钢骨水泥的白木林丛/以我的体温/给它加一些杏红或鹅黄/让地层下的/生灵跃出"（《不题》）；

这里有对历史错误的进程和此进程对人的异化、割裂，沦为新的"被抛者"而无以返回的生存困境的审视："海像是坟场一样"，"鸟的翅膀生锈"，"到处是蒺藜/天空也长出铁丝网……岁月黏黏糊糊，沾在身上总甩不掉"（《永远是二对二·诗剧》）。于是，在"看似完好而内在俱已破裂的/你的每一个白昼每一个黑夜"里，"在死过而又未死透的藏青色的/你旧日的梦境中"（《岁月告别——致一男子》），"你的信仰踱着懒散的方步"（《第二主题》）；

如此的反省与审视中，诗人对逝去的童年、青春之本真生命和梦幻人生的追忆，便更加刻骨铭心，成为"异乡人"唯一《醉人的话题》——"无奈记忆中的笑声/永远不会风化或销蚀/这沉重的包袱我背着/呵，童年/你我之间醉人的话题"。——请注意，这首诗系诗人六十岁后重返故土作"临老归客"之游时所写，我们完全可以将它看作被放逐者（我）与文化/精神家园（你）两者之间的历史性对话，而那一句"这沉重的包袱我背着"，真正如晚钟低回，撼人心魂！

那是怎样的一种"包袱"呢？是那份苍凉的历史感，一种没有归宿又不能放弃的生命维系。由此可以说，所有真正的诗人都只能是此在的"异乡人"——所以"叫辛郁（诗人）太沉重/的确沉重为的是/在这汉子的背上/驼着些黄皮肤的暧昧/驼着年轮过处/满眼的荒瘠"（《影子出走》）。而，对"历史的回声"的追寻不等于返回，返回是另一种沉沦和失去；这追寻的目光永远只是指向那个永远不可能抵达和非此在的"家园"。是以我们才可理解，那"……渡过/千年风尘""去寻大河的归宿"的"落叶一般的过客"（《老龙渡口的艄公》），何以在终得以作故国登临时，反而发出如此的困惑与诘问：

  但此刻我欲歌无词
  通体清澈如水
  流贯生命的一种轻狂
  引我拾级而上
  为的只是登钓台
  看天下究有何物可钓

         ——《秋日钓台》

  应该看到，进入90年代的诗人辛郁，通过一批重量级的"返乡"之作，不但超越了许多狭隘浮泛的所谓"乡愁"诗作，而且也成为诗人自身一次大跨度的飞跃，境界阔大而深沉。这其中，想来与诗人对诗之历史感的重新认知不无关系。

  我是说，由那双"异乡人"眼中"流到天涯的一滴泪"中，我们看到了一缕更澄明、更凝重、也更深远的诗思之晶芒。

  （三）"他是捉不住自己而又如此不甘心的/苦苦地守望那虹"的——"捕虹浪子"

作为诗人主体人格亦即其诗心的外化形象，我将"老兵"视为其现实人生的"身份"，"异乡人"为其文化与历史"身份"，而"捕虹浪子"则是其灵魂的"身份"（而那个"豹"的形象则是其整体诗歌精神的投影）——这是诗人辛郁真正本质的、最具代表性的身份。对生存现实的批判也罢，对文化/历史的审视也罢，其诗之思的最终归旨，是要在"贫血的日子里"，以"野性的扩张"，去寻觅"一种叫再生的汁"（《未定的疆界》），使生命一次又一次顽强地复生以再造"生的跃动"、"芽的萌发"（《有朋来访》）。

这才是"异乡人""那张冷脸背后"真正的脉息——一颗为理想而默默燃烧着的心！

诚然，在今天的语境下谈诗歌的"理想"，似乎有太过传统之嫌，而且，我们还有过那么多为虚妄的所谓"理想主义"所惑、所误、所害的惨痛记忆。然而这里指认的是另一种理想：在一个一切都走向不归路，为世俗享乐、即时消费、金钱迷醉、物质钙化、科技肢解的时代里，给此在的生命一份诗性/神性的期许（只是期许而非虚伪的允诺）——没有这份期许，生命就成为一种空心状的浮游物，失去了作为人的存在的本质属性。作为这个时代的诗人的使命，就是给出并"苦苦地守望"那道理想之期许的"虹"——她存在着，有如她后面的那片蓝天，抓不到手中，揽不到怀里，却能通过我们凝望的目光，给我们空乏的生命，注入一些其他物质所不能给予的什么……

实则，所有真正的诗人在骨子里都是理想主义者。入世也好，出世也好，解构也好，建构也好，骨子里，都是为着给人类更多地注入一些诗性/神性生命意识，无此，则便是对诗人存在意义的根本背离。

在辛郁，那份理想的脉息是持之一生而搏动着的，我们几乎在他所有的诗中都能触摸到这种搏动的回音。在《岁末写意》中，在《野岸》中，在《一九八三》中，在《沧浪之歌》中，诗的结尾之处，都有一抹"虹"的投影闪过，使人为之一振。人生艰辛，世路坎坷，"天被污地染疾／山不言水无语"（《兰变》），"而步履滞重的／辛郁　仍在发掘／生的富丽"（《未定的疆界》），仍在"茫茫然垂向落日的脸"和"一具松脆的骨骼之上"（《茫茫然垂向落日的脸》），敲击出生命意义的火花。

这火花，在那首每每为人称道的《捕虹浪子》一诗中，得到了最为灿亮的辉耀——

> 他是曾经植物过的
> 他是曾经动物过的
> 一种没有潇洒过的植物
> 一种没有豪放过的动物
> 他找不到一堵墙外自己的门庭
> ……
> 他设想自己是一把钥匙
> 如此艰辛如此执着他开启那门
> ……
> 他让泪皈依海洋
> 他让笑皈依天空
> 在刺痛了自己的脚掌之后他开始
> 用手行走

做生命理想的"捕虹浪子"和"守望人"，为迷失的现代人开启通往澄明之路的那道门，这是何等深切的胸襟和心境！尤其那个"钥匙"的意象，十分恰切而又奇崛，而那份"用手行走"的韧劲，更让人肃然——活在秋天，唱望春风，在不无悲剧意味的生命历程中，诗人的那颗心，一直如暗夜之星般炽燃着……

三、豹影之姿

读辛郁的诗，除上述体现在意义价值方面之强烈的现实感、历史感和理想色彩外，其体现在审美价值方面的品质，也颇值得探究。总括而言，可概括为清明有味、疏朗有致、虚实有度三个特色。

清明有味——这是台湾诗人张默近年特别推举的一脉诗风，而得其神髓者，辛郁应算其中之佼佼者。

清者清纯、清正，明者明澈、明达，清明之中又须不乏意蕴。它要求诗人在创作必须是本色"出演"，而辛郁正是这样一位本色诗人。辛郁的语感，来自生命本色的真诚与平和，率性而作，贵乎自然，心态和语态和谐共生；同时，既贴近生活，又非一般化的口语，有一种骨感之美而尽弃浮泛与造作。

这样的语感，在其中期《因海之死》和近期《在那张冷脸背后》两首代表诗作中，得到完美的体现。

试读下面的诗句：

> 你看不见吗
> 我在以云的鬃毛
> 制就我的猎装
> 是的南极我也想去
> 而且是那样
> 以银亮的水手刀

划一幅航图

纵放我飞翔的梦

——《因海之死》

平实的语感与平凡的题材融为一体,客观的描写夹着如梦的意象,从而穿过现实的障碍,达到心灵与现象背后的真正现实的融合,从没有经过修饰的事物中提取清明有味的意象,读来清新爽净,明达中别有深蕴。

疏朗有致——这是指辛郁对其诗的结构把握。

疏者空疏,朗者朗现,"以沉着的跃姿"在叙事性的缓缓推进中,不失时机地凸现意义的朗照,于舒展中见张力,于冷峭中见清朗,饱满的情绪化为弥散状渗透于诗行,看似散淡简约,内在的蕴藉并不少分量。

辛郁有一首题为《寻》的诗,其中一些句式,我们若假借为对诗艺的描述来看,或可对诗人这一风格作别一番领会:"而当我们饱饮/夜之清冽,以沉着的跃姿/越过那个说书人布设的/陷阱和沟渠","我们会寻见/生命的小绿树/受洗于风里雨里"。

我还特别注意到辛郁的这一疏朗风格,在其另一类"咏叹式"的精短小诗中之不凡的展现,如《异乡人》《船歌》《秋歌》《咏叹调》以及《因海之死》等。试读《船歌》中的这些诗句:

由此西行,

便是你熟悉的十三号码头

在一串茉莉花上飞着一只粉蝶

然后是一片雨云

……

> 然后是船在水上
> 然后又是船去后那片懒散
> 像一团尘丝那样荡着
> 军曹　那船去何方

典雅的韵律，疏淡的情致，咏叹式的冷抒情，内在又深具现代意味；于简括而富跨跳感的结构中，有深远悠长的情思绵延回绕，令人沉醉。我将辛郁的这批诗作看作为超越浪漫主义的"浪漫主义遗脉"，或可称之为"现代浪漫主义"。现实与浪漫，本是辛郁内源性的双重诗性，尽可各展风姿的。

虚实有度——这里指辛郁对意象与事象的有机调度与和谐融会。

从实在之境入笔，以虚缈之意淡出，是辛郁惯用的手法，源自传统，化为现代，颇得个中三昧。像"那个人/肿起他的幻觉给许多人/看"（《野岸》）这样的奇句，非"冷公"（辛郁在台湾诗界雅号）之笔不能写出，那一个"肿"字何等之实又何等之虚。

在辛郁的诗中，我们还可常见到一些非常具体明确的人、物、事的细节描述，如"十点钟的阳光"、"茶馆的三十个座位"、"北去红场三百九十米"、"从辛亥路七段以降"、"我昂首引颈/成三十度斜角"等等，看似毫无诗性，但一经辛郁式的配置，常有奇效，有时还颇出反讽效应。

试举《台北记事》为例：

> 从辛亥路七段以降
> 无关革不革谁的命
> 也不涉风月

> 我冷静地抓牢吊环
> 读着车窗外
> 台北的片断
> 越读越不解

纯以事象写来，不露声色，平平实实，而细品之下，语词中潜隐的反思心态和反讽意味，比起纯抽象性的说理或纯意象化的隐喻，更见深切也更耐人寻味。同时应该看到，这种虚实相涵的笔法，实则正与诗人辛郁既入世又出世、入而出之、出而入之的人生态度相契合，故而能如此得心应手，常入佳境。

在台湾诗坛，辛郁可算一位有影响的优秀诗人，但也一直未能成为一位更具重要性的诗人。以笔者拙见，根本原因在其诗歌中所呈现出来的意义价值与审美价值之间，多少还存在的某些落差。

说一位诗人重要，是说他不但经由他的创作提供了全新的诗性生命体验，而且还同时通过对这种体验的诗性言说，为他所身处的那个时代的诗歌艺术发展，提供了新的启示和强有力的推动，亦即具有号召性和经典性。

以此来看辛郁，似乎有些缺憾。

就辛郁诗歌所蕴含所展示的意义价值而言，确已颇具气象。但诗人在诗歌艺术方面的探求则稍显逊色。譬如在意义的传达上所指太明确，缺乏丰盈的扩散性和深度的内延力。意象的营造也少突兀超拔之感，显得观念重于语言，趋于惯性写作，恰当而不重要，是以常仅止于对"事件"的追摹，而未能更多地使诗歌文本本身成为一个"事件"，一个带有诗学性质的"事件"。

然而，近年潜心观测台湾诗人——尤其是老一辈中坚诗人的经验告诉我，对他们绝不敢轻易作静态的论定——这些差不多个个皆具长途跋涉脚力的"捕虹浪子"们，常有出人意料的裂变和飞跃，令你刮目相看。即或如辛郁这样老成持重的诗人，我们也已看到，在进入 90 年代之后的突进中，也显现出一些新的态势和锋芒。不信，请听诗人在《写给儿子的诗》中，那深沉硬朗的夫子自道：

> 就这么单向的运行
> 让时间列车一趟趟
> 载我速去？不
> 我已备妥猎装与手杖
> 看一茎发的变色

1995 年 11 月

"意象的姿容"与"现实的身影"
——简政珍诗歌艺术散论

一

研读简政珍的现代诗作品,常常会忘却他在两岸新诗界的另一重要身份,即作为中生代中享有盛誉而成就卓著的诗学家、诗歌理论与批评家的身份。按说,这种"忘却"对于指认一位诗人的创作成就与艺术造诣并无关系,真正的评价只应是仅就作品说话。但熟悉当代汉语诗歌发展的研究者大概都知道,这样的"忘却",对那些在现代诗理论与创作两方面都试图有所作为的"两栖者"来说,有着怎样微妙的说明。

诗学家诗人——如此的双重身份,至少在大陆"朦胧诗"之后和台湾前行代诗人之后,似乎一直是一个不免"尴尬"的事。即或以台湾前行代诗人、诗学家叶维廉先生的盛名,也不免在与笔者的一次交谈中,说到两岸诗界总是因了他诗学方面的成就,而每每忽略了他的诗歌创作成绩时,语气与神态中都充满了十分的遗憾。我惊叹如叶先生这样的诗学家也心存此憾，进而猜想或许所有现代诗的"双栖者"，都暗自将诗人的名分看得比什么都重？

这实在是一个颇有意味的提示。

实际的情况是，近30年来，两岸诗界以诗的创作与诗学的研究之成就取得双重并重的广泛影响者，确实不多见。大多数"两栖者"（尤其是先成名于诗学后投身于创作或一开始就双向并进者），都难免遭遇两相遮蔽的尴尬。看来，这其中不仅有"身份"因素的隐性干扰，也涉及对诗学家诗人本身，在具体诗的写作中所处状态的深入考量，以及对其作品脱离其"身份"的影响后，实际真正所拥有的位格的合理判断与真确评价。

显然，简政珍是属于极少数没有遭遇此种"尴尬"的中生代诗学家诗人之一。

究其因，我认为关键在一"专"字。具体而言，即腾空角色（作为诗学家的角色），心无挂碍，专心专意，进入纯粹的诗的"作业"。

这种"专"的体现，在简政珍这里，无论为诗还是为诗学，都很到位，很彻底，都能进入一种创造性的、个在的"写作"状态，而双向并进、互不干扰。换句话说，简政珍的"双栖写作"，于诗，既非诗学"之余"（体现在心理机制和文本成色两方面的"业余"），于诗学，也非诗"之余"，各自自在、自足、自成体系，没有何者为重何者为轻或谁带谁的问题。这种角色的腾空与转换，说来容易，其实在具体的实现中有相当大的难度。想"专"是一回事，能不能"专"是另一回事，许多有过"双栖写作"经历而最终放弃者，大概对此都有深刻的体会。

同时，我在这里的表述中，仅以"写作"一词统一指称诗与诗学两种"作业"，也在于想追究：是否因为简证珍于诗学方面"作业"的特性，反过来有机地保证了进入诗的"作业"时，得以顺畅的角色转换呢？

此中学理，有待深究。但仅从现象上看，反观简政珍的诗学文本，不难发现，这位学贯中西、造诣深厚、一直栖身于大学教育的典型的"学院型"诗学家，所成文本，却绝非那种来自"学术产业"流水线上批量产出的"研究报告"之类文字，而是融会了学术理论、艺术感觉及文字修养这三要素为一体的另一种自足的"写作"，是既有学理和问题意识支撑，又不失独到的感性体悟且好读有味的文章，是结合了学者诗学与生命诗学的诗性言说——而这，在当代两岸诗学以及文学理论界，早已是难得一见的了。

是生命的知识化与虚妄化，还是知识的生命化与人格化？我在20世纪90年代末，针对"学术产业"的泛滥和"知识分子写作"的弊病提出的这一命题，在简政珍的诗学"作业"中，得到了明确的印证。窃以为，正是因了在诗学方面的非知识化、非学院化的诗性"作业"之特性，方使其在同时进入诗的"作业"时，能顺畅有机地从学术思维切换到意象思维，不致诗性缺失乃至"钙化"，所谓同是"写作"又何来转换。

二

每一位成熟的诗人，应该都有一些自己认定的诗学观念和诗歌理想，作为自己深入发展的坐标与方向。而一位诗学家诗人，更不乏这方面的修养，或许可能比一般诗人更全面、更深入，也更清醒。然而，能否将这种修养，再通过自己的诗歌创作实践得以有效的实现，又是一个比角色的转换还要困难的事，也是判定

"两栖者""双赢"水准的又一标志。

在这一方面,简政珍提供了一个典型范例。

简政珍的诗学著述甚丰,其中许多核心观点在两岸广为传布,影响不小。比如有关诗与现实、诗与语言、诗的生命感、诗的哲学内涵以及"意象的姿势"、意象性语言与叙述性语言的关系等,都有十分独到的阐述。这些核心观念,在简政珍的现代诗创作中,也都有上佳的表现,成为理解与诠释简政珍诗作的理论依据。尽管作为诗人的简政珍,其作品也是相当丰厚:先后有七部诗集在台湾出版,一部诗与诗论选集在大陆出版,近期又在大陆出版了代表性的精选诗集《当闹钟与梦约会》,但其基本的诗歌立场和语言风格,还是较为明确的,并一以贯之地体现了他的那些核心诗学观念。

就此而言,至少有两个方面,值得深究与借鉴。

其一,角色定位:主体的在场与隐匿,或真正意义上的知识分子写作

读简政珍的诗学文章,人们会强烈地感觉到一位学养丰硕、学理谨严、思想明锐而又高屋建瓴的学者风范,而一进入他的现代诗作品,则马上会发现在其依然不乏学者风范或知识分子风骨的气息后面,还暗藏着一个不失平民化视角的创作主体,并因此决定了诗人对题材的选择和对语言的要求。

从题材方面看,以平民视角与草根精神深入社会与人生的方方面面,家事、国事、天下事事事关心,同时又将这样的关心,有机地提升到一个人文知识分子的批判立场上来,予以诗性哲思的观照,是简政珍现代诗创作主体的突出特征。换种说法,即作为诗人的简政珍,在学者的背景之外,首先是一位出入人生、勘察社会、立足于"存在"现场的在场者,且将"在场"的方位,有意识地选择在时代的暗面与生存的灰色地带，以此窥探存在的真实样貌，追寻存在的本质意涵。

这样的角色定位，颇有点像一位为社会和人生把脉诊断的医生，直面的是现实，查寻的是病相，提交的是警示。

对此，只要稍稍留意一下诗人作品的一些篇目与结集名称，便可印证一二：从"江湖"、"广场"、"长城上"，到"街角"、"病房"、"下午茶"；从"政客"、"诗人"、"刽子手"，到"雏妓"、"老兵"、"流浪狗"；不乏对"时间"、"语言"、"追逐自我的行星"的探究，更多是对"纸上风云"、"浮生纪事"及"历史的骚味"的拷问。"写诗是诗人诠释人生，而这个诠释要来自有感的'阅读'。"[1] 诗人在这里特别地对"阅读"一词加了引号，以便与那种仅止于间接知识的阅读与体验、笔下只有"纸上风云"而没有深入存在的真情实感的写作区别开来。"我阅读的最大文本来自人生、来自社会；也就是说，一个只写个人的事的诗人，成就总是有限的。诗人必须去好好读更广大的人生，有更广大的体验，同时要注意细小的心灵的颤动，宁静中的颤动，因为很多动人的景象都在这细微之中。所以诗人首先要非常有感觉，对人生有敏锐的感觉，时时处处与外部世界有一种互动的精神交流。"[2]

既是学者，又是平民；学者的眼光，平民的情怀，在简政珍这里得到了很好的整合，从而让我们看到：何谓真正意义上的知识分子写作。

同时，主体的在场，并不意味着诗人要以角色化的自我直接

---

[1] 简政珍：《诗和现实》，转引自《台湾诗论精华》（沈奇编选），陕西人民教育出版社1995年版，第217页。

[2] 沈奇：《诗心·诗学·诗话——与简政珍对话录》，《沈奇诗学论集》（增订版）卷一，中国社会科学出版社2013年版，第364页。

对现实发言，那样反而会失去"在场"的意义。这一点，作为诗学家诗人的简政珍，显得格外清醒与老练。一旦进入具体的诗的"作业"，那位"医生"的角色便隐身而去，只留下富有现代意识的诗性灵视，"在门缝里窥探时光里流转的名字/把病菌咬噬的年岁交给听诊器回响"（《候诊室》），① 乃至不动声色如X光机一样，以"全黑的布景展望流星如过客"，进而提交隐藏在虚张声势的社会与人生之背面的"病相报告"。

是以，初读简政珍的诗，会有些"冷"的感觉，一时摸不到诗人"自我"的情感热度，也很难找到十分明确的题旨或高言大语式的"点睛"之句，有些茫然。但读进去读多了之后，自会体会到诗人的苦心孤诣之所在。

正如洛夫所指认的："……简政珍的灵视一向都投射在对人文的关怀和对现实的批判上，更重要的是，他在处理这种题材时，仍能掌握现实与诗之间的分际。"②

一方面，在诗的"悦情"与"醒世"之功能选择上，简政珍更看重"醒世"的作用，外表的灰冷与苦涩下面，深藏着对世道人心与生命本质的大关怀和大悲悯。"诗人看透现实时并没有得意的笑声，而是坠入清冷的空茫。"③ 另一方面，作为诗的言说，越是激越的情感和深沉的思考，越不能直接说出，"诗人只有腾空自我才能写真我，而真我已是我和外在世界的交相辩证"。④

---

① 本文中所有引用诗句，均出自简政珍诗集《当闹钟与梦约会》，作家出版社2006年版。
② 洛夫：《简政珍诗〈春讯〉小评》，转引自《九十年代台湾诗选》（沈奇编选），春风文艺出版社1998年版，第355页。
③ 简政珍：《为何写诗》，转引自《台湾诗论精华》（沈奇编选），陕西人民教育出版社1995年版，第216页。
④ 简政珍：《诗的生命感》，转引自《台湾诗论精华》（沈奇编选），陕西人民教育出版社1995年版，第220页。

如此，主体既在场又隐匿，既深入又超越，并严格"掌握现实与诗之间的分际"——这不正是作为现代知识分子的现代诗人之人本的存在，及现代诗之文本的存在，念念所求的本质属性吗？

其二，风格定位：意象叙述与哲学内涵，或富有生命感的智慧性写作

按说，作为典型的学者诗人，简政珍有足够的思想资源与理性经验，可供其进入诗的"作业"时"装点深沉"或"挥洒高蹈"，作"纸上风云"式的"凌空蹈虚"或"天马行空"——这是许多"学院型"、"知识化"诗歌写作常见的毛病。然而细读他的诗歌作品，却是十分鲜活，没有学院气，不是那种只活跃在纸上的诗，而是生命意识很强且好读有味的诗。

当然，这种"好读有味"得去细品才行。若浅尝而止，可能会在上述"冷"的错觉之外，又生出"平"与"涩"的感觉。尽管，在简政珍少数经营不是很到位的诗作中，也确实存在着些许因用力比较均匀，意象的分布过于密集且失于节奏调适而有平铺之嫌，造成一首诗的整体美感小于部分之合的遗憾，也时有因意象分延较多而至语意链接不畅的生涩感。但总体而言，其意象的经营、哲学内涵的支撑及富有生命感的语言形态，都堪称上乘而独成格局。

首先，作为一位既富学者之识又深得生存体验的现代诗人，简政珍特别善于将人们熟视无睹的社会与人生大大小小的"事件"，经由诗的写作，转换为陌生化的"美学事件"，以诡异莫辨的意象的姿容，雕塑并点化现实的身影。同时，在简政珍诗的视野里，这样的转换多从存在的细枝末节处着眼而落于日常的思辨，不做无端的高蹈——

为《日子的流程》破题，也只是"起身探问鞋子/昨日的走向,今天的流程";拷问《壁佛》的本相,也只是寻常一瞥:"若说你的坐相尤胜格言/你的眼神已在等待风化";质疑《时序》的存有,也只是淡淡道破:"并不是要一点稳定的光/抽烟是让自己知道/还在呼吸"。敏感到极致,纤细到极致,而又克制到极致,矜持到极致。"日子的点滴是消散的浪花"(《当闹钟与梦约会》),"浪花"下有哲思的潜流涌动,且只是以潜流的形式暗自涌动在"浪花"之下,绝不做突兀的现身,以免落入所指的预设。即或偶有破题似的尾音,也多以设问式的语气化开:"所谓放逐/是因为地球是一颗追逐自我的行星?"(《追逐自我的行星》)

可以看出,在简政珍的现代诗美学中,"事件"已成为一个辨识其风格所在的"关键词"。

这里的"事件"包含两种指涉:一是"现实事件",二是"语言事件",再经由每一首诗的创造,合成不同题旨与意味的"美学事件"。丰厚学识的培养加生存体验的积累,使简政珍的诗之"灵视",常能于寻常事物中发现具有戏剧性因子的细节,并将其提升构成为具有新的隐喻功能的戏剧性"事件",进而产生寓言性和陌生化的诗美效果,使"现实事件"有机地转换为"语言事件"。

现代诗在"放逐"传统的激情化的抒情调式后,大多以有控制的智慧性的写作机制为本,并引进叙述调式为语言策略展开诗写的过程。这一"现代性"的获取,在简政珍的现代诗创作中,从一开始就显得轻车熟路、游刃有余,其中关键就在于,他能以戏剧性"事件"支撑叙述的骨架,并以"意象叙述"润活语言的肌理。

所谓"意象叙事",按诗人自己的阐述,即"用意象的视觉性来推展叙述,而非抽象性的说理"。① 然而"视觉性"何来哲学内涵?端看对"意象"的经营。若说"意象"是"有意味的形象",则对"意味"的取舍又成为关键。

简政珍诗的书写,可称之为一种"闪烁颠覆的语气"(《对话》)的"纪事"性书写。"纪事"不是明晰地倒述一个"事件",而是对于"事件"的经验和感受。这种经验和感受在转化为"意象叙述"时,其"意味"之取舍,在"简氏风格"中,则因主体位格所然,自然偏向于思辨性、哲理性和问题意识与人文关怀方面,从而得以在时时惊艳的"意象的视觉性"冲击下,品味其潜隐深藏的哲学内涵与生命感:"当我们还在文字里思乡/水泥已经遮盖了那一条河流的身世"(《中国》);"一条深黑的刹车痕/旁边留下一只破碎的/方向灯,塑料碎片/写意地延伸成各种象征/垃圾桶吐泻出/满地的本土文化"(《街角》)。

满载意象视觉的叙述,别有隐喻意味的意象,辅以"闪烁颠覆的语气"——这"语气"因不乏揶揄、反讽与黑色幽默的成分而具有"颠覆"性——简政珍式的现代诗美学风格,已然可窥一斑而见全豹了。

三

隔海论诗,两相比较,不难发现:简政珍式的现代诗美学风格,对于当下大陆诗歌写作中存在的诸多问题,颇有不少可资印证和借鉴之处。尤其是他以学者身份所坚持的平民视角与草根精神,及由此确立的真正意义上的知识分子写作态势,以及别具一格的意象叙述风格,相比较于大陆诗坛大量"同志化"、"平庸化"

---

① 简政珍:《台湾现代诗美学》,台湾扬智文化事业股份有限公司2004年版,第341页。

的仿写，或凌空蹈虚的"学院型"写作，或泛滥成灾的指事化"叙事"与粗鄙化"口语"写作等，都不失为一种提示与参照。

不过，多年形成的"自我中心"的心理机制，使大多数大陆诗人尤其是那些急于"先锋"的年轻诗人们，总是易于疏忘对来自彼岸诗人之经验之提示之参照的认领，造成一再的遗憾，也成为两岸诗歌交流与对接的宏大工程中，有待大家共同努力深入解决的课题。

2007 年 3 月

生命之痛的诗性超越
——朵思论

一

20世纪的汉语诗歌,是以拥有一大批优秀的女性诗人和她们的非凡作品而进入历史的,这是一个时代的伟大进步。

同时,我们还看到,在一些特别优秀的女性诗人那里,不仅以其创作成就填补了诗性空间的另一片蓝天,而且在这种历史性的填补中,对诸如传统"闺怨"情结、性别角色意识,以及耽于单纯的情感宣泄等可称之为"初级层面"的诗性言说,进行了自觉的反思与清理。最终,她们和那些卓越的男性诗人们一起,汇入对人类共同面临的生存困境和生命意识的诗性思考之超越,使那片女性诗歌的天空更为亮丽也更为深沉。

就一般印象而言,考察女性诗人的创作样态,多给人一种清溪奔快、小湖澄澈的感觉,少有江河奔流至大海的大气底蕴。实际上,在相当多的女性诗人那里,经由一段最初的诗性旅途之后,确实常常会陷入一些困境：要么沉溺于精神上的"自我抚摸"，要么摆脱不了艺术上的自我重复，如湖泊般沉静封闭在那里。这是一个颇有意味的现象，其隐含的问题需要我们从另一些女诗人那里去寻求解答。

实则，无论是女性诗人还是男性诗人，其在艺术上的不断超越，必有一个不断打开和拓展了的精神空间作支撑，精神空间不再打开或逐渐萎缩了，其艺术生命也必然随之委顿和锁闭。而精神空间的打开和拓展，又取决于诗人生命意识的强弱和生命激情的涨落，说白了，亦即是否不断有生命的"痛感"迫使你言说。

生命之痛与生俱来，孩子出生的第一声言说是啼哭而非歌唱。是诗人，不是诗人，男性或女性，我们对人生的痛苦探测得有多深，便对生命的热爱有多深。同时也就对生命的意义理解得有多深。人生来是完整的、个性的、自由的，人对外来的强制，命运的磨折，对不能自由发展自己以获得幸福的生存局限的反抗是天生的，且到了现代愈演愈烈。正是这种对生命之痛的不断追问和不断超越，才使诗人的言说成为人类存在的最本质的言说。

这样的言说，在一些诗人那里，可能仅只是人生一段"高贵的选择"，一段过渡性的诗化生活方式，或对青春激流的诗性回应。在另一些诗人那里，则是最终化为生命存在方式的不得不的归宿——生命之痛在他（她）那里如影随形，"写作乃是一个生命与拯救的问题"。"正是这种介乎死亡与诗歌之间的生存，这种以诗与生命为伴的生存，使我们直接感悟到，我们正置身于生命的进程中⋯⋯这是一种仿佛先于出生或死亡而有的生存，仿佛一天都既是第一天，又是末日。这生存令人快乐而战栗⋯⋯如同黑暗之途上一束颤抖的微光。"①

这样的诗人我称之为强者诗人,在他(她)们身上,生命历程与心路历程及诗路历程是圆融和谐为一体的——他(她)们是上帝的选民,也是命运的造化;有生存际遇的促迫,更取决于诗人自身的内驱力:"舍得让自己痛苦／获致了灵魂与艺术相互渗透的喜悦。"② 这样的诗人若是女性,则必然会摆脱"清溪"与"小湖"式的样态,由精神层面的不断超越而抵达诗学层面的不断超越,最终和那些卓越的男性诗人一样,呈现出一派大江长河般的诗性生命历程——这样的女诗人,在当代,在两岸及海外诗坛,正日渐增多和成熟起来,台湾诗人朵思即是其中的一位。

二

朵思,本名周翠卿,台湾嘉义市人,1939年生。嘉义女中高中毕业,现为《创世纪》诗社同仁。1955年16岁时即以处女诗作《路灯》发表于《野风》杂志,之后一直倾心致力于现代诗的创作,至今已有40年的历程。著有诗集《侧影》(台湾创世纪诗社1963年版)、《窗的感觉》(1990,作者自印)、《心痕索骥》(台湾创世纪诗社1994年版),作品广为海内外众多具有代表性的文学选集、大系和诗选所收录。另著有小说、散文集多种。

一般女诗人多早慧、早成,且早成定势,囿于自我重复,有的乃至昙花一现,难以为继。朵思也属早熟早成名者,且成名之后有过一个漫长的停笔阶段。所幸诗人并未就此消隐,于80年代复出之后,以全新的崛起再现于诗坛,而且越写越好,至《心痕

---

① [法]埃莱娜·西苏(Hélène Cixous):《从潜意识场景到历史场景》,《当代女性主义文学批评》,北京大学出版社1992年版,第219、220页。
② 朵思:《心痕索骥》第二辑题辞,台湾创世纪诗社1994年版,第53页。

索骥》一集的问世,已成立身入史之势,奠定了她独在的诗人地位。应该说,这样一种不断超越而持之40年的诗路历程本身,已是一个不小的奇迹。显然,在女性诗人那里,主体人格的强弱,同样是决定其是一时诗人还是一世诗人的关键所在。

隔岸论诗,限于资料的欠缺,无从考证朵思实在的人生历程。不过,只要潜心研读一下诗人的作品,也可明显地感觉到,这是一位心性甚高而遭遇坎坷,对生命之痛有着特殊敏感和特殊体悟的女性。

朵思早年的写作,源自生命天性的本质流露,源自"对星辰、花蕊、美学惊心的战栗/以及滔滔狂涌的向往"(《心与岛屿的交会》)。而憧憬的岁月转瞬即逝,青春的幻灭随之降临,与命运的抗争和对痛苦的超越,遂成为诗人命定的主题,成为一段漫长而艰难的心路/诗路历程。仅从朵思长达十余载的被迫停笔,我们也可想见,对于天性中深具诗性生命本质的诗人而言,那是怎样一种严酷的现实考验和生命挣扎。

实则如朵思这样的女性,即或没有现实人生的苦难磨砺,那一颗过分敏感的心灵和那一份要将一切都看个透的目光,也同样会将其逼临精神的悬崖,"反复在上升与下降的梯级/不能毅然去选择某种单纯"(《变调》)。不同的是,现实的考验来得更为直接,它迫使年轻的朵思,在经由对女性个在精神密室的初步探测之后,又迅速沦为有家无归的精神漂泊者——"我们的恋,便如那空空的兔穴/便如广大而不能耕作的土地,便如/刚张开口的蛤蜊,饥渴而/空洞"(《关于你·第三首》)。此后的岁月,便只是默默的一个人,独自上升,或是下潜。便在内心的深处,有了一块永远只属于自己的荒原,任谁也走不进去,只是以梦喂养,以诗耕种……从外部的人回到生命内在的奇迹,不仅是为着疗伤,更是一种前行，一种在存在与幻想之间，寻找诗性本我的不断超越的历程。

直面人生，抗争命运，没有强敷的亮色，只是本真前行，且自觉地摒弃病态的宣泄与虚妄的矫情，这是朵思作为一位女性诗人最难能可贵的精神品质。正是这一主体人格的强力支撑，方使得朵思在她的诗的世界里，拆除了想象界与真实界、男性诗歌与女性诗歌的界线，抵达对人类整体生存状态与集体深层心理的、深具现代性的诗性言说。

三

朵思诗歌的全面成熟，是在经由长期停笔而又于 70 年代末复出之后。当然，其早期诗作，也有不少有品位的佳作，如《梧桐树下》《关于你》等诗。张默评价其有三个小小的特点："一种犀利，一种悒郁，一种温柔。"[1] 钟玲则称其"能以写实的笔触，深入探索在激情领域中的女性心理"。[2]

1990 年，朵思出版了她的第二部诗集《窗的感觉》，收入复出至整个 80 年代的主要诗作 50 余首。作品数量不多，但已成另一派气象，令诗坛刮目相看。

这是幻灭而长久沉默之后的复苏——依然在家中，但此时的家已成了"出发的地方"；而"窗"的意象成为寻求精神新地的隐喻。那"一种温柔"尚在，只是已化为对诗性生命之广阔的眷恋；那"一种悒郁"依旧，只是更加深沉更增"犀利"了——沉淀了怨忧与苦闷，被幻灭掏空的心洞开新的空间，在对精神之美、生

---

[1] 语出张默编选女诗人诗集《剪成碧玉叶层层》，台湾尔雅出版社 1988 年版，第 127 页。
[2] 钟玲：《现代中国缪斯》，台湾联经出版事业公司 1989 年版，第 125 页。

命之真的皈依之中，一束渐趋澄明内凝的、理性的诗美之光，点燃了午后复醒的眼眸。

我们看到，这时的朵思，连写皱纹，也是那样硬朗旷达："岁月逼出来的光芒/毫不自卑的向发根/光彩地辐射而去"（《皱纹》），而屡为诗家称道的那首《盆栽石榴》，更是几经磨难而坚忍超拔的主体人格之光彩逼人的写照——"万丈豪情皆局限于这方/土地/在浅浅的泥土中/它却是树般的成长了"。生存的局限性与渴求突破这种局限的意愿，是亘古的命题，而在女性那里更为突出。"盆栽"的设定可视为家庭、婚姻之于女性，也可视为现代文明之于现代人。"肢体挥不到的天空/想让榴花灿开似锦/榴实累累/就任其自干瘦的枝叶间/吐出花蕊的火焰来"。在"浅浅的泥土中"长成树，自干瘦的枝叶喷吐花的火焰，对生存局限的诗性超越创造了生命的奇迹！然而没有喜悦，只是淡淡的倦意中一点自持的沉思："雨幕纷繁"、"霭雾湿重"里，"我细看"这份奇迹，"竟分不出/那是太阳还是血"——是生命的血，也是艺术的太阳，在不无酸楚的奋斗中二者融合为一了。

同样的主题，在另一首咏物诗《菊》中得到相应的表现："秋阳下/廊前那一抹瘦削的身影/潺潺的蜿蜒成河/千古的沉默都被唱响了"；依然离不开"廊前"（同"盆栽"同构），脱不了"瘦削"，却已有"被唱响了"的"沉默""蜿蜒成河"，且"在月光下濯过雨季的忧郁/全悠悠然灿开来/一排冷冷的傲岸"。天高花冷，诗人的心态已不同于往昔，苍凉静穆之中，有强者的风骨隐隐透视，不让须眉，可算现代咏物诗中难得的精品。

可以看出，复出后的朵思，对其诗的主体精神有了一个重新定位，复燃的激情，不再指向世俗情感的得与失、苦与乐，而归于神性生命之光的精神照耀和提升：

当我碎裂如一片玻璃

凄切的心情漂泊似断续的雨声

请你且以你曾经耸立在我心目中的威仪

化育我，给我一股力量

一如结穗的稻序

给予我饱满的感觉

请你且以你曾经凝结在我胸臆间

柔腻的眼眸安抚我

当我抖落不尽一生的坎坷

每一举步便是险阻重重

请你诳指来生，我好扶稳忍不住激痛的心扉

继续拼斗与坚持

    对这首题为《默祷十二行》的小诗，一般读者可能会想到一个失而复求的情爱指归，我却认为是超越小我之痛、寻求精神支柱的诗性告白，如树对土地和雨水的追寻，一种"根"的呼唤。诗人心中的"你"，是爱人、是亲人，更是含有理想成分和神明意味的一种虚拟的偶像，一个永不可能兑现的许诺与"诳指"，然而相对于此在的困厄与虚无，"他"却是唯一的真在；既是此岸的慰藉，又是彼岸的朗照。正是由于这种可称为"神性之光"的朗照，这首看似直白的诗，才有了超乎寻常的感人力量。

    "此时的我/心思已似山高水阔"（《临镜》），"负荷沉沉的孤独"，不再和命运的"风雨""争辩"（《稻》）。在对过往情感经验的反思中，诗人的精神境界渐趋开阔和高远，对人生磨难也便有了新的理解。于是，我们在《轮椅上的汉子》一诗中，方读到这样的诗句:"总是一边儿怨嗔人生/又一边儿跃跃欲试的准备前行哪!"而那张"驮载好多悲欢凄愁/步履维艰/滚滚前尘"的脸,"终仰成天边最最主调的朝暾"!

超越是漫长而艰难的,也是唯一值得欣慰的。生命之痛化为生命之诗,化为"我亲密的伴侣",如"我的影子/用大地的容器/盛着,犹之/花钵盛着花姿的枯荣"。写于1986年的这首《影子》,颇具意味深长的象征。

整个80年代之于朵思,是一个反思、整理和重新出发的过渡时期。在这个时期里,诗人似乎找到了新的光源(譬如对神性生命意识的初步体悟),但又摇摆不定,故而"塑造了许多不同变形/的我"(《影子》)。她依然有些依赖于"激情"的生发,同时忙于修复破碎的主体人格,缺乏固定的视野,目光有些游移和含混。然而朵思的特性在于她的执着和坚忍,在于她能永远把握住自己真切的生命痛感,在对存在与人生的不停拷问中,不断拓展自己的精神空间也便同时拓展了诗的视野。

"告别从前的一盏灯/用另一种光,烧着自己炙着自己痛苦自己","最后,以最易于飞翔的姿势/影子附着光,从内心飞出"(《心痕索骥》)。

四

《心痕索骥》是朵思出版的第三部诗集,也是诗人进入90年代、步入午后之旅的一次全新的冲刺。这冲刺是成功的,有着惊人的飞跃,显示了诗人不可估量的实力。仅就集中题为"石笺"的第一辑十六首诗而言,几乎首首皆是力作,且构成了一个特殊的诗歌空间,成为90年代台湾现代诗进程中不可多得的成就之一。

显然，经由 80 年代的过渡，朵思对自己的诗歌立场有了一些新的把握与确认。这里首先是对激情的转化，作品中有了更多思辨的成分。诗人在《心痕索骥》集中"后记"里明言："诗若只服务于作为诗人发泄情绪那样偏窄的场域，是一种亵渎。"这种确认，从理论上讲，该是不言而喻的，但落实于实际创作，尤其在女诗人的创作中，确非易事。

在朵思，这种对诗歌视域的拓展有两个方面。一是由对纯粹个体生存困境的拷问，扩展到对整个生存背景亦即生态环境的探测，包括社会的、文化的以及自然的。诗人就此创作了一批有关现实题材的作品，涉及对婚姻、家庭、日常生活的诗性思考，还有反映老兵、妓女、嫖客以及乡愁、环保等方面的。这些作品大都写得冷凝精警，不乏哲思，显示了一位成熟诗人的敏锐与犀利。但总体上看，尚缺乏更深的突入，有浅尝而止之嫌，未构成大的气象。

真正足以代表这一时期创作成就的，是诗人另一方面的拓展，这就是由对单一女性生命之痛的体验，转为对男女共性的生命之痛的深刻体味与诗性言说，且达到一个相当的深度。这在那些沉溺于性别角色意识和情感宣泄的普泛女诗人那里，是难以企及的。

这更是一次大胆而冷僻的尝试：诗人把精神医学带入她的诗性考察，由上意识沉入潜意识，沉入情感经验与精神实体昏暗的深处，探测主客体之间的混浊地带，言说生存境况与内心期待的隐秘冲突。在由此开启的特异不凡的新的精神空间里，诗人顿时显得游刃有余，写出了一批重量级的作品。

这里有为人称道的《幻听者之歌》，短短八行，一连串密集的诡异意象，使你在超现实的时空转换中，体味生命无由的变异；

这里有《梦呓抒情》，让我们"懂得冰凉从脊髓往上爬升寻找

出口的/滋味……","懂得执着应该是在何种一高度/才能欲坠未坠";

诗人探测《精神官能症患者》,如何"因找寻记忆平原伫立的脚印/已让所有停留梦境的姿势,退回原点/重新出发";

诗人发现《忧郁症》患者,如何"爱从右侧的睡姿出发/想象胸腔被刀刃刺穿的窟窿正淌流/潺潺玫瑰红的酒液……"《当一张信纸将记忆点燃》,诗人惊叹:"是什么孤寂让沉默解咒/逼你在渐渐解构的黄昏/伸手扶住我半榻梦境";

侧身《在昏眩的时空》里,诗人自问:"力求心境澄澈,为什么锁住语言而后仍有/深深的想念"?

带着梦影的真实,趋向澄明的眩晕,于病态人生寻觅生命本真,于变异时空筛留岁月底蕴——此时此境中的诗人主体,已成为"一座具有无性繁殖倾向的屋宇"《精神官能症患者》,使步入其中的所有男性读者或女性读者,都体验到一种更为真实而深切的感动与启悟。

为这辑诗"压阵"的,是长诗《石笺》,诗人还将其作为辑名。以石作笺,可见诗人着力之重。这首由30余篇断章样式组成的长诗,实可看作诗人对自己重新开启的心路/诗路历程的追思与总结,从多个侧面反视来路和探寻前行。其坚实冷峭的意象、疏朗有致的语境、曲折迂回的奇思异想,均表明诗人从精神和艺术两个向度,都已进入了一个新的境界。

而堪可为理解这一境界作注的,是那首可作为今日朵思之诗观看的《第六感》:

> 游刃于过去与未来时空之间
> 我是锐利尖削、灵敏度高张的

> 一把刀斧。
> 刀劈神秘神髓
> 我是诸多感官外的异数
> 拥有超越时空感觉，横越生死视野
> 我的触觉于多次元诡异转折后，直奔
> 未来可能发生事端的现场
> 我是紊乱思绪中，透明频道上，可预见
> 洞悉一切的一注前卫光照。
> ……

这几乎是一篇诗学宣言，诗人为我们展现了一片可称之为"复合视界"的诗歌场域；现实与超现实，真实界与想象界，男性与女性，在这一视界中得到有机整合，从而使朵思的诗歌逼临一个崭新的高度。

说"逼临"而非"抵达"，是想说总体来看，几经"多次元"转折的朵思，仍面临着一个如何全面整合和如何重新出发的问题——对生命中诸多层面的顾虑（朵思自语），常导致视点的游移乃至散乱，缺乏对主干方向的收摄与确立。然而，在今日实验与探索诗歌日趋式微的境况下，能如此敢为"异数"，勇趋"前卫"，其不竭的生命动力和艺术敏锐力，确实令人感奋而不可小视。

五

在如此执着于对朵思诗歌精神的内在理路作了以上追索后，现在可以转过话题对其艺术特色作以简要的回视了。

实际上，一位诗人或艺术家的成熟和深刻，绝不仅仅只是其艺术的成熟和深刻，而必然是其生命本体的成熟与深刻。正是朵思特殊的人生经验和对这经验的特殊体味，才有了朵思特殊的诗歌才华与艺术表现力。诗路历程与心路历程息息相关，心境与语境和谐共生，在对自己生命痛感的真切把握中予以同样真切的诗性言说，使生命、语言与诗达到圆融统一而独出一格——这正是朵思诗歌最基本的艺术特质所在。

由这一基本特质所决定，朵思对意象的营造便别有韵致。

在题为《请勿解开诗的谜面》一诗中，朵思有一句"玄诡兼具而无限柔美的意象"，正是对诗人意象追求的一个自我注解。"玄"指其奥妙深刻，精微幽邃；"诡"指其诡异冷峭、不着俗墨；"柔美"指其呈弥散状态的内在气韵，如春云秋水般柔和意象之山峦的突兀，有刚柔相济的美感。

试读这样一些诗句——"灰烬般一握便碎的寂寞/如何捡得完"（《面对一屋子沉默的家具》）；"来信，每一颗端正铅体字/都像从悬崖跌落山涧剔去肌肤的尸骨"（《锲入大海的温柔》）；"弥漫着福尔马林味道的，伊/死白的嘴角/忽然旋出/一枚欲坠的月亮"（《手术台上》）——从这样的意象中我们会同时发现，作为台湾创世纪诗社的成员，朵思似乎一直坚持着对超现实主义手法的运用，并予以有机的化解与整合，取得了特殊的成就：她避免了生涩与黏滞，并守住了深邃和奇崛。

我还特别注意到朵思诗歌语言中，那一种清越纯净的品质，一种对丽姿华影之世俗声色的自觉疏离。"不愿面对百花逐渐丰盛的表情/雪，以及冷，悄悄走了"，这首题为《春》的两行诗，似可作最好的佐证。有冰雪性情而不做女儿态，本真投入，不见刻意，不事矫饰，语感中有一种冷凝矜持的光晕，且组织肌理分明，结构控制有度，形成较强的张力。同时，对语感的节奏和韵律的变化，也有恰切的把握，显示了诗人早慧而久经磨砺的艺术功力。

至此，我该结束对朵思诗路历程的粗略考察了。

回味之中，却蓦然发现一个有意味的细节：诗人对"稻穗"这个意象的偏爱。在早期的《梧桐树下》，有"一片稻穗摇曳如泛滥的灯火"；在近期的《十五行诗》中，有"而稻穗却在丰沃土地或记忆的田亩分别飘摇"（尚有其他篇目可见）。可知在诗人的深心处，对生活和艺术的收获，有着不可动摇的期许。

如今，这期许已成现实，40年的追寻，已将风雨的记忆化为卓越的心情——虽人初步晚秋而风采正盛，对一向自强不息、富于探索和超越精神的朵思来说，我们可望有一个更为凝重的期待。

1995 年 10 月

从"空山灵雨"到"永久的图腾"
——杨平诗散论

一

自《空山灵雨》之"新古典"在两岸诗坛引起不少反响后,推出一部完全迥异于"新古典"风格的新诗集《永远的图腾》——这在正处于创作过渡期的诗人杨平,是一件必然要发生的"诗歌事件"。

历十余年热切虔诚的诗之投入,杨平已先后有四部诗集问世,而真正的"出发"只有两次:一是对"新古典"的未完全抵达的追寻而成《空山灵雨》(台湾诗之华出版社1991年版);一是告别青春梦幻的直面社会人生,对"现代主义"的重涉而成《永远的图腾》(台湾诗之华出版社1995年版)。前者是对现代汉诗之审美价值的一次有意味的潜入,显示了诗人对现代诗之形式再造的注重和能力;后者是对现代汉诗之意义价值的一次集中叩寻,展示了诗人主体意识的渐趋沉着和深刻。

两种不同质的"出发",形成一个互补的段次,由此杨平再次临近一个全面的终结和新的起点。

二

身处已大体进入后工业社会中的台湾诗人杨平,在其本应最深切地感受到这种生存的本质并予以诗性显现的创作盛年,却掉头遁入所谓"新古典"的"空山",开始了"我第一次刻意的尝试,刻意地,以一支感性的笔,去拥抱古代中国的绮丽,和文学天空"。[①]

这是一次令大陆许多青年诗人大惑不解的"遁入"。在承认其"刻意的尝试"确有不少独到之处的同时,其"遁入"的动机则总是受到置疑:什么是中国诗的原乡?现时空下的中国诗的原乡应该是什么样?

实则对于杨平本身来说,这一"遁入"完全是来自他个人创作的"被迫",而远非一种理论性主导的探求。由此,我们找到了进入杨平主体意识的通道——创作意识的迫抑与生命意识的遮蔽,以及由此生成的热情与深度、投入与控制、感性与理性、出世与入世的多重矛盾摆荡。

这里有必要对创作意识和创造意识作新的界定:创作意识仅止于对艺术作品文本生成的关注和投入,创造意识则包含由主体生命意识的自觉和艺术文本的生成之全过程。出于急功近利过于强化创作意识而促成艺术"产成品"的批量"生产",会导致内在生命的弱化、稀释或空乏,乃至成无本之木的复制。

对于台湾当代青年诗人们来说,创作意识的迫抑是多重的。

[①] 杨平:《空山灵雨后记》,《空山灵雨》,台湾诗之华出版社1991年版,第159—160页。

尤其是，台湾"前行代诗人"和"中生代诗人"巨大成就的笼罩，及大陆近十年造山运动式的现代主义青年诗潮的影响，还有台湾特殊的文化大背景和生存状态的促迫等等。由此生成的紧迫感，促成新生代诗人们急于寻求多方面的"突围"，以求开辟自己的诗之领地。而"突围"的路径不外乎两条：一是诗的语言方式，一是诗的思想深度与情感深度。

对此，杨平一直有着直觉性的敏感。在经过早期纯精神向度的诗性躁动和赤裸表白后，他首先突入对语言的探求，而反溯传统的启示，则成了自然而然的抉择——所谓"现代手法"，似乎已被上一代大师们"玩了个遍"，不甘步后尘而拾余唾，年轻的目光便越过既有的现代而于古典中寻求新的现代之凭藉——由此有了一部《空山灵雨》的生成。

在认真研读了这部杨平的早期代表作后，我蓦然发现诗集的名字颇有意味，几乎概括了这部作品的基本品质：其成功在"灵雨"，即对现代汉诗艺术的异质追寻；其不足在"空山"，即现实生命意识的缺失或淡化。

就"灵雨"而言，杨平确实在此集中充分显示了他对传统审美情趣把玩得精妙到位。灵动、典雅、清悠，是其显著的艺术特色。灵动于语言，在散与不散、奇崛与平实之间，别酿一种韵味；典雅于意象，在古与不古、古今相映之中，独辟一番境界；清悠于气韵，在凡与不凡、虚与不虚、虚实幻化、凡俗参悟之隙，别生一派风情——如《坐看云起时》《行到水穷处》《怀古》《道情》《花舞鹤——溪头》《冬日怀人——南台湾》《花之邂逅——访友未遇》《雪日听歌》等好诗。尤以《寺中》一诗为集中最佳，且属这束"灵雨"中"灵"而不"空"，于古韵别情中渗透了现代意识和现代审美意味的佳作。

《云无心以出岫》是此集中唯一一首长诗。著名诗人痖弦称："这朵出岫的云，并不是无心的，而是一朵心事重重的现代云！"且"充满时空换位，今昔倒错的趣味"。① 只是细究之下，总觉杨平在此长诗中的实验尚有夹生勉强之处，"倒错"和"换位"仅起了对普泛的古典式意象的"破"的作用，而并未用现代之心去统摄和化解这朵古典之云，以成为实质意义上的"现代云"。

所谓全集的不足在"空山"，即在于此——"无心以出岫"，空就空在"无心"之"无"字；不怕无，关键在怎么个"无"法。"心事重重"之现代人及现代知识分子的痛苦，在这部《空山灵雨》中，呈现为一种借酒消愁式的负面消解过程，而不是以失而复寻的"古典家园"为导引，以对这种痛苦予以更尖锐深刻的表现。实则"雨""灵"可取，"山"则不敢"空"，这一"空"，整个失去了生命意识的深层凭借，弄不好就真成了"云无心""以出岫"了！

这正是"空山灵雨"诗外之"思"的意义。诚如痖弦先生所指出的"杨平在诗集中所试验得来的结果，更引发了不少新的问题，这对困局的纾解，新境界的拓展，都应该具有相当的意识"。② 这一意义最终给我们的启迪是：所谓"中国诗的原乡"，不是一种模式的存有，一种给定的"所指"，更非"寻根"、"返祖"，而是深植于现时空下中国人自身的生存困境和生命窘态之中，向未来作多向度多种可能展开的"能指"过程。

在这一过程中，重要的在于投入而非得失，在于一种如圣徒

---

① 痖弦：《回到诗的原乡——杨平"新古典"创作试验的联想》，《空山灵雨》序，台湾诗之华出版社1991年版，第23页。
② 痖弦：《回到诗的原乡——杨平"新古典"创作试验的联想》，《空山灵雨》序，台湾诗之华出版社1991年版，第14页。

般虔诚的诗歌精神——而这，在诗人杨平身上，是一直持有的可贵品质，并成为他保持不断进取态势的原动力。

三

《空山灵雨》出版四年后，杨平向诗界展示了他转向另一向度的探索成果《永远的图腾》。

这是一部真正能表现作为"危机时代的诗人"（诗人大荒语）之本质意识的作品。至少就诗集中的前三卷作品而言，杨平确实突入了一个新的诗质层面。假作遁世的"浪子诗人"，这次成了真作入世的"浪子诗人"——依然是浪子态，却有了另一种目光。现实社会的众生相众物象皆纷纭于笔下，而在诗的编码、诗的诠释、诗的点化之中，均成为这个危机时代之有意味的"图腾"。于是"观照红尘的你/每每咧嘴笑了/复忘情地陷身其间/在另一战场中打拼！追求的/无非一个自我"（《唯战争远在世外》）。

当然这是完全不同于"空山灵雨"式的另一个"自我"了：

> 晚钟，一声声叠句的吟来
> 林风飘遥
> 一路漫步微笑的那人
> 举手投足的无非是高妙
> 无非是
> 手挥五弦的把一粒粒骚动的铅字
> 沿岸栽植成一簇簇纯粹的盆景
> ——而这些已是涨潮以前的事
> 千年优雅的传统暴雨般毁于一夕！
>
> ——《介乎于诗人之间》

这些诗句的造词用意，分明存有"新古典"式的韵味质素，但又有强烈的现代意识与现时空下的生命张力贯注其中，使之不再虚飘而富有底蕴。

对生存感悟的深入引发了语感的深入，在这部诗集的诸多佳作中，杨平展开了多彩多姿的语言探索。以不失理趣的叙述性的语言为基底，形散心凝，于平缓中持有内在的紧张感，或走险韵，或插入大白话式的不谐和音，或冷不丁冒出一两句警世之语，时而急转突换，闪露几许调侃的机锋或冷峭的意象……由先前古典意味的抒情语调，转向趋于后现代意味的客观陈述和冷抒情话语，从而将现代人之焦灼、无奈、不知所然之心律，予以深刻的呈现：

> 秃头大脑的自我主义者
> 固执的坚韧并依循原定之心灵皮码尺生活起居
> 喜爱巴哈、猫狗、园艺及
> 胖胸脯女人
> ——四十岁以后
> 虚荣于一枚徽章的孤独
>
> 而命运总是晦昧得不合时宜
> 年轮也随着一声警铃以光速前进
> 生命，令人气苦的蹉跎后
> 愤世嫉俗地期待某种未明感召——不遇
> 手一松——脑中风
>
> 呓语：我是谁
>
> ——《关于天才》

这种对生存状态的深层质疑，在诗集中有多处变调出现。如"——电子时代的男儿亦不失其本色：/室灯亮时：我是我/室灯一暗：你以为我是谁？"（《必也君子乎》）以及"处于本体状态下的此刻/你真的是你吗？/刹那，真的可以永恒吗？"（《关于存在》）

一种为现实生存惊动起来的目光和批判意识，在杨平的笔下全面激活了——为《群相写真》（卷一·十首），考察《众生物语》（卷二·十首），直至"建立"《电话档案》（卷三·十首），什么"无所谓艺术家"、"或者预言家"、"不可知论者"、"不可语作家"、"可以语哲人"、"也许的狂人"、"白痴"，以及"非感性之交易所"、"一加一的上班族"、"类似女权主义者"、"背德者"，还有"BB女郎"等等。仅从这些诗名就可以发现，其诗思已不再如《空山灵雨》那样游离脱逸于生命真实之外，而是如探针如手术刀一般，刺入生存经验之肌肤，使其诗质一下子变得深沉凝重而有血性起来。

以"本市"（台北？）作为趋于后工业文化都市之包装而又迷失于这种包装的喻象式背景，诗人的笔下呈现出一副副异变的、荒诞而又真实的生存状态："你所了然的人类一如不堪查验的本市/既非现实又非超现实或后设下/的某种状况：线条是/线条。旁白是/旁白。"（《非感性之交易所》）在这里，"智慧型的商业大楼看来都差不多——/日落后的世界蒸发成一团迷雾"，而"传真机慰疗了芳心，面孔与面具合一/日夜渐渐定点化的律动"（《一加一的上班族》）。在这样的"律动"中，爱情在变异："——女为悦己者容/——郎吻介于狼之边缘/——公牛戏水以牴角互嬉/——迢迢的远方有个女儿国"，看似大白话似的疯言戏语下，隐藏着人性的沉沦："回归前夜，一张清纯的/十七岁面孔/玫瑰星座加上血型与进口的保险套/刚刚缠绵的来到至乐之境——/一声呢语未了/又闪过

213

整夜惊疑的梦魇！"（《恋之外》）在这种"律动"中，生命最终异质为："风干鱿鱼的你/咀嚼着/一嘴胆汁味的苦涩/排开众人把一条病疲的影子/吊在日所难及的某处？/让自己缩成单细胞/中性的几近无性"（《何以遣有涯之生》）。

在这种中性乃至无性的生存困境中，起垄断性异变作用的是电视、广告和电话。广告制造出一个商业文化的巨网，电视则将新人类潜移默化成失去文字阅读能力的"细小族"、"图像族"。而电话这个现代人为自己发明制造的"怪物"，更由人际交往的寄生之物（媒介）渐渐转化为寄主之物（主使），成为控制人类存在的一种物质暴力。确实，除了电话，还有什么能记录下现代人最普泛、最隐秘的存在呢？——《电话档案》，一个绝妙的诗性命名，一次独到的诗性检视，由此形成的卷三中十首诗，成为杨平这部诗集最闪光的深度链条。

这组诗整体构思新颖老到，十个短章的篇构、句构、用语、造型、意象、节奏及至细小的形式感，均各有不同而分呈异彩。

开首《楔子》，以错落的角度、长短不一的焦距，对电话现象进行宏观扫描，由使用电话的"偶然"性、"或然"性，揭示其影响现代历史、操纵现代人生活的"必然"性；

第二首《午夜电话》，以电话铃声似的紧促节奏，将如虎侧卧在身的心理侵害、如溺水抓稻草似的病态依赖写得惊心动魄："一通午夜电话/一寸寸检验逼临惊疑饱涨到/幻灭底/梦魇……"；

第三首《电话菩提》，插科打诨似地模仿"禅语"，却于短短十句46字中，道破电话对人的物化状——"身似光纤维/心如绝缘物"——是"人"之物？还是"物"之人？沉溺于其中的世人又有几人知得解得？！

《电话菩提》将物化的人作"物"写，下一首《背德者》则将人化的物作"人"写：一部部电话，"像教养良好的女子/风度的坚忍的不动声色的/在机场附近的旅馆——/思索着：青春体制幸福忠贞以及婚姻的定义"——物代人思索，且风度、且坚韧、且不动声色，实在精辟；

第五首《BB女郎》更出奇招，将作为电话的附件BB机（传呼器）拟写为娼优女子，"永不过时永无休止或羞耻的"，渗透进现代生活的所有细胞。"一俟高潮过去/又开始/扭着不同按键组合的腰肢，陷入/不同街道公寓门匙孔下的深渊"，如此妙语深意之结尾，可谓道尽"BB风情"。

组诗后面四首中，《讯息之外》一诗甚佳，短短16行诗，看似平实的铺陈语句下，涌动着稠密的喻象和玄机。其语气与节奏尤其妥帖，以"一句句喋喋忽忽的高频率过耳"的"之必要"，同样"高频率"地显示出现代人对电话讯息的依附性，由人发明的工具已然变异为役使人的一种存在，这恐怕是始作俑者未料及的吧？

为此，诗人在最末一首《电话遗事》的结尾中意味深长地冷冷写道：

  一台电话
  无声息的坐在二十世纪的地球一角
  ——如一道自无而有的光
  ——如一颗自有而无的星

  电话
  或者瓶子
  永恒

或者　虚幻

《电话档案》是杨平创作中一次特别的成功，它显露出诗人潜在的能量，似有多向度的可能空间有待发展。

遗憾的是，在强烈的突破意识的负面，我们隐隐发现了杨平似乎一直没有解决好的一个问题，这就是缺乏确定的诗歌立场。这种主体意识的游离飘移，若在创作初期，尚有一定补益，使之存有从可能境界召唤和寻求任何使其感兴趣的题旨与形式的自由。但进入成熟期后，若仍处于未定位状，则难免影响诗思之核心更沉稳地深入，并集中建树自己的风格。游离应是边缘扩展，核心诗思则不可散，每位诗人均应持有一个坚实确定而独在的诗之"果核"，才能最终确立自己在诗之园林中的生态和位置。

杨平这部新的、带有总结性的诗集后两卷作品中，证实了上述缺陷的存在。除开部分因结集所需收入的早期粗浅之作外，一些新作也有脱逸"核心"，重蹈直白、理念、诗质较稀薄的旧辙的倾向（如《你是谁》《挺进之歌》等）。只是在写于1990年的《疗伤的兽》一诗中，我们却又找到了期待中的、另一种自觉的杨平，这是自《空山灵雨》后自省自忖、"重解自我"、重返现代、重建主体核心的深沉的回顾与出发：

　　动物性的游走。
　　浪迹而不占据。
　　置身异于往昔的氛围
　　省思。观点。以及狙击
　　应时产物中的内在幻象
　　重解自我；背离了古老磁场

感觉没有极限!

出世与入世、传统与现代、逸入山水的浪子与深入红尘的浪子、诗与思,在这深度的"重解自我"中得到了融合,"果核"正在形成,"空旷的秋之田野/库存了另一无以伦比的生命宝藏",由此诗人自信地发现:在新的生命中,诗的感觉"没有极限"了!

四

从《空山灵雨》到《永远的图腾》,诗人杨平无悔地逼近一个段次的终结。

原本,这应该是同步并进的创作历程,杨平却显然将其分成了两次"出发",由此而致的结果是:一方面延误了行程,不再年轻的诗人不得不等待一个晚来的成熟;一方面也锻炼了长途跋涉的脚力,永远年轻的诗人终会到达他希望的诗之高地。

在台湾当代诗坛,尤其是青年诗界,杨平是一个独具意义的存在。他虔诚如香客,热狂如情人,全身心地投入,多向度地探求,历十数载而不懈,令人叹服;此外,作为年轻的诗歌活动家,他在台湾创办诗社、诗刊,从事诗刊、诗集的编辑出版工作,已成为推进台湾青年诗歌发展的实力人物。同时,他还多次回大陆作诗的访问、诗的交游,为两岸现代汉诗的历史性对接,尤其青年诗界的深入交流竭尽诚心,传为佳话。

诗,在杨平,已不再是消解生存干涸郁闷的几阵"灵雨",而成为他生活的全部意义,生命中"永远的图腾"。稍稍拉长的"过渡期"已近终结,超越和深入便成为迫在眼前的挑战。这里首先需要的是如何在新的审视目光中,整合所有过去探索之得,以成为坚实的立足之处而开始新的出发。

当然，持有不减当初的热忱和自信更是必须——在此，我们还是用诗人青春年少时那铿锵的诗句来为诗人壮行吧：

我必能建立自己的世界
一刀一斧的镂刻出
庄严高贵的殿宇

1993 年 2 月

【辑三】

美丽的错位
——郑愁予论

一

中国新诗,在台湾自 50 年代初,在大陆自 70 年代末,经由近半个世纪的拓殖与扩展之宏大进程后,已逼临一个全面反思、总结的整合时代。恰值世纪之交,又逢新诗 80 年,无论是内在进程所积累的问题,还是外在特殊时空点所激发的命题,是回视还是前瞻,都有了不同寻常的意味。

80 年,我们走得很辉煌,也很匆忙。空前的繁荣之下,是空前的驳杂;各种主义纷争、流派纷呈之后,是新的无所适从。仅就命名而言,已经有了"白话诗"、"传统诗"、"现代诗"、"朦胧诗"、"实验诗"、"口语诗"以及"后现代诗"等等,而每一个命名之下的诗学定位和诗体指认,又总是那样含混不清和充满歧义。当"创新"和"革命"成为最主要的驱动力时,众声喧哗或叫多元共进便成了唯一的选择和必然的结局。

尘埃落定，我们终于发现，一些看似很新的命题实则早已在"传统"中解决，而一些很"传统"的命题依然成为今天的挑战——80年，一个辉煌的过渡而非抵达，几乎所有的命题，都需要站在今天的立场重新予以审视、梳理、定位和再出发。

正是在这一时空背景下，在世纪之交的又一个北方中国清朗亮丽的深秋里，我开始进入台湾著名诗人郑愁予的诗歌世界，沉浸在新奇而又悠长的诗与诗学的漫步之中。

这真是一种新奇的漫步——在对"后现代"式的喧哗领略以后，在为各种样态的实验诗的冲击所淹没以后，在只谈"重要的"、"创新的"、"探索性的"、"现代性的"而很少谈及"美的"各种批评话语的缠绕以后，尤其是在被各种层出不穷的"主义"搞得头昏脑涨之后，来到这葱茏幽美的"梦土"般的小世界，顿觉鲜气扑人，芬芳满怀——

"突然，秋垂落其飘带，解其锦囊：/摇摆在整个大平原上的小手都握了黄金"（《晚云》·1954），且闻"一腔苍古的男声""沿着每颗星托钵归来"（《梵音》·1957）……于是，一颗烦乱的心得以安宁，而一些为喧嚣所磨钝了的纤细的感觉也得以深切的战栗和共振——一切的声音，一切的色彩，一切的形式，皆"云石一般的温柔，花梦一般的香暖，月露一般的清凉的肉感——"，"它的颜色是妩媚的，它的姿态是招展的，它的温馨却是低微而清澈的钟声，带来深沉永久的意义。"①

我知道，作为读者，我已晚了三四十年。当年使无数诗爱者为之迷醉为之疯魔，可以说造就了一代新的"诗歌族群"的"愁予风"，在今天的阅读中，仍是那样鲜活那样清越，并激起新的回

---

① 借用梁宗岱论瓦雷里语，见梁宗岱《诗与真·诗与真二集》，外国文学出版社1984年版，第19、7页。

声和涟漪。

仅从版本来看,我所读到的《郑愁予诗集Ⅰ:一九五一——一九六八》,已是台湾洪范版第 51 印!(初版于 1979 年 9 月)这一印数本身就是一个奇迹,它使我想到瓦雷里的一句话:"有些作品是被读众创造的,另一种却创造了它的读众。"显然,为诗人郑愁予所创造的读众,已成为一支绵延不绝的"诗歌族群",而作为批评家的我,更需要追寻的是:是什么支撑了这种"绵延"?在这一"支撑"背后,又包含着怎样的启示于今天的诗歌步程呢?

是的,这更是一种悠长的思考。从终结回溯出发:所谓诗的"传统"是什么?所谓诗的"现代化"是什么?而在各种的主义纷争之后,回视郑愁予的存在,又是什么——

是精致的仿古工艺,还是再造的古典辉煌?

是复辟的逍遥抒情,还是重铸的浪漫情怀?

是唯美矫情的"乌托邦",还是诗性生命的"新牧场"?

是早已远逝且该归闭了的陈旧精神空间之回光返照,还是依然恒在常新之隐秘精神世界的先声夺人?

总之,是美丽的"错误"还是美丽的"错位"?

实则,当我们对一位诗人提出如许多盘诘与思考时,本身就先已证明:这不但是一位优秀的诗人,同时也是一位重要的诗人。

二

要对郑愁予所创造的诗歌世界,作一番定位之论,实非易事而颇多困惑。因为我们很快会发现:他所深入的步程,或许正是我们准备退出的;他所拓殖的领域,或许正是我们所要否弃的。至少,我们很难轻易将他归位于哪一种主义,或指认他是哪一诗派的嫡裔。我们顶多可依稀分辨出某些影响,而这影响也已化为诗人的血液与呼吸之中，成为自在而非投影。

于是有了我这个特殊的命名：错位。

这里的"错"是指错开，一种疏离于主流诗潮的别开生面，一种在裂隙和夹缝中独自拓殖的另一片"家园"。

这里的"位"是指主位，亦即那些可以被我们指认且冠以各种"主义"之称的诗歌冠冕，这些冠冕之下所确立的诗歌立场，在郑愁予的作品中，都难以找到恰切的确认。

是的，他是独在的，无论在当年，还是在今天，郑愁予一直是一位只能称之为"错位"的诗人。正是这种"错位"，奠定了诗人在整个现代诗史中独有的地位，而对这种"错位"的深一步追问，更有着别具意味的诗学价值。

在未展开本文探讨之前，我从仅有的一点外围资料中，注意到台湾诗界当年的评价：根据《阳光小集》第十号"谁是大诗人"的评析，将郑愁予称之为"唯美抒情诗人之一"，他所得的评语是："抒情浪漫，贴切可亲，自然朴实与技巧成熟的作品都很动人，声韵最美，流传也最广，开创了现代诗的情诗境界，是台湾最佳抒情诗人，其作品以情感人，适合青少年做梦，但不够冷静审视，后期作品尤其浮泛、空洞，可见其近年来功力锐减。"同时指出"尤其在使命感、现代感、思想性方面，他的得分偏低，现实性更是得分奇低"。[①]

显然，这一论定是以台湾现代诗之发展主流为理论参照的，正确与否，暂且不论，所提出的问题，确已触及到诗人所"错"之"位"的基本方面，当然，还应该加上"自然观"、"语言观"等。让我们就其主要方面来加以重新解读。

---

① 转引自萧萧著《现代诗纵横观》，台湾文史哲出版社1991年版，第147—148页。

郑愁予诗歌的"错位"态势，从台湾现代诗的发轫之期就已持有。

当纪弦"领导新诗的再革命，推行新诗的现代化"，于50年代初掀起以强调知性、放逐抒情和音乐性等为主旨的现代诗之狂飙巨澜时，郑愁予便已在投身其中的同时，悄然"错"出主流之外，默默耕耘于他自己的天地之中了。尽管，作为台湾现代诗的祭酒人，纪弦也曾夸赞过："郑愁予是青年诗人出类拔萃的一个。"称其诗"长于形象的描绘，其表现手法十足的现代化"。① 但实际上，郑愁予诗歌所呈现的整体质素与风格，与纪弦所倡导的诸"现代化"主旨可谓相去甚远、难归旗下，算是第一次大的"错位"。实则潮流之下，守住自我，在只属于自己的精神土壤中潜心耕作，正显示了一位早慧诗人的成熟之处。

这次"错位"，使郑愁予脱逸于前卫/先锋诗人的行列，潮流之外，难免传统/守旧之嫌。这里的关键在于，所谓"愁予诗风"是对传统的殉葬还是革新？

对此，或许做一点反证，倒能更好地说明问题。

现代诗发展到今天，至少有三大弊病已渐为批评界所共识：一是严重的散文化，包括完全抛弃韵律之美；二是过分的语言西化，在许多作品中，汉语古典诗美的语言质素已荡然无存；三是过多的知性造作，使诗的精灵日趋干瘪和生涩。拿此三点反观"愁予诗风"，自会发现，他不但"逃脱"了上述弊端之陷阱，反以其对传统的革新和上溯古典诗美的再造，弥补了这些缺陷。

正如诗人向明所言："诗，如果是智慧的语言，郑愁予的诗就是最好的证据，充满了绘画与音乐性，郑愁予的诗和痖弦的诗，

---

① 转引自流沙河编著《台湾诗人十二家》，重庆出版社1983年版，第269页。

是当前现代诗坛最为人喜爱,就因为他们的诗都具有这种美。"而另一位颇具前卫风采乃至可谓最早涉足"后现代"创作意识的诗人管管,更由衷地赞道:"现代诗人中,从古诗的神韵中走出,愁予表现了生命的完美,其语言、生活习惯、精神、风貌、能将古诗与现代协调而趋向完善,有中国古诗词的味道,但能植根于现代生活,不是抱残守缺之流。"① 依管管之风,能作如此首肯,当信之不谬才对。

潜心研读郑愁予的作品(这里主要指其收入《郑愁予诗集Ⅰ》中的作品),不难发现,

在适逢浪漫主义余绪与现代主义发轫的纷争之中,郑愁予选择了一条边缘性的,可谓"第三条道路"的诗路进程。

一方面,他守住自己率性本真的浪漫情怀,去繁复而留绚丽,去自负而留明澈,去浮华而留清纯,且加入有控制的现代知性的思之诗;另一方面,他自觉地淘洗、剥离和熔铸古典诗美积淀中有生命力的部分,经由自己的生命心象和语感体悟重新锻造,进行了优雅而有成效的挽回。由此生成的"愁予风",确实已成为现代诗感应古典辉煌的代表形式:现代的胚体,古典的清釉;既写出了现时代中国人(至少是作为文化放逐者族群的中国人)的现代感,又将这种现代感写得如此中国化和东方意味,成为真正"中国的中国诗人"(杨牧语)。试读这样的诗句:

> 巨松如燕草
> 环生满地的白云
> 纵可凭一钓而长住

---

① 转引自萧萧著《现代诗纵横观》,台湾文史哲出版社1991年版,第368、359页。

我们总难忘褴褛的来路

　　　　　　　　　　——《霸上印象》

　　语词的运用，意象的营造，声韵的把握，都有着古瓷秘釉一般的典雅、清明、内敛和超逸，而内在的蕴藉又饱含现代意识。这样的一种感受，在郑愁予的诗中处处可得。尤其在那些为人传诵的名篇之作如《残堡》《野店》《水手刀》《赋别》《右边的人》《边界酒店》以及《错误》等诗中，更为强烈而隽永。

　　可以说，经由这样的一种"错位"，郑愁予不但很快形成了自己卓异不凡的个人诗歌语感，而且为现代汉诗的发展拓殖了另一片新的"传统"——这"传统"曾迷醉了两代诗爱者，或许，还会为未来的汉语诗歌映亮另一片天空。

三

　　关于诗以及一切文学艺术的社会功用问题，一直是一个总在争论，而总又不能或许也不可能归宗一家定论的问题。在这样一个越来越为物质、技术和制度所主宰的世界里，诗人何为？诗有何用？

　　别林斯基说："诗人是精神的最高贵的容器，是上天的特选宠儿，大自然所宠信的人，感情和感觉的风神之琴，宇宙生命的枢纽器官。"狄尔泰则指出："最高意义上的诗是在想象中创造一个新的世界。"而叶芝干脆将诗定义为："永恒不朽的手工艺精品。"[①]——这些过往大师们的高蹈之语，在今天的时代里还有导引意义吗？

[①] 引自《西方诗论精华》（沈奇编选），广州花城出版社1991年版，第63、90、96页。

"唯美抒情"与"缺乏思想性",是重新解读郑愁予诗歌必然要面对的第二个话题。美,是"愁予诗风"的第一标志,也是唯一得以公认的价值。无论是热狂的读者还是冷静的批评家,只要打开一部《郑愁予诗集Ⅰ》,就无法不被其惊人的意象美、和谐的音韵美、浓郁的色彩美(绘画美)所战栗、所晕眩、所沉迷,我们的想象和感觉,完全被诗行中所弥散的丰繁华美的语境所浸润和渗透了:

雨季像一道河,自四月的港边流过
我散着步,像小小的舵鱼

——《港边吟》

当我散步,你接引我的影子如长廊
当我小寐,你就是我梦的路

——《小溪》

莞然于冬旅之始
拊耳是辞埠的舟声
来夜的河汉,一星引纤西行
回蜀去,巫山有云有雨

——《104病室》

每夜,星子们都来我的屋瓦上汲水
我在井底仰卧着,好深的井啊。

——《天窗》

当落桐飘如远年的回音，恰似指间轻掩的一叶
　　当晚景的情愁因烛火的冥灭而凝于眼底
　　此刻，我是这样油然地记取，那年少的时光
　　哎，那时光，爱情的走过一如西风的走过

　　　　　　　　　　　　　　——《当西风走过》

　　无须更多采撷取证，如此随意的"抽样"，已足以令人目迷神醉——而问题在于，这是"唯美"吗？

　　诗以及其他艺术，总得提供两种价值：一是意义价值，一是审美价值。凡成功的作品，总是二者相融共生，难分形意。而越是纯粹的艺术（诗、音乐、绘画、雕塑等），越是见形难见意，美感成了第一位的要素，成了一片无法耕种的峭岩，一抹不能浇灌的彩虹。

　　而诗的意义价值，在于对人类精神空间的打开与拓展。这种拓展有两个向度：一是呼唤的、吁请的、吟咏的，一是批判的、质疑的、呕吐的；前者落实于文本，常以想象世界的主观抒情为重，后者落实于文本，常以真实世界的客观陈述为重。两个向度，两脉诗风，一主审美、主感性、主建构、主提升，所谓"向上之路"；一主审丑、主知性、主解构、主沉潜，所谓"向下之路"。如此正负拓展，本不存在优劣对错之分。然而自"现代性"这一超级"关键词"被引进汉语诗学之后，现代诗运似乎一直注重对后者的开拓，疏于对前者的再造，以至我们已越来越难以听到真正纯正优美的抒情之声了。

　　生的乐趣在于美的照耀，以此使冰冷的存在恢复体温，使窒息的生命得以复生，使干涸的目光重现灵视。——在无名的美的战栗中，参悟宇宙和人生的奥义，本是诗以及一切艺术原初而恒

在的"使命",而当知性/理性/智性在更大范围内发挥作用,使诗人们的抒情热力渐趋消失和本色情感日益退场时,这"使命"又从何谈起?

是的,过于传统、过于温和的抒情会失掉诗的力量,可若为了内在的力量而失掉外在的美,失掉诗的感性、灵性和音韵之美,也同样不合算。坦白地讲,作为一个批评家,多年来,我一直是"向下之路"的鼓吹者,因为我们长期以来太缺乏批判意识和独立坚卓的主体人格,缺乏大师气象和大诗力量。但作为一个诗人,或一个有选择性的诗爱者,我却更倾心于在众音齐鸣抑或众声喧哗中,去依恋一种纯净而典雅的抒情之风,以求于沉重的人生中啜饮一杯泛着月光的醇酒佳酿。而批评的要旨在于指出文本中的特有品质,有如物理学家研究矿石旨在发现新元素,无论是个人的好恶或所谓公论性的价值判断,都是不可取的。

由此而重返"愁予诗风",我们或许会重新认识诗人所持的立场。这里有一首意味深长的小诗《野店》,我将其看作诗人从初始到成名后,一个隐存于心的诗歌观念,亦即对诗与诗人何为的"诗性诠释":

> 是谁传下这诗人的行业
> 黄昏里挂起一盏灯
>
> 啊,来了,——
> 　　有命运垂在颈间的骆驼
> 　　有寂寞合在眼里的旅客
> 是谁挂起的这盏灯啊
> 旷野上,一个朦胧的家

  微笑着……

   有松火低歌的地方啊
   有烧酒羊肉的地方啊
  有人交换着流浪的方向……

  舒放展阔的情感，虚实相涵的意境，张弛有度的韵律，皆尽善尽美，可歌可吟，且有一种气韵贯通的形式饱满感，让人很难相信这竟是诗人18岁时的出道之作！（写于1951年）而我更看重年轻的诗人在此对"诗人"这个"行业"别具深意的认知：他只是这个世界的"黄昏里"或叫着"暗夜里"（海德格尔语）"挂起的一盏灯"，这盏灯的作用，只是给那些"命运垂在颈间"、"寂寞含在眼里"的"漂泊者"（哲学家们对现代人的又一个命名），一个"旷野"（与"荒原"同构？）上的"朦胧的家"（精神的家园永远是"朦胧"的，非此在性的），且最终的作用只是也只能是，让"漂泊者"经由这盏灯下，交换"流浪的方向"……

  即或是如此粗浅的诠释，我们也已发现，这样一首小小的诗中的美意和其深意，已非寻常。美得感人，且美得惊人；是经典之作，亦是警世之作。而它所透显的诗美观念，更是对诗人所拓殖的"愁予风"最恰切的注解。

  显然，所谓"唯美"（怎样的美？）、"缺乏思想性"（怎样的思想性？）以及"只宜于青少年做梦"云云，都不免有失偏颇。我们在郑愁予所创化的这些优美的、精致的、弥散着灵幻之光的诗性结构中，同样能够听到生命的真实呼吸和对时代脉息的潜在呼应，只是他发出这些声音的方式与其他诗人不同而已。不可否认，我们也能间或捕捉到这声音中，有些许自恋、自慰性的成分（尤其在初始创作中），且较少能超越族群性或社区性的精神层面，以抵达更深广的现代人类意识。但这已属于另一个话题，所谓境界大小的问题——在这一点上，倒真是有些值得深究的地方。

四

稍作留心和归纳，便不难发现，郑愁予早期作品中确有"唯小而美"之嫌："小溪"、"小河"、"小岛"、"小径"、"小巷"、"小鱼"、"小鸟"、"小浪"、"小帆"、"小枝"、"小寐"、"小立"、"小瞌睡"、"小精灵"、"小围的腰"、"小街道"、"小茶馆"、"小栈房"、"小铃铛"，以及"小小的潮"、"小小的水域"、"小小的茅屋"、"小小的宅第"、"小小的驿站"、"小小的陨石"、"小小的姊妹港"等等，整个一个小世界！而诗人所处的时代，又是那样一个大起大落大潮翻涌的时代——是逃逸？还是另一种"错位"？

应该说两者都是：是美的逃逸，也是精神的"错位"。

这里的"错位"，主要是指错开以意识形态为中心的所谓"时代大潮"。因为年轻，也出于天性，诗人在不完全否弃对当下历史的关注的同时，更专注于自己的命运，不甘受意识形态羁绊的纯精神的命运。作为诗人，他有权力根据自身诗性生命的天赋取向，做出这样的选择。现实很少能完全满足诗人飞腾的想象力，且与其天性相悖，而在他想象的世界中，又很少一般意义上的所谓"现实性"。实则作为同一种诗性呼吸之不同向度与指归，无论从何切入或在哪一个层面发声，其本质上都是一致的，而谁也无权将内源性不同的诗人纳入同一条诗路历程去要求与规范。

在郑愁予早期创作中，也写过诸如《娼女》《武士梦》《台风板车》以及《革命的衣钵》《春之组曲》等颇具所谓"现实性"、"时代感"的作品，却顿显空泛、干涩，根本无法与其"愁予风"

之作相比。显然，年轻而早熟的诗人很快把握住了自己只能写什么和只能怎样写，于是逃向自然（与精神家园同构），寄情山水（与诗性生命空间同构），寻找属于本真自我的"旅梦"而"不再相信海的消息"（《山外书》·1952），且自甘为"被掷的水手"、作"裸的先知"，而"饮着那酒的我的裸体便美成一支红珊瑚"（《裸的先知》·1961）——其放浪形骸，消解社会规范和文明异化的心性可见一斑。

由此，皈依自然与性情中的诗人如鱼得水，内外世界相互打开，形神圆融，灵思飞扬，乃悟到："既不能御风筝为家居的筏子，/还不如在小醺中忍受，青山的游戏"（《雨季的云》·1959），而"众溪是海洋的手指/索水源于大山"（《岛谷》），这里的"溪"自是个在的精神"小溪"，自我放逐于"海滨"（与上述"时代大潮"同构，故有"不再相信海的消息"之句）之外，索生命之清纯与洁净的水源于"大山"（自然与诗）的"小溪"，且向"山外人"宣称："我将使时间在我的生命里退役，/对诸神或是对魔鬼我将宣布和平了。"（《定》·1954）

于是"愁予诗风"又有了"浪子本色"的指称。

关键在于，这位"浪子"经由他梦幻般的抒情所给出的"自然"，是仅止于为锈死的现实注入一针迷幻剂，或"悠然神会，不能为外人说"的消闲小札，或青春梦想的催情物，还是同时也蕴涵有对现代人诗性/神性精神空间的追寻以及净化与提升？或者说，作为读者，我们在"愁予风"的沐浴中，是否如同洗"森林浴"一般，赋生存之冰冷与窒息以美的照耀和自由芬芳的呼吸，从而润化生命的钙化层（块垒），将凝冻幽闭于我们心中的激情与向往释放出来，重获清明而非迷失——而以此清明之眼反观尘世，便有了另一番被提升了的心境，另一种被洗亮了的视野？

233

在此，我不想作什么结论。我只想指出，所谓意境，不在大小，而在真伪。我同时看到（自是从诗中看到），诗人郑愁予在本质上是一个性情中人而非观念中人，这决定了他那份美丽的"逃逸"和"错位"，是出于真心、真意、真性情，有此一真，小又何憾？

在"愁予风"所创化的"小世界"里，我们感到了乡愁（现实意味的与文化意义的），感到了漂泊（个人性的与时代性的），感到了超越（物质的与精神的），更感到了一个消失已久的诗性与神性自然——在这里，自然不再是远离我们的背景，或仅作为诗性生命的某种外在的激活物，而就是诗性生命本身，抑或至少是与诗性生命一起散步、一起交流谈心的伴侣、情人或老友——"大自然是一座神殿。那里有活的柱子/不时发出一些含糊不清的语言"（波德莱尔诗句），这"语言"与我们复归舒放鲜活的灵魂一起，歌而咏之，思而诗之，融洽无间，和谐共生，浑然一体，"缀无数的心为音符/割季节为乐句；/当两颗音符偶然相碰时，/便迸出火花来，/呀！我的锦乃有了不褪的光泽"（《小诗锦》·1953）。

在失去季节感的日子里创化另一种季节，在失去自然的时代里创化另一种自然——这便是诗人于"逃逸"和"错位"之中，一直苦心孤诣"编织"并相送于我们的"小诗锦"："垂落于锦轴两端的，/美丽——是不幻的虹；/那居为百色之地的：/是不化的雪——智慧。"——如此"以诗织锦"，真是小矣！可果真能"把无限放在你的手掌上/永恒在一刹那里收藏"（勃莱克诗句），则小又不小、以小见大了。

只是，当这位大诗人投入另一次"错位"时，却不再"美丽"而令人小憾了。

五

郑愁予成名甚早，且以一部《郑愁予诗集Ⅰ》，最终奠定了他在台湾现代诗坛中，无可争议的前排地位，同时也成为20世纪汉语新诗宝库中不可或缺的精品珍藏。

诗人在结束前期18年卓异非凡的创作生涯后，随即赴美游学讲学而客居他乡至今。其间曾停笔多年，至1980年复出并出版新集《燕人行》，1985年推出《雪的可能》一集，可谓其中期之作，1993年推出晚近作品集《寂寞的人坐着看花》（均为台湾洪范书店出版）。

这是一次完全不同于前述性质的"错位"——错开本土，错开母语环境，错开"梦土"、"野店"和"醉溪"，在异国他乡中生发的新的"愁予诗风"，便渐渐有些变味。其中也可略见别一番乡愁、别一种禅意，以及对文化差异的反思之绪。但纵览之下，其整体展现的精神空间反显小了，几乎已成为纯粹的"私人空间"，而写诗也随之成了普泛生活的记录，成为一些淡淡漠漠送答记事的工具。

"客居为侨，舒掌屈指之间／五年十年的／过着，见春亦不为计／见晨亦不为计／老友相见淡淡谈往／见美酒亦不／欢甚……"（《人工花与差臣宣慰》·1983），其心境情态可见一斑。"怀拥天地的人"，何以只剩下如此"简单的寂寞"（《寂寞的人坐着看花》）？生命弱化，精神软化，语感也随之钝化。先前灵动飞扬的意象，多为观念缠绕的事象所替代，抒情转为陈述乃至述析，而又缺乏内核凝定的统摄。一咏三叹的华美韵律也转为宣叙性的滞缓散板，智性不断地侵蚀着先有的灵性，语言由情侣降为仆从，只是书写而无共吟同咏的情味，缱绻芳菲的诗魂随即变为空泛清淡的言说。

一部《燕人行》，苛刻地讲，好诗不是很多，唯"所谓雪/即是鸟的前生/所谓天涯/即是踏雪而无/足印的地方"（《天涯踏雪记》）诸句让人难忘。只是到了《寂寞的人坐着看花》一集新近作品中，诗人方才渐次复归佳境，有了一些品格清奇的佳作。尤其一贴近大自然，那支生涩的笔又灵动起来，如《苍原歌》中，"大戈壁沿着地表倾斜/有马卧在天际昂首如山/忽然一颗砾石滚来脚下/啊，岂不就是风化了的童年"，颇具早期遗风，且添了些凝重。再如《静的要碎的渔港》中，更有"港湾弱水/静似比丘的心/偶逢一朵白云/就撞碎了"的素句，天心禅意，不逊当年。

总之，在对书斋化、学者型的新的"愁予诗风"的鉴赏中，我们时时会怀念起当年的"野店"风和"浪子本色"来。实则学者的灵魂与诗者的灵魂并非一定相悖，关键在于有无生命内在的激情以及精神的痛苦逼你言说；或者，看你是否能在渐趋促狭的中年午后之旅中，化个人有限精神实体入更阔大的生命场，拓殖出一片新的诗性生命空间来。

说到底，诗是生命的言说，是生命内驱力的诗化过程，而"错位"即是"消磁"，亦即对存在之非诗、非本我、非诗性与神性生命部分的剥离与重构。同时，由于各个诗人的才具禀赋的不同，每个诗人还应始终把握住自己只能写什么和只能怎样写。由此更可反证早期的"愁予诗风"，绝非简单的"唯美抒情"之一己私语，而是深具通约性和开启性的生命、自然与诗性的新牧场与新天地——那"梦土上"孤寂的幽思和奔放的梦想，实则饱含着青春的激情和生命的热忱，而那些纯正的金属般的声音、丝绸般的幻美和天籁般的意蕴，至今仍令我们心驰神往而难以缺失。

或许，不仅是愁予，包括所有现代的以及后现代的诗人、艺术家们，都将重涉一个"错位"、"消磁"而复回溯的时代?！"而所谓岸是另一条船舷/天海终是无渡/这些情节/序曲早就演奏过"（《在渡中》）；而"我的木屋/等待升火"（《雪原上的小屋》）。

　　于是，在世纪之交的又一个北方中国清朗亮丽的深秋里，掩卷长思，我们期待着那久违了的"浪子"重新归来——"铜环的轻叩如钟"，在"满天飘飞的云絮与一阶落花"（《客来小城》·1954）里，听诗人唱道：

　　我已回归，我本是仰卧的青山一列

1995 年 11 月

与天同游
——罗门诗歌精神散论

一

在可能的天堂和实在的人世之间,千百年来,无论是用灵视还是用肉眼,我们所能最终企及的,永远只是那一片蔚蓝——虚茫而又深邃、混沌而又明澈;它存在着,即使驾驶着宇宙飞船,以光的速度前行,也无法穷尽,它依然在你视野的前方辉耀着。

它是这样的一种存在:我们既不能将它像玻璃一样敲下一块来做梳妆镜,又不能因它毫无实用价值而无视它的存在。抬起头,它就在我们眼前;低下头,它又在我们的心里。它唯一的功用在于提升和净化我们的目光,使之看到我们肉身的卑微与脆弱,同时也看到我们精神的宏阔与超迈。这是一种开启而非遮蔽,这是一种引领而非统治,这是人类所独自拥有的另一种目光——在人世之外,在自然之外,在实在的生活和"笼子"之外,照亮另一片风景——如另一只手,伸向你,伸向所有的人类,永不收回!

这便是艺术，是诗，是诗性与神性生命意识所拓殖的人类精神空间，是唯一可能握得着的"上帝之手"——诗人罗门则形象地将其命名为"第三自然"，便由此确定了他的诗歌立场，为其服役一生。

因为气质的不同，也因为文化境遇的不同，实际上，古今中外的诗人们，在对人类精神空间的拓殖中，一直存在着外与内两个向度的进发。一部分着眼于人的内宇宙，深潜于个在的生命体验之幽微曲回，以此揭示人类意识深处的本真存在，可称之为"微观诗人"；另一部分则放眼于人的外宇宙，高蹈于人类整体生存状态与外部世界的互动之风云变幻，以此叩寻为历史和现实所遮蔽了的神性启示以洞见未来，可称之为"宏观诗人"。

以此去看罗门，显然属于"宏观诗人"之列。虽然在他的诗之视阈中，也不乏对现实人生及个在生命体验的探幽察微之观照，但更多的时候，诗人是以"高度鸟瞰的位置"（林耀德评语）高视阔步在现世和永恒之间、存在与虚无之间，以其泼墨大写意般的诗之思，代神（诗神与艺术之神）立言，代永恒发问，以"将人类一切提升到'美'的巅峰世界"，来完成他的"第三自然"之追寻。①

与天同游，以观照人世，以贯通天、地、人、神于"美的巅峰"——"双手如流"（罗门诗名句），诗人要推开的是一扇为尘世所一再遮掩起来的诗性与神性生命之窗，让我们在他的吁请中去叩寻"第三自然"的归所。——对于这一超凡脱俗的诗人形象，罗门在其写于1989年的一首题为《与天同游的诗人》作品中，似乎做出了恰切的写照：

---

① 罗门：《内在世界的灯柱——我的诗话》，转引自《台湾诗论精华》（沈奇编选），陕西人民教育出版社1995年版，第55页。

> 你不是从那些烟囱里
>
> 制作出来的烟
>
> 也不是在低高度
>
> 走动的雾
>
> 你是以整座太阳的热能
>
> 从大地辐射
>
> 不断向上升华的
>
> 云

在一个主体人格普遍破碎猥琐的时代里，诗人罗门为我们所展示的这种"与天同游"的精神境界，确实令人感佩至深。无论诗人笔力所及，对其意欲追寻的这种境界表现了多少，仅就这种支撑所创造的精神源流之本身而言，在当代两岸汉语诗人中，也确是屈指可数的。正是因了这一丰沛而宏阔的精神源流的灌注，方使所有读到罗门诗歌作品的人们，无不为之涌流在诗行中的那种"以整座太阳的热能"所迸发的"辐射"力所震撼！

由此，通过"罗门"这道诗之门，我们更明确地看到：无论现代汉诗在其语言与形式上，发生和发展着怎样的实验与变革，其精神取向的深浅狭广，仍是第一位的因素。即或是身处后现代语境之下，诗，依然是精神的产物，而非工艺的制品。

二

在当代大陆诗学界，尤其在一些前卫或先锋诗歌理论与批评家那里，一直有一种先入为主的看法，即，在缺乏全面深入研读的情况下，就主观认定台湾现代诗只是在艺术上有一定价值，而在精神向度方面的开掘"肯定有限",所谓"小而美"、"堂庑不大"等等。大陆有实力的前卫或先锋诗评家们,多年来之所以一直鲜有人分力于台湾现代诗的研究,内中原因很多,但受这种人云亦云先入为主的观念之影响,也是其主要因素之一。

实则,这无疑是一个极大的误解。

台湾现代诗从50年代初全面勃兴至今,经由近半个世纪的深入拓展,已取得了历史性的丰硕成就。诚然,在相当一部分台湾诗人那里,我们确实能感觉到,其对诗歌技艺的探求或守成,远远超过对诗歌精神的开掘,感情透支,诗思枯竭,唯剩下形式的重复,一些脱尽内涵的"空洞能指"。但声势浩大的台湾现代诗运,毕竟还造就了一批重量级的诗人,他们不仅以其各自独到的风格,极大地丰富了现代汉诗的艺术殿堂,也同时以其不同凡响的诗之思之言说,极大地拓展了现代汉诗的精神天地——诗人罗门即是其中之一。

在台湾,罗门曾名列十大诗人之列,这十大诗人各有千秋,而罗门的入围,依笔者所见,恐怕主要见其诗歌精神的"堂庑"之大。这样说,并非要贬低罗门在诗歌艺术上的成就,而是想指出,在对现代诗之精神向度的探求与拓殖方面,罗门是着力最重也最为持久的一位诗人,那份雄心和那种韧性,以及圣徒般的虔诚与坚卓,是极为难得的。我想,大概每一位为罗门所吸引的读者,首先感动于心的,便是透过诗行所喷涌而出的、唯罗门所独具的那种精神的冲击波和震撼力,以及那不竭的生命激情和时时要穿透一切的敏锐目光。

何谓"堂庑之大"?细研罗门的作品,笔者发现,在罗门的诗歌精神构架中,几乎已涵纳了现代人类所面临的主要命题——

(一) 对现代科技文明的反思与对现代人生存境况的质疑

对这一主题的关注,在台湾诗歌界,罗门是最早的开启者之一,也是最持久的拓殖者之一,故被评论者称为"城市诗国的发言人"。

我们仅从一系列罗门此类诗作的题目,便可见得诗人在此向度的掘进之深广:长诗《都市之死》《都市你要到哪里去》、组诗《都市的五角亭》,以及《都市·方形的存在》《迷你裙》《咖啡情》《夜总会》《床上录影》等一系列以都市生活为题材的短诗,其中《都市之死》等一批代表作,尤其为论者称道,影响甚大。

应该说,罗门对这一类题材如此着力,显示了一位诗人慧眼独到的超前性。现代人的主要问题是都市所造成的,这里引诱的是欲望,追求的是流行,操作的是游戏,满足的是感官,造就的是"没有灵魂的享乐人"(马克斯·韦伯语)——在这里,在这些由水泥、钢铁、马赛克与玻璃幕墙所拼凑的堆集物中,"脚步是不载运灵魂的",而"神父以圣经遮目睡去","人们慌忙用影子播种,在天花板上收回自己",并最终成为"一只裸兽,在最空无的原始",而都市则化为"一具雕花的棺装满了走动的死亡"——现代科技文明所造成的诸般负面效应,在诗人意象化的诗句里,得到了极为深刻凝重的揭示。

(二)对战争的反省和对死亡的透析

诚如罗门所言:"战争是人类生命与文化数千年来所面对的一个含有伟大悲剧性的主题。""是构成人类生存困境中,较重大的一个困境,因为它处在'血'与'伟大'的对视中,它的附产品是冷漠且恐怖的'死亡'。"[①] 相比较于战争造成的巨大的非正常死亡,人类的悲剧还在于日常的、生来就须面对的普泛之死亡的阴影。这是生命最根本性的荒诞,并成为认知生命本质的基点。

---

① 罗门:《麦坚利堡》附注2,见《罗门长诗选》,中国社会科学出版社1995年版,第41页。

"……死亡带来时间的压力与空间的淡远感是强大的。迫使诗人里尔克说出'死亡是生命的成熟';也迫使我说出:'生命最大的回声,是碰上死亡才响的'。"①

可以说,这些站在哲学高度所发出的理论认知,奠定了诗人对这一主题之诗性言说的坚实基础,由此成就的一批写战争与死亡的诗作,遂成为罗门为现代汉诗所做出的又一突出贡献。其中,长诗代表作《麦坚利堡》《死亡之塔》《板门店·38度线》等,更成为人们认识和领略罗门诗歌的标志之作。尤其是《麦坚利堡》一诗,无论就其审美价值来看,还是就其意义价值而言,都已抵达人类共识性的深度和广度,从而引起所有读者的强烈共鸣,为诗人赢得了世界性的声誉。

(三)对现代人精神困境的揭示和对走出这种困境的诗性的探求

这一命题实则已成为罗门诗歌精神的基石,亦即是他全部诗思的焦点所在。我们在诗人几乎所有的诗章中都可以找到这个焦点的闪光,而集中表现这一命题的,则以长诗《第九日的底流》《旷野》和短诗《窗》《天空》《流浪人》等为代表作。在这些作品中,诗人创造了许多令人触目惊心的经典意象:

收割季前后希望与果物同是一支火柴燃熄的过程
许多焦虑的头低垂在时间的断柱上
一种刀尖也达不到的剧痛常起自不见血的损伤
——《第九日的底流》

---

① 罗门:《死亡之塔》题记,见《罗门长诗选》,中国社会科学出版社1995年版,第10页。

猛力一推，竟被反锁在走不出去
的透明里

——《窗》

明天　当第一扇百叶窗
将太阳拉成一把梯子
他不知往上走还是往下走

——《流浪人》

在这些可称之为"罗门式"的经典意象中，现代人焦虑、困窘和迷失的生存境遇，被揭示得入木三分，而在这种揭示的背后，我们更可感受到诗人那种超越个在体验，代人类觅良知、寻出路的阔大境界——由大悲悯而生发的大关怀。

至此，我们似乎可以给罗门诗歌精神的"堂庑"，勾勒出一个大致的框架。这个框架由罗门诗中的核心意象和常用的关键词梳理组成，并呈三个象限的展开——

第一象限：都市/人——在场的肉身/物化的生存样态——死亡；

第二象限：旷野/鸟——逃离的灵魂/迷失的生存样态——悬置；

第三象限：天空/云——重返的家园/诗意的生存样态——永恒。

三个象限构成三维想象空间，互为指涉，互为印证，诗思贯通天、地、人、神，产生宏大的精神张力，呈现一派与天同游、与地共思的雄浑气象。

应该特别指出的是，罗门对第三象限亦即其所称"第三自然"

的旨归，并未盲目而简单地落于"天堂"、落于"上帝"，而是指向代"上帝"立言的"艺术与诗"。诗人曾尖刻地将天堂比喻为"洗衣机"，而"谁也不知道自己属于那一季/而天国只是一只无港可归的船/当船缆解开岸是不能跟着去的"（《死亡之塔》）。由此诗人认为，人欲获救，欲于虚茫中找到永恒之所，必得"重返大自然的结构中，去重温风与鸟的自由"，亦即艺术的自由、诗意生存的自由。

实则罗门是有宗教情怀的，无论是从他的诗作还是从其诗学理论中，都可以感受到这种情怀的存在。只是诗人并未将这种情怀上升为虚妄的宗教狂热，归于单一的宗教维度。诗人明白，即或诗人真能将自己打磨成一把开启"天堂之门"的钥匙，可能否找到"门上的那把锁"呢？这是一个世纪性的悖论。而正是在这一悖论之中，诗人方获得他存在的特殊意义："而你是唯一在落叶声中/坚持不下来的那片叶子/陪着天空"（《天空》），这里的"天空"与"永恒"同构，而"那片叶子"，便是诗性的灵魂，是经由艺术与诗之导引，重返精神家园的本真生存样态。"诗，是内在生命之核心，是神之目，上帝的笔名。""诗与艺术是传达我乃至全人类内在生命活动最佳的线索。"①

实际上，在哲学家们宣称"上帝死了"接着又宣称"人也死了"之后，在这个世纪里，艺术与诗，确实已成为依然清醒着的人们的"私人宗教"——而这，正是罗门诗歌精神的主旨之所在。

三

经由以上对罗门诗歌精神的粗略分析，我们便可进一步把握

---

① 罗门：《内在世界的灯柱——我的诗话》，转引自《台湾诗论精华》（沈奇编选），陕西人民教育出版社1995年版，第55页。

其诗歌艺术的基本品相。纵观罗门的作品,其主要的艺术特质,似可归纳为以下三个方面。

其一是超越性。

罗门诗思灵动阔展,常有很大的时空跨度。无论处理哪一类题材,都能自觉地将传统与现代、本土与外域之视点融合在一起,放开去思、去言说,不拘泥于一己的情怀,或狭隘的历史观及狭隘的民族意识。

表现在语言的运用和意象的营造上,也不拘一格,善于融进一些新的意识和新的审美情趣,创造出一些新语境。如此,便常常可以超越地域、时代与民族文化心理的差异,也便经得起时空的打磨,得以广披博及、常在常新的艺术魅力。

其二是包容性。

这主要来自诗人创作中的大主题取向,无论长诗短诗,都能大处着眼,赋予较深广的底蕴。例如屡为诗家称道的小诗《窗》,短短11行80余字,便营造出一派大气象,其开掘的精神空间不亚于一首长诗的容量。

这种包容性还表现在另一方面,即在罗门的诗思指向中,不仅有对现实犀利的批判,对存在深刻的质疑,同时也有对良知的呼唤和对理想的探寻,所谓"正负承载",具有更大的震撼力。

其三是思想性。

罗门本质上是一位偏于理念和知性的诗人,支撑其写作的,主要在于对意义价值的追寻而非浅近的审美需求。诗人大部分的作品,都可归为一种思之诗,弥散着浓郁的哲学气息,常有一种雄辩的气势和思辨之美让人着迷。实际上这也正是中外杰出诗人的一个优良传统,只不过在当代汉语诗歌界,罗门在此方面的探求，显得更为突出和执着。

而问题正由此提出——

细心研读过罗门所有作品的读者和批评家，或许都会发现这样的两个现象：一是其晚近的作品与早期一大批成名之作（主要是集中在60年代的一批力作）相比，思想性更加凸露，而在诗歌语言艺术价值上有所降低；一是就整体作品而言，在其创作主体所拓殖的精神空间与通过文本所凝定的艺术空间之间，存在着一定的落差。

我们知道，罗门在60年代成名之后，便开始分力于对诗学理论的研究，至今已先后出版了《时空的回声》（台湾大德出版社1986年版）、《诗眼看世界》（台湾师大书苑有限公司1989年版）、《罗门论文集》（台湾文史哲出版社1995年版）等五部论集，用另一种文体来拓展和张扬他的精神立场和诗学主张。应该说，罗门在这一领域的贡献也是十分突出的，显示了一位杰出诗人的雄心和才具。然而，当这一雄心发展到过于肯定，并急于使"可能"更多地转化为"现实"时，它对创作的负面影响就逐渐显露了出来——常为喷涌而出的观念的内驱力所推拥，急于言说而缺乏必要的控制，出现了一些人为的"预设框架"和"观念结石"，失去了原本自由而沉着的呼吸。例如《文学新社区的开拓者》（1989）、《有一条永远的路》（1990）等作品，便明显存在着这方面的缺陷。

或许，以上的批评，并不尽切合诗人的创作实际，乃至仅只是笔者的一己之偏见。但作为一个诚实的批评家，同时也作为一个诚实的读者，在研读完罗门的作品之后，确实从内心深处，更怀念起那个创作《麦坚利堡》《第九日的底流》等作品时期的罗门。

当然，返回是没有意义的，但超越是一份真诚的期许。而罗门，正是属于那种具有超越意识和能力的诗人，且一直在做着这样的努力。对于罗门这样的诗人来说，奇迹可能是会随时发生的——不竭的激情，总是活跃敏感的思绪，似乎永远年轻的心态，尤其是那份圣徒般的虔诚与坚卓，终会使他像在《旷野》一诗题记中所说的那样——

以原本的辽阔，守望到最后。

1996 年 7 月

青莲之美
——蓉子论

一

在一个无论是艺术还是人生，都空前虚妄浮躁的时代里，阅读和谈论诗人蓉子，颇具别有意味的价值。

作为人的蓉子，她本身就是一首诗的存在；作为诗的蓉子，则足以成为我们审度一位诗人之诗歌精神可资参照的标准。诚然，作为诗人，最终只应是以其作品来接受历史的确认的，但我们似乎更愿意看到并敬重，那些无论是作为诗的存在还是作为诗人的存在，都无愧于我们的敬意和爱心的诗人艺术家，以弥补人与诗的背离留下的许多缺憾。

蓉子，生活中的蓉子，写作中的蓉子，近半个世纪里，她在我们中间，持平常心，作平常人，写不平常的诗，做我们平和、宁静的"隔邻的缪斯"，散布爱意和圣洁。"你不是一棵喧哗的树"，"你完成自己于无边的寂静之中"（《维纳丽沙组曲》）——人与诗交融为一的一股清流，沉沉稳稳地流淌于整个台湾现代诗的进程之中，最终，成为一则诗的童话、一部诗的圣乐、一朵"开得最久的菊花"（余光中语）、一只"永远的青鸟"（向明语）、"一座华美的永恒"（庄秀美语）、"一朵不凋的青莲"（萧萧语）——

  有一种低低的回响也成过往　仰瞻
  只有沉寒的星光　照亮天边
  有一朵青莲　在水之田
  在星月之下独自思吟。

  可观赏的是本体
  可传诵的是芬美　一朵青莲
  有一种月色的朦胧　有一种星沉荷池的古典
  越过这儿那儿的潮湿和泥泞而如此馨美！

  幽思辽阔　面纱面纱
  陌生而不能相望
  影中有形　水中有影
  一朵静观天宇而不事喧嚷的莲。

  紫色向晚　向夕阳的长窗
  尽管荷盖上承满了水珠　但你从不哭泣
  仍旧有蓊郁的青翠　仍旧有妍婉的红焰
  从澹澹的寒波　擎起。

  这是蓉子的代表作《一朵青莲》，是置于整个汉语新诗之精品宝库中，都不失其光彩的佳作。同时，在研读完蓉子的大部分诗作后，我更愿将这首诗看作蓉子诗歌精神和诗歌美学的、一种以诗的形式所作的自我诠释，足以引导我们去更好地认识与理解蓉子诗歌的灵魂样态和语言质地，亦即可称之为"青莲之美"的审美价值。

二

诗是诗人灵魂的显象。

这种显象，在一部分诗人那里，其主要的成分，是经由后天的借鉴、汲取与磨炼，所凝聚生发的诗之思之言说，其中无论是思的经纬还是言说的方式，都可考察到他者之思之言说的投影或再造，缺少来自自身生命的本源性质地。在另一部分优秀的、或者所谓"天才式"的诗人那里，这种显象则呈现为一种德全神盈而自然生发的气象，有内源性的生命之光朗照其诗路历程和心路历程，其思与其言与其道三者圆融贯通，成为和谐醇厚、专纯自足的小宇宙，且多趋于一种圣洁宁静的澄明境界。

以此看蓉子，显然属于后者，属于她自己诗中所追寻的"一朵静观天宇而不事喧嚷的莲"，以固有的"蓊郁的青翠"和"妍婉的红焰"，"从澹澹的寒波擎起"——这实在是诗人主体人格之最恰切、最美好的写照！

西方哲人曾将人生境界分为社会人、审美人、宗教人三层，其实还应加上"自然人"这一层。我在这里说的"自然人"，不是混沌未开的原初自然，而是打通社会/审美/宗教三界而后大化，重返本真自我而通达无碍的天然之境。诗是诗人写的，诗之境界的大、小、纯、杂，自与诗人的精神质地息息相关，读诗亦如阅人，最终感念于深心的，还是其气质而非做派。同样，这气质、这境界，也因人而异分为后天修成和先天生成，其根性所在起着决定性的作用。

由此我们方可理解，何以连尼采这样张扬"超人意志"的诗哲，也会认为艺术乃"宁静的丰收"，并指出："天生的贵族是不大勤奋的；他们的成果在宁静的秋夜出现并从树上坠落，无需焦急的渴望，催促，除旧布新……在'制作的'人之上，还有个更高的种族。"①

蓉子自是属于这"更高的种族"的诗人。在她几乎所有的诗作的背后，我们都可以或深或浅地感受到她那种从容、达观、温婉、澄明的高贵气息，使我们为之深深感动。

或许，精明的批评家还会更进一步发现，凡蓉子的成功之作，皆是与其心性最为契合的语境下的诗性言说，当这种言说偏离其本色心性，则会出现一些过于平实乃至干瘪的缺陷，语词之下，不再有鲜活的气韵流动激荡。就此而言，我们也可以说蓉子是一位有局限性的诗人，缺乏拓殖更大精神堂庑的底背。确实，相比较于许多大诗人来说，蓉子的写作更为突出地表述了自我内容的需要，成为对自己诗性生命之旅的一种表达和纪念，除此之外，没有更多的奢望和野心。

然而，作为诗歌美学的考察，我们首先要判定的是作品形神之间的均衡、集中与和谐，其次才是所谓境界之高低与堂庑之大小。"诗的目的乃是唤起人生最高的一致与和谐。"（瓦雷里语）而这，正是蓉子诗歌世界最为本质、最为可取之处。应该说，命运将真正纯粹的写作赋予了蓉子，使她得以在诗的创造之中更创造了诗的人生；或者说，使本属诗性的人生，得以完全真纯自然的、

---

① ［德］尼采：《出自艺术家和作家的灵魂》，转引自《西方诗论精华》（沈奇编选），广州花城出版社1991年版，第47—48页。

诗的表现。

我想,我们读蓉子,读蓉子诗的世界,最让我们感念于深心的,大概正在于此。

恰如诗人自道:"淘取金粒,不是为着指环,是为了它珍贵的光辉。"① 也诚如评论家周伯乃所言:"现代工业所造就的诗人,大都已丧失了原始的那种自然流露的娴静,而蓉子却是唯一能守住那份娴静的诗人。"②

"秋意本天成"(《薄紫色的秋天》),有"青莲"之根,方有"青莲"之质,且守着这份"天成","用古典的面影坐于现代"(《梦的荒原》),"在修补和破碎之间"(《红尘》),"注视着光明的中心,一片寂静"(艾略特诗句),"纵闪光灯与盛会曾经以煊耀/明亮了你的眼睛/而你却爱站在风走过的地方/怀疑那雾里的荣华"。(《荣华》)

这便是蓉子式的"青莲",青莲般的蓉子,是贯通了社会/审美/宗教三界而大化自然的诗性/神性生命本体:

  一伞在握开阖自如
  阖则为竿为杖
  开则为花为亭
  亭中藏一个宁静的我

——《伞》

---

① 蓉子语,转引自周伯乃《浅论蓉子的诗》,见萧萧主编《永远的青鸟》,台湾文史哲出版社 1995 年版,第 24 页。
② 周伯乃:《浅论蓉子的诗》,见萧萧主编《永远的青鸟》,台湾文史哲出版社 1995 年版,第 24 页。

这样的境界看似不大，却已深藏人生的真谛且抵达诗美的本质，所谓"淡然无极而众美从之"。不是刻意寻觅的什么境界，而是于淡泊超然之中，"去探询灵魂成熟的丰盈"（《七月的南方》），呈现一派无奇的绚烂。

由此，在一个一切都已被作弊、被污染的时代里，走进蓉子，走进蓉子式的"伞"下、"青莲"下，以及她"七月的南方"和"薄紫色的秋天"里，我们常有一种走进植满了圣洁的绿荫之精神故土的感觉，给我们烦腻倦怠的生命里，注入新鲜的氧和梦之光，并在诗人"暖而不灼"的精神的"阳光"里，"缓缓地渗出生命内里的欢悦"（《薄紫色的秋天》）。

我想，无论是东方，还是西方，是现代，还是后现代，这样的一种境界，都是我们永远会为之迷恋而难以舍弃的。

三

对蓉子"青莲之美"的意义价值，亦即通过她的诗歌世界所给予我们的精神享受，应该说，无论是普泛的读者，还是众多的评论者，都有较为一致的认同。对蓉子"青莲之美"的艺术价值，亦即通过她的诗歌创作，为现代汉诗之艺术发展所做出的贡献，恐怕就是仁者见仁智者见智了。

这里需要首先提示的是，评价一位在诗歌史有一定地位和影响的成名诗人，与评价一个一般性的诗作者，其标准是不同的。对成名诗人，我们必须用上述意义价值和艺术价值这两把尺子来同时衡量，不仅要看其作品对拓展时代的精神空间有着怎样的功用，同时还应考察，通过其创作为推动诗歌艺术的发展，有着怎样的开启和拓殖。所谓"高标独树"、所谓"开一代风气之先"等判语，即在于此。

新诗 80 年，整体看去，毕竟还是处于拓荒和探索时期，着重力于载道，弱于对艺术形式的完善和收摄。因此，我们特别看重那些为新诗艺术的发展有所作为的诗人，并以此作为不可或缺的价值尺度，去要求所有优秀而重要的诗歌艺术家。

作为台湾诗坛"常青树"，历经近半个世纪的创作，最终未能成为重量级的大诗人，蓉子的局限性，正在于其艺术价值的相对薄弱。我这里用了"相对"一词，是指在较高层面上而言，蓉子的诗歌创作，未能取得双向度并重的成就。也只有建立在这样的认知基础之上，或许方能真正准确地把握"青莲之美"所已达到的艺术境地，从而更为完整科学地评价这位为我们所敬重的诗人。

这就又回到上文所提出的尺度，即作为诗歌美学的考察，首先要判定的，是作品形神之间是否均衡、集中与和谐，这是基本的尺度。抵达这一尺度，在自己的创作中收摄、凝定直至完善了此前艺术发展所开辟的路向，且生发出新的光彩，已是足以成为一位优秀诗人的标志了。

蓉子的创作路向，其底背是承接浪漫主义的，同时杂糅有现代主义的视点和新古典的韵致，尽管诗思广披博及，但总体上还是萦回于情感世界的主观抒情，这是一种局限。但从艺术考察的角度而言，"说什么"并不重要，关键要看是"如何在说"，看"说法"与"说什么"是否达到了高度和谐。

我一直认为，短短不足 80 年的汉语新诗，其实无论哪一种"主义"都需要继续发扬光大，重新创化与再造。尤其是浪漫主义，我们似乎从未真正抵达西方浪漫主义的真境，同时也抛掉了中国古典诗歌中浪漫的神髓，多见于假腔假式的追摹和演练。正是在这一点上，我发现了蓉子诗歌的艺术特质，我是说，我在蓉子式的浪漫主义诗风中，终于听到了一种可称之为"纯正的抒情"

的声音，一种质朴无华而又悠然神会的音乐化的情感世界。在这个不事夸饰、清明温煦的世界里，生命化为一片大和谐，具有内源性之光的"青莲"精神，得以最好的发挥——情与景、意与象融洽无间，浑然一体，一种气韵贯通的形式饱满状态，如满载甘液盈盈欲裂的葡萄般晶莹鲜活，令人沉醉！

纵观蓉子的代表作品，大体可概分为两类。

一类如《青鸟》《寂寞的歌》《七月的南方》《维纳丽沙组曲》及大部分精美短诗等，多属情感的自然流泻，不抑不驱，不事塑砌，唯以真纯的情感美、婉约的情绪美、流畅的音韵美和清明鲜活的人生感悟，和谐共鸣，感染读者。这类作品，得益于情感，也常受限于情感，虽整体构架上也有恰切的组织，肌理分明，但诗思的展开，一般都囿于线性的直抒铺叙，如歌如赋，难得有更多新奇的意象和意涵生发。

然而，即使在这一类宣叙性、咏叹式的创作路向中，我们也可见到诗人蓉子的创化能力。至少，经由她的作品，那种旧式浪漫主义的情感与语词的夸饰遗风，和不可遏止的所指欲望，得到了较为彻底的降解，进而恢复与再造了这一脉诗风的清明纯正之传统。这一点，仍得益于诗人纯净如蓝天、如清泉一般的心性，所谓"归根曰静"、"适性为美"；以蓉子的心境，方生此蓉子的抒情语境，在一片很难再造新意的路向中，拓殖出不凡的气象，而成为"永远的青鸟"。

另一类，便是以《一朵青莲》《我的妆镜是一只弓背的猫》《伞》《白色的睡》《薄紫色的秋天》《我们的城不再飞花》等为代表的经典之作。这类作品，在蓉子的创作总量中，所占比例不大，却代表着诗人的最高艺术成就，可以说，一位诗人一生中能有此数首之经典，已足以立身入史。

诗人的诗思，在这类创作中得到了很好的抒发和独到的深入，情感、理性与信仰三者调和为一，理趣与情韵并重，着力于意象的营造，主体深隐洞明，有如月光溶于荷塘，扑朔迷离中有思的流光闪回浸漫。在这里，语言不再是单一的情感与音韵的载体，而成了自足自明的"诗想者"，有了更多的延展性，更多的想象空间，恰如诗人的诗句所形容的："它深渊的蓝眼睛有猫的多变的瞳"。(《水上诗展》)

由此可见，诗人蓉子不仅是一位本色写作的典范，也同样是一位创造意象的高手。虽然这种创造，未能构成大的阵容，却也如星子般闪耀于创作的长河之中，令人难忘。尤其需要指出的是，在这一类创作中，蓉子依然持有自己的本源质素，并未陷入唯意象是问的流弊，是以每有落笔，则必见奇观，虽气象不同，其内在的气韵，和那一种贯穿始终、和谐纯正的声音，却是从未扭曲而保持一致的。

和谐与纯正，是蓉子诗歌艺术最主要也是其最成功的特质所在。依然是那首著名的《一朵青莲》的诗作中，蓉子用自己的诗句，对这一艺术特质作了精美的注释："有一种月色的朦胧 有一种星沉荷池的古典/越过这儿那儿的潮湿和泥泞而如此馨美！"这是典型的蓉子式的语境，也是典型的蓉子式的心境；语境与心境的和谐共生，方使抒情成为不含杂质、水晶般纯净的抒情，而"浪漫"一词，也不再成为远离生存现实的矫饰。

从这样的语境中，我们更看到，这是一位忠实于本真生命的感知，远观幽思，不愿大声高腔地对世界发言的诗人。心中有自己的庙堂，灵魂有自己的方向，在众音齐鸣或众声喧哗的时代里，恪守自己的感悟，自己和自己辩论，并将这感悟亲切地倾诉于世，为理解而非教诲。我们看到，诗人即或是进入对客观现实之批判性的诗思，也写得如此沉稳内在：

> 我常在无梦的夜原上寂坐
> 看夜的都市像
> 一枚硕大无朋的水钻扣花
> 正待估
>
> ——《我们的城不再飞花》）

语词之间更多的是一种委婉沉郁的孤高之气，却有"星沉荷池"般的底蕴，久久渗浸于我们的感受之中。

沉浸于这样一种语境，笔者总要想起，蓉子早年做教堂风琴手的经历，或许可以看作对这位诗人艺术品质的一个"隐喻"——单纯而不失丰富，悠扬而不失坚卓，音色纯正，音韵和谐，在台湾现代诗的交响中，有如一架竖琴，占有不可或缺的一席重要位置。

四

> 这是失去预言的日子
> 在忧郁蓝的苍穹下
> 我们采摘不到一束金黄
> 很多很淡的颜色涌升
> 很多虚白　很多灰云　很多迷离
> 很多季节和收割分离
>
> ——《白色的睡》

这是诗人蓉子对我们所处时代所作的诗性指认，正是在这一指认中,诗人确认了她存在的意义。

"青莲之美",是以现代意识追怀"古典"的美。这里的"古典"不是什么退而求其次的生存方式,而是经由对人类诸如真、善、美等永恒价值的重新确认,来质疑"现代化"中的缺失;以"青莲之美",去映衬存在的"泥泞"和"潮湿",以至善至爱至纯净的情感之光,去朗照生存的"虚白"和"迷离"——这是蓉子诗歌精神与艺术特色的本质所在。

至此,在笔者的评论中,似乎一直未提及蓉子作为一个女性诗人存在的价值,而这正是我最后想指出的这位诗人的又一特性:在蓉子的诗歌世界中,尽管处处可见女性的柔美和细腻的韵致,却皆已为一种上升为母性以至人类共性的光晕所笼罩;既消解了传统的"闺怨"等遗脉,又没有故意加强的所谓"女性意识"的凸显。她甚至也很少去写什么样狭义的"乡愁",而完全沉浸于她所建构的,超越性别、超越族类、超越时空的"情感教堂"中,播撒"青莲之美"的乐章。

是故,阅读蓉子,阅读蓉子的诗和诗人蓉子,使我们更深地认识到,浪漫是永远的诱惑,人生需要美的照耀和情感的依托。世纪交替,回首来处,穿过无数嘈杂、无数"虚白"、无数杂色的"涌升",我们愈发亲切地感受到,来自诗人蓉子那充满圣洁的爱心和美意的"情感教堂"之低回的"琴声",是怎样契合着我们灵魂的期待,填补着我们精神的困乏。

从清晨到薄暮,从出发的时日到收获的季节,蓉子坚守在她的"情感教堂"里,不为纷乱的潮流所动,用一双优美的手、一颗博爱的心,为我们在"失去预言的日子"里,"在忧郁蓝的苍穹下",采摘"一束金黄",一束纯正和谐的诗性/神性生命之美的辉光,以照亮我们生存的灰暗部分。

是的，在世纪的交响中，我们尤其倾心于那些黄钟大吕般的思之诗、史之诗，那些骨重神寒的诗性言说，以支撑我们生命的重负。同时，我们也难以割舍那"情感教堂"的一方净土、一片清音，以滋养我们干涸的灵魂，复生爱心和美意。

"紫色向晚向夕阳的长窗"，蓉子的"青莲"正成为世纪的"仰瞻"——或许，在后现代之后，在众声喧哗之后，在现代汉诗更新的出发中，蓉子式的"青莲之美"将重新为人们所认知，以其常在常新的"蓊郁"和"妍婉"，不断穿越岁月的"澹澹寒波"，"擎起"于诗的田园，去唤取更多的诗性生命的搏动和辉映……

> 岁月逝去唯我留步
> 我纤长的手指不为谁而弹奏
> ……
> 因我是端淑的神

1997 年 2 月

向晚愈明
——论向明兼评其诗集《随身的纠缠》

一

在物质时代里，所谓"诗"，该是一种怎样的存在呢？

向明的回答是："随身的纠缠。"并以此作为他最新出版的一部诗集的集名。"就像佛家所说人们摆脱不了的贪、嗔、痴、妄诸念，诗其实也是一种随身的纠缠，所好的是它不会为人带来任何杂念，却能传达出一定的精神正义，不管那是一道虚幻的光环，还是一阵瞬间即灭的七彩烟雾，对诗人言，那是一种快感，一种过瘾。"

话说得很平实，却又如此深切。我不知道，置身于今日文化困境中的诗人们，对其所操持的这份"活儿"，还能作怎样高迈的解释？一句"随身"，道尽了诗人的宿命，一语"纠缠"，作为本真生命之不得不言说的甘苦快乐则尽在其中了。——"对于一个醉心于诗文学的人而言，写诗，不断地把作品拿出来，命定是他一条永远走不完的路。边写边求新境，让诗的不断新生取代肉体的日渐衰老，更是他一生唯一的志业"。

由此两段摘自《随身的纠缠》（台湾尔雅出版社1994年版）之"后记"中的诗人自白，使我们触摸到了一颗纯正、赤诚的诗人之心。

诗贵有心魂，无魂之诗只是一种文字游戏。而有魂无魂，同样是一种"随身的纠缠"，亦即是与生俱来而非修为所得的，这正是真诗人与伪诗人、一世诗人与一时诗人的本质区分所在。那份深爱、那份虔诚、那份殉道般的热情是天生的，与生命共呼吸，与血液共涌动。正是有了这份呼吸，作为诗人的个体生命之树才得以常青；也正是有了这份涌动，作为人类的整体存在才有了神性之光，而不致寂灭于物化的世界。

诚然，由于诗人之心魂在与语言遭遇中所持立场和切点的不同，其体现在作品中的艺术品质便也不尽相同，但作为作品的精神质地，却与这份呼吸的深浅和涌动的节律息息相关。诗人对语言的感悟能力确实难以完全超越天赋的局限，但只要持有这份深沉的呼吸和恒久的涌动，常可使一位并非天才的诗人最终走向优秀与不凡。

在台湾现代诗运中，向明正是这样一位代表诗人。

二

向明，本名董平，1928年生，原籍湖南长沙。从50年代初开始新诗创作，至今已达半个世纪，是台湾"蓝星"诗社重要成员之一，也是台湾现代诗运不可忽略的人物。在群星灿烂、并肩崛起的前行代优秀诗人中，向明的诗歌作品产量不算丰厚，但其严谨的创作态度、诚挚的爱诗之心，以及对相契合于自身生命体验之语言风格的不懈追求，最终形成了他独具的诗歌品质，且越到后来，越显得炉火纯青。

正如余光中所言："诗人多半老而才尽，向明却是后劲愈盛，大器晚成。他手里的那支笔，挥的是反时针的方向，不是向冥，是向明：……他的招牌似乎不怎么耀眼，但店里的货色却是经挑的。"①

作为台湾现代诗的大陆研究者，向明吸引笔者之处正在于此。当然，在台湾名诗人中，挥反时针方向不断超越而愈老愈盛的诗人尚有不少，如洛夫、余光中、张默等，但向明之向晚更明所给予我们的启悟，确实有不同于他人之处。

大凡诗人的写作状态，似可概分为三种：青春写作，才气写作，生命写作。

历来诗坛，吃"青春饭"的占了多数，比起那些终其一生与缪斯无缘者，这种以青春激情亲近诗神乃至忘我投入的生命存在，已属超凡入圣，且常有天才之作出于其中，并时时以此青春激流，有力地推动诗运的发展。但作为个体的诗性生命发展，仅凭青春激情的支撑显然是短暂而匆促的，大多如流星一闪便寂然而逝，留下的是如昙花般的瞬间辉耀。

才气写作，更是可持而不可依托之势。诗人不能没有才气，但仅靠才气绝成不了大诗人，所谓可称一时之盛而难成一世之盛。古人讲文以气为主，那气，是指生命之气而非才具之气。"真正的诗人是整个生命与诗的彻底融合和完全投入，是圣徒般的虔诚与献身。在这个世界的黑夜里，他代表人类向上帝发问，又代表上

---

① 余光中：《简评〈隔海捎来一只风筝〉和〈虹口公园遇鲁迅〉》，转引自向明诗集《随身的纠缠》，台湾尔雅出版社 1994 年版，附录第 177 页。

帝同人类对话。"[1]

而气有真、虚、沉、浮、纯、杂之分，所谓生命写作，不仅是指一种持之以恒不弃不离的全身心投入，还包含有在这种不断投入之中，能自觉地消解这气中的虚浮紊杂的成分，使之生命体验和艺术体验得以逼近纯真沉凝的状态，且要将此状态持之一生而至化境。故近年大陆现代主义新诗潮在经历多年激荡之后，于反思中又将此生命写作改之为终生写作，那意思是要指出，一般人所喊叫所理解的生命写作，仍含有青春冲动和造势的成分，只讲那一股子气而不讲气之炼化。

由此回看向明，便可看到，这是一位得生命写作之真谛而能大器晚成的诗人。

在长达45年的文学活动中，向明写诗、编诗、评诗，无巨细皆付深爱，皆着全力，所谓"客子光阴诗卷里"，故素有诗坛儒者之称。显然，诗已化为诗人向明的一种生活方式，一种无时无处不在的"随身的纠缠"，而非奔诗人名分与尊荣的功利之业。落于写作，则无事不可入诗，或门前树、窗前花、妻的手，或夜读、晚眠、下午茶，大至巴黎印象，小至一条鱼被吃，乃至咳嗽、结石、痰、瘤等等，这种能在寻常生活中抓住诗性要意的人，必定是进入自由的人，是挣脱了功利羁绊、走向澄明之境的人。

所谓向晚愈明，明的正是这一份澄澈的心境，从而得以保证一种单纯的写作状态，保证一首诗的"安全"而不失真纯。由此我们方可体味到向明诗作的妙处。

诗由语言生成，诗人之魂要经由与语言的遭遇而附体成形。而每位诗人在此遭遇中，对语言的选择和重构，皆取决于他不同

---

[1] 沈奇：《终结与起点》，沈奇诗与诗论集《生命之旅》，陕西人民教育出版社1992年版，第215页。

于别人的心境。有怎样的心境，便有怎样的诗境，单就艺术性而言，诗人与诗人之间，最终的差异亦即其艺术特质，皆由其作品的语感与语境差异所定，且由此定风格、定品位。

向明诗的特质，正源自那份自始纯正而向晚愈明的心境：于视点则以小见大、落于日常；于语言则简约平实，不事铺张。

向明写诗，多以小构而少见巨制，其选材也少事大题，此一点非关能力而仍在心境。实则小构之难并不亚于巨制，能于短诗小令中见大旨趣者，更需功力。向明的小诗，能见大的容量，社会的、人生的、自然的，皆于日常小题中作耀眼的闪光。话说得不重、不响、亦不多，内在的分量却很足。如一枚久炙橄榄，要很长时间，才品得尽那绵长的心意。

向明的诗歌语言，初看之下，有一种近于平面化和枯干的感觉，细研之后，会渐次解得那一份言近旨远的况味。平面不是单薄浅显，而是在一个蓦然而至的瞬间，找到足以承载诗思的简明形式，不以外加的层叠意义为基础，使语言与意义处于一种自然而直接的关系中，摒弃为抒情而抒情的矫饰，为想象而想象的虚妄。在这样的精练简约中，得以清除赘疣，降解繁冗，去铅华，见质地，看似语感平实，语感透明，语义明澈，骨子里却暗含冷峻的选择。

这样的一种艺术特质，在向明以往的佳作名篇中，已多有表现。如为两岸选家和评者多次选中的《巍峨》《瘤》《烟囱》《靶场那边》《树的语言》等。到了新结集出版的《随身的纠缠》一集中，则愈显老到，有新的发挥。如此漫长的诗之跋涉，仍不乏脚力，更上高处，其心态之年轻、笔锋之劲健，确然令人感佩！

三

《随身的纠缠》系向明的第六部诗集，收入58首作品。按作者自道，是诗人这五年（1988—1994）多来写诗"交出的总成绩"。作为大陆评论者，此前向明的诗作也多有读到，且有《青春的脸》（台湾九歌出版社1986年版）一集馈赠，但均未及细研。及至读到这部《随身的纠缠》，再结合诗人以往佳作潜心研读，顿有不评不足以为快的感觉。

这部诗集首先打动笔者的，是九首以儿童游戏项目为题的小诗：《滚铁环》《踢毽子》《跳绳》《打弹珠》《抽陀螺》《跷跷板》《荡秋千》《捉迷藏》及《跳房子》。就笔者所见，两岸现代汉诗中，如此集中处理这种小题材者，尚不多见，不仅是童心使然，更有一支惯于别人不经意处见旨趣的诗笔，硬是在这些看似儿童题材的视点上，写出了不凡的诗意。

实则要处理这类细小的题材，对即或是大诗人，也是一种考验，不是不屑，实乃难为。于尺幅空间见天地之大，在司空见惯的简单普泛之事实中，抽出于儿童于和成人都可品味而得启悟的人生意味，确实需要一些独到的功力，稍弄不好，便易流于一般化的所谓哲理诗之浅近浮泛，而成平庸之作。

九首诗中，《跳房子》是一例外，排除了兼为少儿读者所写的因素，纯以这一儿时的游戏形式比作诗人在稿纸的方格上"跳来跳去"的"独脚（角）戏"，以此透显在这早已无人再玩这种诗的"游戏"的今天，一群从清晨（青年）跳到黄昏（老年）的诗痴们，知其跳到头也只是落入"好空白的／一方陷阱"而不得不为之的个中况味。短短十行小诗，有此蕴涵，全赖构思奇巧，别生韵致。

其余八首均含有兼及对少儿读者诗性启悟成分。在一个日趋商业化和即时消费的所谓后现代文化语境中,这种对正在消失和即将消失的传统文化记忆的发掘和再造,无疑是很有意义的。笔者甚至认为,这些诗,完全可以作为当代青少年诗教的范本,是现代汉诗中的特殊品类佳作。其中尤以《跳绳》《抽陀螺》《捉迷藏》三首颇为到位。

《捉迷藏》从一个最普通的儿童游戏中,提取现代人生存困境的底蕴:面对日益信息化、公众化了的现代社会,个体生命的独立性和神秘感被无情地消解而处处尴尬。即使"绝不再伸头探问天色/缩手拒向花月赊欠",乃至"像是鸟被卸下翅膀/有如麦子俯首秋天",也终是因为这世界已变得太小,而"一转身就被你看见了/你将我俘虏/用尽所有传媒的眼线"——一词"传媒",点化得全诗顿具深意。开首一节中"连影子也不许露出尾巴/连呼吸也要小心被剪"两句,更是在极生动的描写中,浸透出现代人生存局限的深切苦味。

《抽陀螺》一诗写"被缚的生命"难由自主的窘味。人生如陀螺,与时间的鞭影、社会的隐形之手形成一种悖论关系。完全跳脱这种关系,"自一双手中脱险",那"突来的自由"反会让你"跌个趔趄/跌成一枚失速的星子"。而要"立定脚跟/趁势旋转",且"就这样永不停歇/旋去一生/让抽身的鞭子/痛成/恒动的能源",似乎也是一种不甘的悲剧。认可"被缚"的宿命而又要逃离这种宿命,如何在时间与空间之中找到自己人生的支点,完成一番"堂堂独立表演",而不至于在昏然的旋转中失去本我,实在是无论初涉世者还是已经沧桑者,皆应咀嚼再三的一个意象化了的命题。

《跳绳》触及的也是一种"被缚",但非外来之缚,而是有幸跳脱了这外来之缚的强者生命,为验证生命的意义价值而"自设的路障",也就是诗人为这部诗集所取之名的那个可谓经典性意象：随身的纠缠。这样的"纠缠"，恰如"绊脚的绳索"，"一步刚跳过去"，"一眨眼/又横扫到脚前"，便"再跃而起"，"保持一种清醒的立姿/天地都不能围限"。而对于真正的强者生命而言，这种被诗人笑言为"童年的戏耍"的诗性人生的追索，是要"一直累到/泛白的鬓边"的。生之乐趣全在于那"再跃而起"的一瞬，在与那与生俱来不即不离的"随身的纠缠"的纠缠中，生命找到了它存在的意义。

　　九首之中，《跳绳》一诗发掘最深。唯觉下段开首七句，坐得实了些，乃至可以删去，可能更为精警开阔些。

四

　　整部《随身的纠缠》，可谓向明多种诗写能力的一次集约性表现。既持有于简约中见奇崛的一贯语感风格，又在处理不同素材中营造出不同的语境。

　　如：《山中回来》一诗的清丽澄明；《将军令》一诗的反讽意味；《冬景》中以自嘲而显旷达，那一份心境如冰雪透明；《喂鱼》于冷僻处示玄机，小小一首政治讽刺诗，却写得超然冷凝，那一种不屑胜过十声怒骂；《八种情绪》纯以客观陈述，不着渲染和指涉，内在却充满了紧张感；《七孔新笛》与《碎叶声声》两首长诗，则显示了诗人以小令制套曲的另一番功力，其中诸多意象，特地鲜明。而全集中最为吸引笔者的，则是开篇的《鹰击》何为许多诗家称道的《隔岸捎来一只风筝》二首力作。

　　向明的诗，大多如干枝梅，枝干瘦硬简明，意象疏淡清雅，经年历久而自成一家。《鹰击》与《隔岸捎来一只风筝》二诗，却另出一种气象，显示了这位湖南籍的老诗人另一面火辣的情怀和沉雄的气势。此类佳作，还有《午夜听蛙》《一方铁砧》等诗，但总的比例不是很多。笔者甚至认为，这在向明，实在是一种遗憾，乃至影响了诗人总体的成就。

《鹰击》一诗，可看作诗人60初度仍蓬勃如初的一颗诗魂之自我写照：

> 犹之乎，一颗
> 奔向群山沸腾的落日
> 犹之乎，赶赴一场
> 必将沏熄，冷却
> 然后纷然解体的
> 流火行程
> 我瞠目、伸爪、展翅
> 乘势自虚空跃下
> 劈开千般面目的
> 海的咆哮
> 攫取泡沫间
> 忽隐忽现的
> 一丁点，生之存证

诗的基调，仍是惯有的冷凝和澄明，持沧海千斛、我只取一瓢而作"一丁点，生之存证"的达观。但这一取不同于那些欲取不取或静观虚取之取，是以鹰击之势，自虚空跃下而"劈开千般面目的/海的咆哮"的"攫取"之取。取势不同，那份"生之存证"也就不同了，多一些血性，多一种遒劲，多一份生命活力的踊跃与生动。尽管无论是怎样的取，都赶赴的是同样"必将沏熄、冷却/然后纷然解体的/流火行程",但当生命之诗魂能如落日般辉耀,且曾有鹰击般腾跃之姿留照存证时,这解体的行程便解于非解之解了。

《隔海捎来一只风筝》已为包括余光中在内的许多诗家赞赏不已,也的确是向明老来诗作中一首力作。论立意,论气势,论意象之沉雄、风骨之高迈,都是难得的一次超越,几乎将诗人一生的心志尽收摄于其中。诗仅30行,却行行生风、步步有势,意象突兀纷呈而相生相应,气韵一贯到底又分延很深,于促迫中见舒缓,于平实中显峥嵘,初读心为之动,再读血为之涌,三读之下,有浩然之气激荡于胸中。

一只小小的风筝,在年逾60的老诗人笔下,生出如此不凡的气象,真是向晚愈明,不激动则已,"稍一激动还是扑扑有声"呵!

五

正是《隔海捎来一只风筝》一诗,最终引发笔者对诗人向明总体创作之缺憾的思考。

《隔海》一诗所以触动我们身心的是什么?是那样一种为我们在其他的作品中未曾体验到的生疏的力量。应该说,在向明大部分的作品中,这种生疏的力量是比较稀薄的。这里不仅指其语言/审美向度,也包括精神/意义向度,而前者的缺失正源于后者的缺失。就语言向度而言,《隔海》一诗仍未全脱熟路,但较之其他作品大为拓展深入了的精神空间,却令人有一种陌生的撞击感。而在向明大部分作品中,我们得到的,大多是我们早已熟悉的传统人文精神和古典情怀在现代的投影。

传统与现代,在台湾诗坛纷争多年,最终还是依了诗人各自不同的心性与气质,作了各自的取舍而各显千秋。

笔者认为，凡身处今日时代的诗人，不管你是用现代之手写诗，还是用传统之手写诗，那颗诗人之心和那双诗人之眼，则必须是现代人的，由此所得的生命体验方是与此息息相关的。而诗之要义在于拓展精神空间，儒道精神也好，古典情怀也好，作为现代诗人，均不能对其作简单的皈依，而应该经由现代意识洗礼，在与现代人文精神的大冲撞、大交汇之中予以整合和重启，而后拓展一片新的诗性精神空间，此即现代诗之为现代诗的本质所在。

而现代性不等于现代化，人人都去操作同一种话语范式，这是被人们一再误读了的两个不同的概念。现代诗人们完全可以也应该依从各人的文化品性和精神内质，作各自不同的形式探求，但其内在的现代性意识，是断不可有缺失的。持体异而求性通，应是现代诗人们殊途同归的不二法门。

读向明的诗，有亲近之感，不隔。但这份亲近似乎大多是一种我们熟悉已久的古典情怀的亲近，这种不隔也大多是我们较为习惯了的传统话语范式的不隔。如此太不隔或总是不隔，则反生疏离，因熟悉而生的疏离，难以激荡起陌生的情感。

作为诗人，向明也入世，也出世，诗中所处理的题材也触及到现时空下社会人生的方方面面，且对现代性也颇为敏感，（试想假如没有"传媒"之句，《捉迷藏》一诗将会怎样？）但细察之下，作为诗中的言说主体，似乎总难跳脱中国传统文化人的心态和视角，总是多以用传统之心去体味，以传统之眼去审视，且大多归于传统情操而难以抵达更深的精神层面。以此精神向度与语言相遇，自然也就会囿于传统的话语范式；尽管向明在此种范式中也熟能生香活意，但毕竟是生于熟中，难有全新的艺术力量从中生发。

需要提示的是，上述传统之说，不仅指古典，也包括现代。

汉语新诗已走过近 80 年的历程，也已渐次形成了自己的一些传统。其中有的有待继承和发扬，有的也造成了某种新的遮蔽，有待敞亮与重构。面对临近世纪末之现代汉诗的反思与再出发，我们应该拒绝的是什么？需要再造的又是什么？是摆在每位还在诗之旅程中跋涉的新老诗人们面前的命题。

同样，对于"稍一激动还是扑扑有声"的诗人向明来说，那片向晚愈明的诗之天空，也该有、也必能有新的开拓，再展那"老不折翼"、"一路扬升而上"的"飞天大志"，让"时间在后面追成许多仰望的眼睛"。

1994 年 12 月

向明之"明"
——评《向明·世纪诗选》

向明写诗近半个世纪,真正形成大的影响,是 80 年代之后至今。此前不温不火不免寂寞,晚近则层楼更上、风光无限,为诗为诗人都可谓是"向晚愈明"了。这里有潮流的因素,更是诗人坚持自己的创作路向锲而不舍的结果。新千年伊始,又出版了带有总结性质的精选诗集《向明·世纪诗选》(台湾尔雅出版社 2000 年版),让诗界对这位台湾元老级的儒者诗人,有了一个集中全面认知的好读本。

再读向明,有不少新的体悟,尤其对诗人的笔名,添了些意外的理解。

研读向明的诗,其总体风格,原来是可以用一个"明"字来概括的,真是一字中的,名副其实了——语感明快,语境清明,"明"得准确,又"明"得新鲜;不拿"非理性的东西示人",也不拿"让人感觉不关痛痒"的东西哄人;"在温和的后面表达刚健"之明,"在平淡的后面有一种执着"之明,明目(读来亲近)亦明志(读后有悟),无论是就审美价值而言,还是就意义价值而言,都抵达明澈隽永的境地,此乃向明诗品一以贯之的不变风骨,也即向明自嘲之"不可救药的保守主义者"的潜台词之所在。①

"保守"与"激进","承传"与"拓殖",确实形成了现代诗人们在语言/形式问题上的两种基本态度,并以其各自不同的心性与才气,做出不同的选择,来形成自己的路向。我们知道,新诗之新,首在语言之新,以不讲"纪律"的语言冒险,来打破语言体制包括旧文化纲纪对现代中国人的精神束缚,以开辟新的、契合现代中国人生命意义与生存真实的精神空间和审美空间,这是历史的必然。

然而,几十年下来,当"开天辟地"之举已成"广阔天地"之势后,如何重新考虑在散漫无羁无标准的语言/形式中,总结出一点可通约、可遵从的基本规律来,作为一味求新求变求实验求前卫的有机互补,以求在不失现代意识和现代审美情趣的前提下,使这门新的语言艺术,有一个常态的、稳定的发展,确已成一些可称之为"稳健派"诗人们的共识,向明即是这其中一员。

纵观向明半个世纪的创作,其手中的那支诗笔,不涉险,不要怪,中锋用笔,持正守常,以小见大,以明见澈,落重力于精炼和内含,在局限中求创见,在守成中求创新。如此自甘"保守",自是难有惊人之语、超常之作,但却因了适性而本真,因了内敛而坚实,中正明达,诚朴亲和,平中见峭,自成一家,实则比"冒险族"们更其不易。尤其在现代诗越来越为"涩"(艰涩)、

---

① 以上引号内均系"向明诗观"语,详见《向明·世纪诗选》,台湾尔雅出版社 2000 年版,第 4—5 页。

"怪"（怪诞）、"散"（散文化）等毛病所困扰，从而疏远广大读众的今天，向明这种自设的"保守"，其实是以退为进的明智之识。——守语言的"纪律"，创诗质的不凡，这才是向明的高明之处。

可见，向明的"明"，是"明慧"之明，不是所谓的"明朗"之明。换个比喻的说法：是采自生活与艺术地层深处的矿泉水，有多种矿物质和微量元素，不是打开阀门就哗哗流的自来水，解渴而没有营养。

这种"明慧"，尤其体现在小处着眼、孕沙成珠方面。

向明的诗，选材小，且多来自日常生活；诗形也小，精短瘦削，有穿透力；诗中的声音也小，温文尔雅，不做高腔伟言，让人有信任感。如此"小"的背后，却有大的精神底蕴和诗美内涵作支撑，能在寻常人、寻常事、寻常物中，挖掘出精警的生命哲理和生活奥义，于寻常的字、词、句中，敲击出陌生的诗意光彩和艺术火花，显示出向明以小品成大家的智慧。"冰冷的木屋里笔是一支银亮的烛光／把自大的夜赶出去，把角落里的小虫的意志燃亮"——写于早年出发时的四行小诗《笔》中的这两行警句，其实已表明了诗人后来持之一生的创作心态，今天读来，更觉亲切，也更增加了一份新的理解。

看来，从一开始，向明就确立了自己谦和低调、以小见大的诗歌立场：气息纯正，不事张扬，力量在骨子里，闪光在角落中。落于诗作，则言之有物，咏物带情，以情言志，坐实务虚，虽然总体格局不大、器宇非宏，却处处有把握得住的真情实感，和刹那间洞烛人生的低回趣味。

笔者还特别注意到：诗人以手稿形式置于《向明·世纪诗选》卷首的那首《蒲公英》，其结尾部分写道——

> 就知道自己
> 只是大地任何一角
> 最最微不足道的
> 一株蒲公英
> 经努力生活过，也有小小的付出

这是向明的另一种"明"，如此"明"着的诗格人品，应该说，在今日不乏虚妄的浮躁的两岸诗界，都是一种朗照的启示。

有意味的是，再读向明，我总是联想到他对诗人隐地的那句评语："他能于寻常事物中，道出一般人习而不察的真理，天真和出人意表的趣味，是他的诗的最大特色。"[①]

隐地转而为诗几年中，好评不少，但至今仍是向明这句最为恰切精当。现在明白了，以此论向明的诗，不也正中肯？原来此中也不免暗含了诗人自己的期许与追求，是以方一语道破与自己相近诗风的要义。

只是仅就语言而言，向明在"天真和出人意表"方面，还欠缺了些，吸收新的时代与生活的语素不够，稍显刻板，或可作日后的调整，更增鲜活，不知先生以为然否？

2000 年 5 月

[①] 向明：《小评隐地两首诗》，转引自隐地诗集《一天里的戏码》，台湾尔雅出版社 1996 年版，第 189 页。

时间、家园与本色写作

——评陈义芝的诗

指认陈义芝是一位趋于本色写作的诗人,并非忽视他的创造性才具。本色不是幽闭,而是指在消解诸如"操作"的焦虑、"功利"的驱迫以及各种"风潮"的困扰之后,对澄明、自在、本真创作主体的一种重返。在许多当代诗人那里,这已成为一个问题,而在义芝这里,则是一以贯之的常态。

对此,杨牧誉其创作"潜沉专一",① 余光中赞其作品"淡中见奇",② 痖弦称其为"很有特色的诗人",③ 想来大都有感于陈义芝从作诗到做诗人的这份本色品格。"游心自然,体察人世","为

---

① 杨牧:《评青衫》,转引自陈义芝诗选《遥远之歌》,台湾花莲县立文化中心 1991 年版,第 191 页。
② 余光中:《简评〈出川前纪〉》,转引自陈义芝诗集《不能遗忘的远方》,台湾九歌出版社 1993 年版,第 192 页。
③ 语出痖弦 1996 年 5 月 16 日致沈奇书信。

自己的土地与人民发言，把民族的历史、命运、传说、生活情态摆进作品里去"，且"以新的语法创生新的内涵"。① 这些一开始就确立了的诗歌立场，一直融会贯通于陈义芝20余年的创作之中。

是以读义芝的诗，有一种现实的亲近感——我是说诗的现实，经由几度风潮淘洗后的诗歌本原的质地感。尤其在因了教职和学术，浸淫于各种主义学说一段时间之后，再投入对几度拿起又放下的陈义芝作品的研读，颇有几分重返"中国诗的原乡"（痖弦语）的感受。

一

陈义芝，1953年生，台湾花莲人，祖籍四川。台湾师范大学国文系毕业，70年代初开始文学创作，为台湾新世代诗人群体中一位中坚诗人。曾创办文学刊物，担任教职及《读书人》专刊主编，现任《联合报》副刊副主任。著有诗集《落日长烟》（德馨室出版社1977年版）、《青衫》（德馨室出版社1978年版）、《新婚别》（大雁书店1989年版）、《不能遗忘的远方》（九歌出版社1993年版）、《遥远之歌》（花莲县立文化中心1991年版）及散文集、编选等。

"始于自塑，终于动人。"经由20余年的诗性生命之旅，诗人似乎已为自己拓殖了一块赖以驻足的精神土地，"创作变成天宽地广、真诚而喜气的生活"，"二十年间我出入各种生命情境，生息将养以抵抗卑琐之近利，诗的世界无疑是我一悠游自在的家"。②

---

① 陈义芝：《陈义芝诗观》，《遥远之歌》，台湾花莲县立文化中心1991年版，第179—180页。
② 陈义芝：《遥远之歌·后记》，《遥远之歌》，台湾花莲县立文化中心1991年版，第177—178页。

显然，艺术上的成功，使步入中年的诗人陈义芝，有一种回到"家"的喜悦。而"家"是出发的地方，从这样的"告白"出发，回溯诗人的来路，我们自会发现诗人个在的心路与诗路历程。这一历程维系并展开于两个象限之间：时间之河与回乡之路。两者的交汇，构成陈义芝诗歌精神的基本背景。

人是时空的有限存在者，仅靠了生命的繁衍和文化的承传，人类才在无限的时空中保存生生不息的历史记忆。然而就个体的生命而言，这种"类"的记忆并不能替代个在的追寻，有时还反而成为遮蔽乃至异己的东西。时空是无情的，而人又必须在有情的精神依托下，度过短促的一生；现实的存有与历史的记忆是浩繁的，而个在的生命又必须在这浩繁中，找到自己的真实所在。由此，个人的真实性及其限度，便成为诗人们所切切关注的基本命题。

这里首先想到陈义芝那首关于《树》的短诗：

> 望到最远的地方不是天涯是种子的家
> 听到最远的地方不是海潮是年轮的心涛
> 在最近的黄昏前站着最远的我
> 最远的梦啊
> 频频向最近的我哑哑发音

树的意象在义芝的诗域中，占有一个颇为重要的位置，这首诗，更是诗人创作主体的一个典型喻象。

树（以及一切以大地为根的生命）与土地相连，与天空相望，做着飞翔的梦，却挣脱不开扎根的那方土地；其实我们生来都是想成为一只能自由飞翔的鸟的，到了却大都成了一棵树——于是眺望、倾听、回忆与思考，便成为"树之人"一生的精神维系，而这又统统与那个"最远的梦"息息相关。这"梦"在一些诗人那里，是未来式的，渴望奔赴的归所。在义芝这里，则是过去式的，是已逝而化为记忆的东西，一个失落于"不能遗忘的远方"的"种子的家"——人是在成熟中走向失落的，只有"种子"（与"童年"、"家园"、"出发的地方"以及"真善美"同构）保存着对未来的梦想。而岁月不能倒流，身往前行，心恋旧梦，"一名沧桑的渡客逆着光用手檐/遮住眉，疲倦于张望"（《旅程》）。

可以看出，在陈义芝的诗思中，时间之河总是呈现为一条回溯的河，是已逝之水；在追忆和回顾中，找回生命旅程中曾经的诗性意义，以"抵抗"当下的"卑琐之近利"，是诗人自觉选定的写作立场。

因了个在的人生经历和本真天性所致，陈义芝在其精神层面，基本上是为回忆所包裹的，很难全身心进入当下情景，是以也很少处理当下题材。这不是逃避，而是一种脱逸；脱逸于当下的所谓"成熟"，从时间的背面进入另一种时间，以找回为"成熟"所走失了的真我，以此反视为现实所异化了的生命样态："你是时间啊我是时间中错置的人/你是梦啊我是梦里崎岖难行的路"，为此，诗人频频回首，苦苦寻觅那"如信仰一般认真的/我的童年"，从而不断地"回溯时光""一点一滴揭下烟尘泥涂的面具"（《重探》）。

这便是陈义芝的"时间之谜"了——作为肉体的人，谁也无法再回到过去，但作为精神的人，我们却可以溯逝水而反顾，在生命的"初稿"中，在作为最初的旅行者的足迹中，寻回被岁月拿走的一切，以支撑现实的生存困境。

由此我们明白：无论是对当下的自动退出（在回忆中写作）

还是对现代都市文明的缺席（少有城市之作），在诗人陈义芝而言，都是为着给这个日益老化（世俗化、功利化以及所谓"现代化"）了的世界，找回一颗失落已久的童心，和孕育那颗童心的乡土家园。海德格尔说："人之为人，总是对照某种神性的东西，来度测自己。"①那么，诗人为诗，是否也总是对照某种已逝去的或期许中的什么来度测现实呢？

我们看到，一旦进入这样的诗域，陈义芝便如鱼得水，灵动而鲜活。溯流而上，那些已逝的、带着朴素的理想和原始梦幻的早年的日子，便重新向诗人敞开，言说它复生的诗意，还乡的诗意。

二

在陈义芝的精神历程中，"乡土中国"是一个永远的情结，是他诗性生命旅程的出发和归所，一个魂牵梦绕的"远方"之"家"。义芝将他最具代表性的两部诗集定名为《遥远之歌》和《不能遗忘的远方》，绝非随意。这个"远方"同诗人的"时间意识"一样，不是前瞻而需抵达的一个什么乌托邦理想，而是在回首中意欲返回的、被奔赴成人/城市的欲望步程，所丢弃了的那片"温暖的土地"，及那些在"那泥泞的小路上""寻索的心"（均为诗人的散文篇名）和"年轻的心事"。

稍加留心便会发现：几乎诗人所有写得成功的作品，大都取材于此。尤其是《居住在花莲》《蛇的诞生——一九五三，花莲》及《大肚溪流域》系列等作品，更为我们留下了早期台湾乡村生活的动人画卷——那是贫困的热土，却是真实的家园；那是孤弱

---

① ［德］海德格尔：《诗是一种度测》，转引自郜元宝译编《人，诗意地安居——海德格尔语要》，上海远东出版社1995年版，第94页。

的童年，更是梦幻的摇篮。"尽管时局变迁，土地并没有背弃我们；凡血脉相亲的地方，都是我乐意献身、乐于归属的"，"年少，在安定的生活里，偶不免兴起'青山青史两蹉跎'的寥落；但'茅檐低小，溪上青青草'以及夜深儿女灯前的光景，未尝不是一种美、一种完成"。①

一句"完成"，道尽了"年少"的秘密。

作为人的诗性生命层面，确实是在早年、在自然/田园的启蒙和亲情的润育中就完成了的，以后岁月只是如何保有或者找回这种"完成"而已。有意味的是，我们都未能在这种"完成"中继续待下去，无论出于"时局的变迁"还是自我的选择，我们都被一种无形的力量所驱使，纷纷离开田园热土，奔赴欲望的城市——走出贫困，却又走进困惑，于是对家园的二度寻找便成为共赴的命运。

从一些背景材料（散文集《在温暖的土地上》及写作年表等）中，我们了解到，陈义芝在其出生的花莲乡下，并未待得很久，犹是童年便离开了那里，投奔外面的世界。但正是这种稚气未脱的出走，方使其早年的记忆成为刻骨铭心的眷恋。

一方面，儿时艰难的生活折磨，使早慧的记忆尤为尖锐："父亲茫然的忙碌和母亲着急的痛苦，合成/一座仍要生活的十字架/在三天两头的饥饿中/在连续不止的地震里"（《居住在花莲》）。另一方面，现代都市文明的虚妄与挤迫，又使本要告别的过去反成为亲近的吁请："如你已年老/后不后悔？/当初把桨伸向大海/没有把梦划回山林"。"大海"在这里喻指泛的世界，与动态的现代文明、类缘文化同构；"山林"喻指个在人生，与静态的田园生

---

① 陈义芝：《在温暖的土地上·后记》（散文集），台湾洪范书店1987年版，第220页。

活、地缘文化同构。当大都市以它"类"的力量欲将年轻的诗人化为它的平均数,亦即化为同一的经济动物、科技符号和社会机器的挤压物时,诗人对个人精神的独立与自由之眷顾,便成为一个如影随形的"隐痛":

  门紧紧关起
  夜更深了
  疲惫的灯
  苦力般亮着。

  眼睑轻轻合上
  唯泪是透明而贴心的
  颤颤然
  老想说话……

——《隐痛》

  短短一首小诗,却已将异己的生存体验,将市声人语、红尘铜臭中的孤寂之情铭心入骨。而即或是暂离闹市,投入自然的怀抱以作悠游时,也难逃离这"失根"后的人生,无所依傍的况味:"没有任何东西是存在的/除了心的呼喊"(《海岸人夜》)。在另一首颇为出色的海岸诗中,诗人更"看见自己像莽莽草原上/一只背光站着的狐狸"(《在露天剧场》),凄美的诗句背后,是一抹无地彷徨的心绪,弥散于无从归属的旅程。

  至此方豁然理解到,在陈义芝的笔下,何以很少进入对城市的言说,而将思与诗的凝视尽数投向那个"不能遗忘的远方"。诗人对他成年的大都市,几乎是一种近于弃绝的态度。或偶尔落笔,也尽是批判的锋芒，如那首题为《故乡的阴寒——访台中静和精神病院》，字里行间处处透出解剖师一般的犀利与冷凝："举起手有叶萎落/并拢腿如枯残的枝/你们用自己的血养白蚁/自己的肉塑僵尸"，诗人继而写道："此地（精神病院亦即现代城市文明）是你们的/故乡/你们是故乡的/阴寒"。

显然，此在的"故乡"不是那个逝去的故乡，这里的"阴寒"映照着那个"遥远之歌"的"温暖"——诗人最终发现，出走竟成了自我放逐，成了从熟稔、亲近之地向陌生、幽暗世界的沉沦；出走的过程便是自我迷失的过程。那些逝去的存在，反成为真实，而当下的此在，反显得虚空，或可以作所谓"事业"的寓所，却总难成为心灵的归所："以一人心跳应和千万人心跳/你是孤独的秒针，绕世界跑/在一座座陌生的城市喧嚣的灯火中/渴望看到从前/对映的脸"（《对映的脸——大肚溪流域之五》）。

由此"渴望"生成的焦虑情绪，成为陈义芝诗思的又一着力之处，三首同题的《我思索我焦虑》是其代表之作，也是诗人为数不多的、直接对此在发问的力作，意象诡异，题旨深沉，有相当的厚重感。如其第一首的结尾："这世界，仿佛有人/其实没有/我握笔沉吟中看到/心头狂飞的蓬草"，将现代人生存的虚空与荒芜感，写得酣畅淋漓。

与此题旨相近的，还有四首关于海岸的诗作，以天涯游子的心态，观测自然，质疑存在，到了发现，在现代文明的侵蚀下，连自然也已成为被掠夺的对象，显得虚假而空洞。游子依旧是一腔游子情怀，"落寞地站着，没有家"（《海岸入夜》），只有那一抹被海水洗得更加沉郁的目光，伴"一颗颗星在夜空掘井/一支支蜡烛在海上流泪"（《热树林旅店》）。两组诗在题旨上均有很深的开掘，读来超逸放达，且不乏力度。

除了在与自然的对话中，淘洗浑浊的城市自我外，更多的时候，诗人还是将诗的视点，落于对童年生活和乡土中国的回首确认上，试图以此剥离和捡拾被此在所覆盖、被岁月所销蚀的本初自我，甚而还代被历史"放逐"他乡的父辈们，去索寻更为久远的失落之"根"。在纷纷乱乱的世纪之交的时空下，在全球一体化的喧嚣声中，读陈义芝的这批诗作，随诗人一起去重新亲近土地、童心、乡情，确有一种沁人心脾的清凉，并在这种清凉中，对历史和现实，有了一些新的体悟。

然而在这里，诗人遇到了一个未作更深探究和予以解决的悖谬：那只满载"年轻心事"的青春之"桨"，一旦"伸向大海"，是否还能以及怎样才能再"划回山林"？——一方面，此时的"山林"早已非当年的"伊甸"；另一方面，即或山林依旧，诗人也知道，在那田园牧歌的背面，同样存在着弱化生命的"阴寒"，存在着另一种孤寂、另一种遮蔽、另一种异己的力量。

这是永远的悖谬——没有漂泊便没有眷顾，身在故土的故乡人未必就懂得故土蕴藏着的一切，倒是常生离弃之念（我们不都是这样"出走"的吗？）——"生活在别处"，真的到了"别处"，又感到生活仍在"家"中，其实两者都不能完全安妥我们的灵魂。所谓"家园"，只是一个不断推移且永不能抵达的精神所指，而非一个实存的他在；作为一种参照，它只反衬出此在的困境，却不提交他去的路径。而所谓"回乡之路"，实则只是一种精神自救，它只拯救一种良心，而非建立一种行为；它只给出一种诗意的开启，以引领人们踏上二度寻找自我的过程。

遗憾的是，对这一极为关键的悖谬命题，陈义芝并未能经由他的作品予以更深的切入，仅停留在历史、文化与生活的层面，发乎情怀，落于情景和情趣，缺少更高层面的思。

陈义芝诗歌的意义，在于其作为个我面对纷纭的世界和成年状态，重新索回某种永恒而鲜活的东西的努力之中。只是这种努力似乎一直囿于一种私人性的言说，过分偏于内视，打开不够。这里不是说要排斥私人话语，而是想强调，在这种话语的背后，应该有一个内外打开的、深广的精神空间作支撑，方能使这样的言说，同时也具有人类共同精神困境的一种思与诗之言说。

由此或许可以指认：比较前行代那些杰出的诗人来看，诸如精神堂庑不够阔大、缺乏新的思想建构等问题，在包括陈义芝在内的大部分台湾新世代诗人中，是一个较为普遍的存在，有待破局而再造。

三

作为个我生命历程的诗性记录，陈义芝在诗歌精神向度的探求，有待作新的扩展。相比之下，我更看重的是他在诗歌艺术追求方面，所表现出来的某些特殊品质：其一，有相当的整合意识；其二，有很好的控制感。

陈义芝的诗歌创作，始于70年代初。其时正是台湾现代诗运刚刚结束"狂飙突进"的时代，各种诗潮在经历"溢出效应"之后，进入节点反思和重新进发的时期。此时入场，如何选择适于自己的路向，对每一位年轻诗人来说，都是一种考验。对此，陈义芝既没有作简单的继承，也未作盲目的再造，而是持一种整合的态势，去探求契合自己艺术修养和艺术气质的个在路径。所谓"本色写作"，即在于此。

由此，我们在陈义芝的诗中，可以找到某些浪漫主义的余绪，又不乏现代意识；有现实主义的深厚基础，更有新古典的追求与创化。

读义芝的诗，有一种荡得开的通达感，在现代主义的语境中，保存了一份古典的明净和浪漫时代的幻象。既避免了平庸与浮躁，又剥掉主流文化的矫饰，回到生命平凡而本真的诗意，也许并不很深入，却透着一股子没有被流行观念所污染的清新。诗人善于从自然之美和事态之异中暗示和象征精神内在，"渊雅中见真情"，于言物状事中，"幽幽吐出一株/雪香的兰"（《最美的话》）。

这其中，一组关于海岸的诗作，便是最好的见证：忧郁的色调，沉缓的节奏，从真切平易的现实场景中进入，由诡奇孤绝的茫然心绪中化出，意象的营构疏密有度，且注意到情景交融中诸节点的必要呼应和有机合成，显得既传统又现代，读来有一种梦态的抒情美，而骨子里又感受到一种现代意识的激荡。

整合带来多面，造就综合性的艺术功力，可以处理多种样式的题材。以现代笔法糅合浪漫色彩，来揭示现代文明的弊病，抒发现代人的角色焦虑与精神自救；以写实笔法融会新古典的特质，追慕"乡土中国"的年少情怀，探寻重返"家园"的诗性生命意识——这是陈义芝诗写的两个主要路向。

仅就艺术造诣而言，后者显得更为突出。读诗人这一路向的作品，常有赤脚入热土、清心闻天籁的亲近感。那些流经诗人笔下的乡土风情、童心俗趣，使我们每个人都重新发现我们"原本就是雨水/最亲的兄弟"（《雨水台湾》），最终为一种母性的、包容性的大地情怀所抱拥而复生赤子之情。可以说，以《大肚溪流域》组诗及《蛇的诞生——一九五三，花莲》《居住在花莲》以及《出川前纪》为代表的这类作品，已足够奠定诗人的地位，是两岸现代诗中不可多得而别具特色的精品佳作。

这种成功，除得益于上述整合意识外，更得益于诗人颇为成熟老到的语言控制感。陈义芝早慧，很早就打下了坚实的语言功底，尤其是古典汉语的基础比较深厚，加之有选择地吸收了前行代诗人的一些语感经验，经由自己的创化，遂拓殖出个在的风格，无论是抒情还是写实，都有独到的韵致。

仅就诗的抒情性而言，陈义芝的抒情，绝无滥泄之弊，闳约深沉，寄远意深情于言外。其语言有轻滑的肌质，以疏淡意义与情感的滞重，接近透明而又内凝，如一层清釉，涂抹于语感之上，显得静穆而明澈，有一种内在自明的光。

譬如《在露天剧场》一诗中，那段为大家称道的结尾，便是典型的例证：

> 多少为传说而大声传说的故事
> 为痴迷而痴迷的人啊
> 南纬，梦中的秋天
> 神秘的舞踏
> 我合上双眼
> 看见自己像莽莽草原上
> 一只背光站着的狐狸

我们知道，诗歌创作中，抒情不难，难在写实，至少在许多年轻诗人那里，一进写实，便显乏力，即或是一些成名诗人，也常难免其窘。陈义芝于此则反显驾轻就熟。常常地，诗人仅仅沿用我们传统诗学中白描的手法，将经由他特意选择的人、物、情景以及具体行为本身描述出来，便别开生面，意趣盎然：

> 带着一整座山的善意
> 从山里来的妇人，头上包着布巾

怀中抱着坐月子吃的鸡

"喂——"母亲腆着肚子老远地打招呼

小米粥般的笑脸漾开在

亮花花的大白天

——《蛇的诞生——一九五三，花莲》

几乎纯用叙述性语言，接近口语，却丝毫不减诗的意蕴，清明、恬淡，具有现场感，其情其景令人感同身受。

这种清新素美的语感、语式和语境所然，一方面是恰切的选择，即对诗视所摄镜头的有意味剪辑，对细节和情态的准确把握，另一方面是抓住了事物自身的内在精神，平实的情境后面，有生动的气息隐隐流动。

诗人还常运用一些隐喻性叙述，如"仿佛有什么事要发生/却什么也没有/河水是流动的花气/云是没有脚的飞天"（《蛇的诞生》），读来淡而平易，却有精神的深度弥漫浸润其中；苦涩生活中清纯的灵魂和一缕如风的向往，尽由这纯净如溪流的诗行缓缓地沁溢而出，显得本色而清隽。

义芝对这种语式的运用，有时到了随手拈来便成绝唱的地步，连写青春年少时"脸上细密的汗毛"，也是"一步步走向天涯的草色"，确是"淡中见奇"。

这种写实性的语言功力，用于驾驭叙事性题材，便更见功效了。在《出川前纪》《新婚别》《麻辣小面——川行即事》以及两首《办公室风景》这些纪实性诗作中，诗人的那支笔，越发显得老辣，写来精准传神，平实而不寡淡，瘦硬而不枯干，枝干突兀，触须柔韧，沉雄而又灵动，且不乏幽默、反讽的调剂。

实则一位诗人若已拥有这样的语言才能，再稍加整合与创化，已足以进入创作史诗、大诗的领域而高标独树了。只是至今尚未见到陈义芝有如此的追求和表现出品。

这便使我再一次想到关于"精神堂庑"的思考。

在我看来，陈义芝的诗歌路向应视为现代诗潮（作为两岸整体去看的）的一种分延。暂时地，我尚无法确认这种分延拥有怎样广大的前程，但至少，它是本色的、个在的、生长着的，在主流诗潮的喧嚣之外，带来清隽和澄明的气息。

然而我们评判一位诗人的价值时，不仅据以他对个体生命之精神空间的探测深度，更要看他对时代整体的精神空间的拓展有多深广。作为一个成熟的诗人，仅有本色是不够的，写作是一种拯救，这拯救不仅指向个我，更指向整个存在。今天的诗人，要有以思之诗的光芒朗照人类生存舞台并开启未来的"野心"，而不仅仅是作为个我的诗性居所。

就此而言，陈义芝的诗歌创作已逼近一个有待再度超越的临界——作为同一代诗人，我诚挚地期待着这位才华独具的诗人，能突破生存局限，开掘艺术潜能，拓展精神空间，创造一个更为壮美的天地，而不只是"坚持在石隙最真实最危弱的地方/垂挂三两行今生零落"（《树情》）——走出"树"的羁绊，复生飞鸟的心志，我们便会同时拥有大地和天空。

1996 年 8 月

梦土诗魂
——评詹澈《西瓜寮诗辑》

一

在近年台湾现代诗的发展中，中生代诗人詹澈的创作成就正越来越为诗界所关注。

自 1994 年起，詹澈以厚积薄发的态势，相继推出一系列以"西瓜寮诗辑"为总题的作品，以其厚重的精神含量、清新的语言风格、独自深入的乡土情怀，令诗界刮目相看。1995 年，代表作《翡翠西瓜》入选张默、萧萧合编的《新诗三百首》；1996 年，以一组《西瓜寮诗辑》获第五届陈秀喜诗奖；1997 年，以代表作《勇士舞》入选《年度诗选》并获年度诗奖；1998 年，集十余载心血为一集的《西瓜寮诗辑》由台湾元尊文化出版公司隆重出版。尽管因各种因素，詹澈多年未能入选台湾《年度诗选》，但 1997 年第一次入选，便获年度诗奖，也说明了台湾诗界对其近年突出成就的高度肯定。

潜心研读完詹澈的这部诗集后，我的第一感觉是：这可能不是一个特别优秀的文本，但确实是这个世纪交替的时空下，值得重视和有研究价值的一个文本。

　　在这部诗集的出版导言中，有这样几句介绍詹澈的话："它是现代知识分子，是农运推动者，也是传统的农民诗人；从他的诗中，看到了对大自然的深情、农业工作者的革命情怀与理想以及诗人冷静的美感与想象"。

　　从这里我们得知诗人詹澈，在台湾现代诗人的队列中，有着一个怎样特殊的身份背景；而身份也常常是立场的标志：代表谁言说或为什么言说，由此决定着诗人的诗歌立场，也同时决定着诗人作品的精神位格与艺术风格。

　　我们知道，随着"现代性"的滥觞，当代诗人（尤其是台湾诗界）大都扮演着积极的知识分子角色，其作品的表现对象，大都以城市意绪或超社会身份的精神空间为主，间或涉笔乡土或农村题材，也是以城市的视角、回忆的形式、过去时的情怀来展开，且大多只是将其作为一个参照的喻体，落脚处，仍是城市知识分子的立场。另一方面，许多打着"乡土诗派"和"农民诗人"旗号的创作，则长期陷入非诗性的泥沼；或执迷于所谓"新田园牧歌"似的小情小调，或自闭于所谓"风土"、"乡情"等社会学层面的诗形诠释，很少能够企及现代诗的精神内涵和艺术品质——一句话，当代两岸诗坛，一直少有真正意义上的、深具现代意识和现代诗美品质的农民诗人。

　　由此，詹澈的崛起，方使我们感到莫大的欣慰。他以其特立独行的诗歌立场，完全不同于一般农民诗人的专业风度，以及颇为到位的现代意识和富有时代感的当下关切，为我们打开了一片陌生而又亲切的诗性原野。这"原野"是我们在现代化的急进中所一再疏忽了的，如今经由詹澈的拓展，重新焕发出她清新健朗的生命活力，使我们得以从一个新的侧面，倾听来自土地和劳动者真实的呼吸，带着诗之思的呼吸：

走在劳动向思想回归的路上

还有一些些
风中飞散的情绪
和爱情
在号称均富而又君父的土地上
还有不死的欲望
和一颗贫穷的种粒
和不死的善念芽点
和要不要继续在这土地上
生根发芽的疑问

——《走在秋分向冬至的路上》

二

关于土地，我们究竟都知道些什么？

我们——现代诗人们，学者们和教授们，以及那些为土地所生养，而后离开土地定居水泥地，渐次忘却了土地的人们，究竟对土地知道些什么？随着现代化以及商业化、城市化的急剧推进，"土地"正加速度离我们远去，成为时间的背面、空间的暗处，成为蜗居城市的精神漂泊者偶尔想起的、或可寄托一丝半缕新愁旧绪的几个语词……

实际上，对于包括诗人在内的大多数现代知识分子而言，土地的存在,早已如出生时的胎记一样,为长大的身体所疏忘,以至于我们从未对她作过真正的思考和言说。"梦想在远方","生活在别处",无论出于何种原因何种借口,我们大都成了土地的"逃离者",间或在回忆中泛起几缕故土情思,也已暗自转换为客态之思,仅作为对此在的映衬,再也难以企及她存在的意义。

应该说,只有那些长久而深入地与土地同在的诗人,才有可能成为土地真实的精神器官和真切的诗性神经,而我们都知道:那样的一种"同在",已无异于"殉道"!

詹澈正是这样一位"殉道者"——以土地为"梦土",以"诗的邮差"为己任,坚持生活于斯、创作于斯,代表"沉默的大多数",向现代社会传递存在之最基础层面上,那一脉纯朴、深切的诗之呼吸:"纵然死亡把我埋进土里/我还是会像腐烂后的种子/用手指的白芽探索身边泥土的结构。"这是诗人写于1996年秋天、题为《犁》的一首诗中的句子,此时,詹澈已在他的"西瓜寮"里"殉"了十多年的"道"。从这首诗中可以探测到,诗人以"犁"自况而坚守在他的"梦土"上的艰辛处境和矛盾心态,以及最终不可动摇的坚卓情怀:"有时想愤怒地把我的犁举起/向山下的海用力抛出去","但,他还是被身后的力量拖住/——那像山、像生活一样沉重的一股力量",正是这样的"一股力量",使詹澈无论是作为诗的存在,还是作为诗人的存在,都与当代大多数诗人区别了开来。

按詹澈的自述,这部《西瓜寮诗辑》"前后写了十五年",其中有许多是迫于生存的挤压、先"断断续续用小纸张记下了一些片段的句子","放了十年,再拿出来整理"的。对于这些直接分泌于土地和劳动的诗句,诗人在比较于生存的深重体验中时,当年曾认为"那是无力的、奢侈的、多余的"东西。①

这样的忖度别有意味,实际上,当代诗坛确实一直存在着那些"无力的、奢侈的、多余的"东西,任由生命的意义和艺术的精神,一味消泯在话语的操作中的东西,败坏着现代诗的精神质地和艺术品质。也许正是从这一"忖度"出发,詹澈才决心在命运所抛给他的这片"梦土"中坚持下来,"继续和初月/和日出辩证/什么才是会变的光/什么才是土地里不变的意志/和体内不灭的能量劳动"(《路像入夜后的山谷》)。

这种坚守的艰难是常人难以想象的,我们只能从诗人的作品中体察到一二:

> 站在空兀的石头上
> 站在被石头同化的影子上
> 被太阳和劳动蒸发了水分的肉体
> 只剩下盐渍一样的肉体
> 像埋着煤和金矿一样的深山
> 却因为夜色逐渐降临
> 而有着一股灼烧过的清泉
> 从眼眶的缝隙里泪流出来
>
> (这不应该有
> 却已有的物质)
>
> ——《站在突兀的石头上》

---

① 詹澈:《西瓜寮诗辑·自序》,台湾元尊文化出版公司1998年版。

这"物质"便是詹澈的诗情,分泌于"盐渍一样的肉体",产生于"埋着煤和金矿一样的深山",也便有了如盐、如煤、如金子一样纯正、质朴和坚实的品质。

这样的一种品质,不仅不是"多余的",而且正是我们这个时代一直缺少的。詹澈经由长达15年的坚守,不但以其现代诗人的笔力,为我们刻画了一卷当代台湾乡村生活的变迁史,更为我们展现了一部诗化的、现代农村知识分子的心灵史——整部《西瓜寮诗辑》,就其内在的理路而言,正是这一心灵史的分行记录:"诗和我,我和肉体、影子和大自然、石头和西瓜,都以各自相同或不相同的语言和文字沟通交谈。"在这种"交谈"中,"让在科技与自由经济体制中忙碌僵化、异化的心灵再生起一些净水的涟漪"。①

显然,这样的诗路与心路历程,在我们这个时代是独在的,是任何其他的写作立场所无法替代的——这些来自存在之根部的诗情与诗思,给现代汉诗的肌体,注入了一股特别鲜活而富氧的血液,使我们感受到另一种诗的力量、诗的气质、诗的魅力。

三

收入《西瓜寮诗辑》的作品,按照创作实践,共分五集,前两集近20首,为早期习作,后三集70余首,为1994年至今的成熟之作。两个阶段之间,相隔近十年,其创作题旨基本一致,但内在品质有根本性的变化。

从前期作品中可以看出,诗人虽然对他置身其中的土地与劳作,持有一份真诚的情怀,但诗思的触角并未深入,仅止于对乡

---

① 詹澈:《西瓜寮诗辑·自序》,台湾元尊文化出版公司1998年版。

村意绪和劳动场景质朴平实的情感化描述上。间或也有一些敏锐的诗之思，却因未能有机地融入，常显得突露而生硬。想来此时的诗人，虽已有近十年的写诗经历，但迫于生存的困扰，心态未至沉稳。对他脚下的土地，诗人暂时还处于一种客态的倾听，心有旁骛而难以扎根。

从一些简要的资料中可知，这一阶段前后，身为年轻的现代知识分子的詹澈，"经历过大都会的洗礼，有过社会改革者那样热烈拥抱意识形态的时期"。① 在经历了"足以用长篇小说容纳的经历"之后，② 诗人冷静了下来，最终认领了他的"现代乡村知识分子诗人"这一不无尴尬的特殊宿命，重返乡土，沉下心来，在新的劳作和思考中，继续他中断多年的《西瓜寮诗辑》的创作，并开始收获他晚来的成熟。

对这一成熟的认知，我总结概括为以下三点。

其一，具有内源性的精神质地。

重返"西瓜寮"的詹澈，已是与脚下的土地血肉相连、相依为命的主人，而非心有旁骛的过客式的浮光掠影。

此时的诗人，目光更趋沉着，情怀更加深切，"手中紧握一团沙／心中就团紧一个星系"（《星光与波浪》）。一方面，诗人在对宿命的认领中，彻底与土地融合为一体，以劳作的肉体去感受"地热从沙粒传导至鼠蹊"，感觉"星光借水分子渗入皮肤／真想就此止息／和水、和沙、和光／和夜同时融化"（《与夜河平行》），由此成为土地真实的精神器官；另一方面，诗人以现代生活浪潮洗礼过的灵魂，去触摸和体味在时代的剧变面前，土地的脉息发生着

---

① 李魁贤：《劳动与升华》，《西瓜寮诗辑》附录，台湾元尊文化出版公司1998年版。
② 詹澈：《西瓜寮诗辑·自序》，台湾元尊文化出版公司1998年版。

怎样的震荡和困惑,是以常常如"一颗巨石,在那里孤枕难眠/它独自亮起夜晚来临前的星光"(《动或不动的梦土》),由此成为土地真切的诗性神经。

对现实的参与和对自我的挖掘,成为詹澈这一时期贯穿始终的诗歌精神母题,在这一母题的统摄之下,诗人的精神位格与艺术品格,都有了具有内源性之光的照耀,从而渐趋独立、鲜明、坚实而自信。

其二,具有独在性的题材开掘。

《西瓜寮诗辑》立足于乡土题材,但经由詹澈的重新开掘,拓展出了新的天地。

这里的关键,在于诗人并未在他身为土地的劳动者之后,放弃自身现代知识分子的精神立场,在注重感性体验中,贯注理性的思考,从而由传统的"采风角色"中超脱了出来,开掘出富有现代性的内涵,使一再陷入土风乡情式困境的乡土题材,得以向现代诗性展开。

在詹澈的笔下,不乏对乡村生活的生动描绘,对自然景物的鲜活表现,时有不同凡响之处。但诗人一开始就明白,"除了给瓜苗灌溉/除了生活与风景/还有别的"(《风景之外》)。这"别的"才是诗人诗思的着力之处——土地和土地上的劳作者,在历尽沧桑之后,在时代风云的冲刷下,依然跃动着的那种激荡着理想与幻灭、裂变与再生的生命潜流,才是诗人真正一往情深的诗之灵魂——土地中的人格意志,以及对生存意义和价值观念的困惑与反思,使詹澈的"西瓜寮诗"较之以往所谓乡土题材的作品,有了质的飞跃和根本性的变化。正如张默、萧萧在其编著的《新诗三百首》中所评点的,詹澈的诗:"具写实主义有闻必录的细腻风格,也有理想主义燃烧自己的浪漫个性。"[1]

直面乡村现实,细切精神深境,两个支点,一个题旨,且统摄于"西瓜寮"这一既平凡又特异的大意象中,坐实务虚,纯驳互见——由詹澈所创化的这一新的乡土题材风格,在当代两岸诗坛,可以说是颇有开启性和范例性的诗学价值的。

其三,具有亲和性的语言风格。

读詹澈的诗,有一种特别的语言亲和性,如感受一粒粒"真实的西瓜/不知不觉已长大","无需历史辩证的法则/无需人性解析/在月光下发着微微的光亮/早已是个存在"(《翡翠西瓜》)。

实际上,在代表作《翡翠西瓜》一诗中,诗人以通过对"工艺品西瓜"与"真实的西瓜"的隐喻性比较后,直接用诗句表明了他的诗歌语言观:"想用最平白的语言/(像对着已过世的不识字的母亲说话)/想用最简单的文字素描翡翠西瓜/(像在像贝壳像贝叶的西瓜叶上写象形文字)"。

当然,这样的告白只是一种立场的告白,实际的语言创化中,詹澈还是注意到了在平实、清新的语感基础上,不断吸纳和融合富有现代意识和现代审美情趣的语言质素,增强自己的语言表现力。这主要得益于诗人在真实的生存感受中,所获取的细微观察和精妙体味。像"初月薄如竹膜"这样的诗句,没有长久与月同在同呼吸的生活,绝难随口道出。再如形容河边的沙粒:"蒸腾过白天的燥气/郯郯散发着寂静的光亮/好像星群彼此猜测着自己的名字",真切而又幻美,非外人所能及。

尤其诗人笔下的云,简直就是诗人心灵的外化,淳朴而灵动,厚重而憨稚,常与诗人互为观照,传递着微妙的意涵:

---

[1] 张默、萧萧编著《新诗三百首》,台湾九歌出版社1995年版,第752页。

一朵云蹲下来

蹲在也是蹲着的山上

大概是被太阳晒累了

随着黄昏把姿势放软

我把手中的工具放在树下

蹲着看夕阳如何被云

吞进山的口袋

——《耳呗》

运用得当的口语，清明有味的意象，沉稳客观的叙述中萦绕如梦的意绪，一句"把姿势放软"，令人心为之一动，感同身受而亲近无隔。

四

对詹澈《西瓜寮诗辑》的研读，使我始终想着一个问题：对于那些并非天才型的诗人而言，如何在漫长的写作中，在纷纭的诗坛上，最终找到自己的位置，确立自己的价值呢？这其中固然取决于很多因素，但能否坚持契合自己精神气质的、有方向性的艺术探求，恐怕是关键之处——詹澈和他的《西瓜寮诗辑》，无疑是一个有代表性的例证。

仅从纯艺术角度考察，应该说，詹澈的创作，尚有许多不尽成熟之处。比如诗思的展开缺少层次感，间或也涉及一些并置、跨跳等手法，但大都脱不了单一的线性架构，形式感不强。同时，一些未经有机处理的观念性语词的强行插入，以及叙述语式中过多关联虚词的使用,也都影响到部分诗作的艺术成色。

但总体而言,詹澈在这部诗集中的表现——他的真诚、他的专纯、他的火热情怀与沉潜心态,以及对现实与理想、道德观与审美观的和谐融合,都是我们这个时代所欠缺而需珍视的。尤其是他对乡土题材的突破性拓殖,具有特别重要的价值,也由此确立了他在当代诗坛别具一格的位置。

1998 年 8 月

赤子情怀与裸体的太阳
——论詹澈兼评其诗集《詹澈诗选》

一

经由 30 年诗路历程，无论作为诗的存在，还是作为诗人的存在，詹澈都已成为现代汉诗版图上，一个值得关注的亮点。可以说，在这位诗人的作品和人品中，交织着当代新诗创作及两岸诗歌交流等许多基本问题，颇具研究价值。

詹澈是土生土长的新生代台湾诗人，但却始终持有大中国诗观及汉语家园意识，企求将此在的"家"与彼在的"家"整合为一，而摒弃狭隘的族群意识以及愈演愈烈的所谓"本土化"思潮，其超越时代局限的胸怀，已成为其诗歌精神的标志。

因题材与身份所及，詹澈常被指认为"农民诗人"，但细察其精神气质，却又是典型的现代知识分子的脉息，包括传统儒士之济世情怀与担当精神，并经由诗的写作，将积弱甚久的"乡土诗"，提升到具有现代意识和现代审美的层面，赋予其新的品质与内涵。詹澈以社会革命者和诗人的双重角色行走于时代，承继"五四"传统，秉持当代知识分子立场，视诗为改造社会、重塑自我的路径。由是，在诗歌日益被边缘化（外在）与游戏化（内在）的境遇中，依旧营魄抱一，不为名利位势所困，以诗为生命仪式、事业抱负、献身者的诺言，为日渐个人化、文本化的现代汉诗，注入难能可贵的人格力量。

另外，因强烈的意识形态情结和载道意识的促迫，使詹澈的诗歌创作，长期在思与言的矛盾冲突中摆荡，难以顺畅抵达艺术上的完善，成为此类创作现象的典型个案，从而集中反映出现代汉诗进程中，艺术与人生、形式追求与精神追求之相生相克、两难处境的诸般情状，颇有代表性。

重要的是，在上述各种正负价值的复杂纠缠中，诗人最终破茧化蝶，完成了一个由非专业性写作到专业性写作、被动粗粝的"普罗"化写作到精英化写作的艰难过程，以其饱满的生命人格和渐趋成熟的艺术位格，书写了当代台湾新诗史中，不可或缺的独特篇章。

如今，诗人将这30年中具有代表性的作品结集于一，作总结性的展现，既是一个历史性的总结，又是一个新的起点。由此全面重读詹澈，方更为明晰地把握到这位诗人从主体风神到艺术品格的基本属性——与历史同行，与土地同在，以生命为诗，以诗为人生的宗教与庙堂，行在诗，诗在行，孜孜以求，求献身者的诺言那赤子般的兑现！

二

研读詹澈的诗，首先会发现，一些为当代诗学逐渐疏远的理念，被一一激活，并焕发新的功用与生命力。譬如历史感、使命感、社会作用、时代心声、真理、良知、现实等。这些本来属于诗和一切文学之基本元素的东西，在当代两岸新诗进程中，由于一再被诸如伪现实主义、伪浪漫主义及各类政治诗、宣传诗、伪哲理诗等所污染，弄变了味，逐渐为正常的写作与阅读所厌弃。尤其在现代主义诗潮滥觞之后，人们越发疏于对上述理念的清理与再造，任由这一原本优良的传统削弱下去。正是在这里，詹澈的存在有了他特别的意义。

结集出版这部诗集时，詹澈专门为之题写了一首题为《运动树》的序诗，其中有这样两句："你捡取贝壳当成号角/逆着风吹，吹开年轮。""年轮"即历史，"风"即风潮。风潮是表象的历史，"逆着风"，显示其孤绝的立场与批判的向度。与历史同行，就詹澈而言，非追随，非附庸，而是于质疑与印证中，剥去其华丽的外衣，裸呈其真实的律动，以恢复诗歌作为历史最真实的心声之传达的权利与荣耀。这种恢复，在詹澈这里，并未沿袭那种宏大叙事的传统套路，而是"捡取贝壳"亦即被时代风潮所遗落的部分，真正呈现历史肌理的部分，来"吹开年轮"。

需要特别指出的是，这里的"风潮"不仅指社会与生活的潮流之变，也指向艺术与诗歌的潮流之变。

我们知道，在詹澈步入诗坛的70年代，台湾前行代诗人大都已功成名就而安身立命，并继续在其特定的历史轨道，即放逐——回家——文化乡愁与诗意栖息的理路上前行，优雅化苦难，诗文润余生，外部的风云变幻，多以作为诗与思的素材进入生活，而并不能动摇其基本的生存现实。与詹澈同辈的新生代诗人部落，则大多经由个人奋斗，成为城市白领阶层，为诗为文，皆系"余裕之事"，且为诗潮所迫，对诗艺的经营上升为首要，历史与现实已过滤为题材之不同，难有感同身受的真切体现。而此时的台湾，正经历着前所未有的急剧动荡与裂变,我们从诗中体验到的,却是太多小而美、轻而巧的喧哗与暧昧。

由此,包括詹澈在内的少数非精英化写作的诗人所持有的另一向度的诗歌立场,方显示出沧海横流的特殊价值,从而从时代的背面,为我们打开了另一卷当代台湾的心灵史和精神史,并向两岸诗歌界再次证明:诗歌不仅是一种被交流的语言的艺术,也同时是一种被交流的真理的语言。

"向下探索泥土的民主,/向上要求阳光的平等,/耐寒的种子正在发芽。"(《怀念友人》·1980)这里的"种子"喻指生活在底层的台湾人民,那些贫苦的果农、失去土地的人们、退役的下等兵、"工厂螺丝钉"似的劳工以及在黑暗政治和经济转型中被迫害、被捉弄、被欺诈的不幸者等等,在詹澈的前期作品中,成为主要的表现对象。在这里,不仅有呐喊式的代言,更充满为历史把脉的思辨,由此诗人不惜强行楔入许多政治概念和意识形态语词,来凸显历史阵痛的关键所在:资本、价格、分配、借贷、冷战、革命、WTO、CATT、制度、政策、财团、农会、民主、分配、中产阶级、无产阶级、知识分子……一个个生硬的大词在诗人的笔下被赋予血肉之躯,"在夜雾与晨曦交织的时刻",在"严冬和晓春交迸的时节",在"台风与寒流侵袭的岛屿"(《春风》·1979)报道所谓"和平的春天"里的历史乱象与社会危机。

可以看出,在詹澈而言,与历史同行便是与忧患同行。作为台湾农民运动的领袖和自由主义战士,诗人有足够犀利的眼光和亲历的体验,来指认那些华丽下的溃疡和溃疡下的危情,更理所当然地认领历史情怀与当下关切为其诗人的使命与职责。"诗人是报警的孩子",① 在这个艰难的过渡时空，对诗人没有更多的要求，只要他能体现自己时代历尽创伤的良心。原本，这是现代汉诗不可或缺的精神品质，却在后现代式的空心喧哗中，每每成为稀有金属，而在詹澈的诗歌中，这一品质被重新擦亮，放射出直击人心的光芒！

于是，我们不能不被这样的诗句所震撼："日子过着生锈的过程/不如用身体连结身体/以游行的队伍把街市擦亮"（《游行》·1996）；"是您！台湾，/旧中国掉落的一滴眼泪，/流落在海上幻成一朵静止的云；——一只静止的蚕，/像是要在桑叶里眠成一团的茧？"（《打直你的腰杆》·1982）行动中的历史，思考中的历史，以真诚投入和真实书写而展现的历史，经由一位真正意义上的现代知识分子诗性生命的担当与投射，为贫血的当代汉语诗歌，注入了富氧的激情和赤子情怀——在他的身后，我们隐约可见艾青的身影、鲁迅的身影、杜甫和屈原的身影，而由这些身影所铸造的汉诗之精魂，我们确实已缺失很久了。

三

作为当代诗人，詹澈多年来一直暗自以艾青为榜样，心仪其"一个艾草似的诗人/艾草似的诗的命运。"（《艾草》·2002）从作品来看，至少在两个方面，詹澈继承并发扬了艾青的诗歌精神：一是对土地/农民的热爱与忠诚，并成为其始终关注的中心和表现的主题；二是艾青式的忧郁与悲悯，同时也和艾青一样，将这种忧郁与悲悯"看成一种力"（艾青语）、化成一种力。

有"农民诗人"之称的詹澈，从自然生命的始源，到诗性生

---

① ［法］勒内·夏尔：《诗论》，转引自《西方诗论精华》（沈奇编选），花城出版社1991年版，第28页。

命的发展，无不与土地有千丝万缕的联系——生于农家，毕业于农专，作农业技术推广工作，以至成为农会和农运领袖，经世济民，生命的展开，步步不离土地，最终以诗的言说，作为土地的化身与代言者。

忠实于土地，在詹澈，便是忠实于乡亲乡民，忠实于祖辈相传的草根般朴素而热忱的生命形态，以及由此生成的精神谱系。在早期《写给祖父和曾祖父的诗》（1978）中，诗人如此认领祖辈们的形象："胸膛像山壁一样坚硬/骨头像铁块一样坚定/胸怀像泥土一样广厚"。后来，诗人又以西瓜的形象作比拟，在《惊醒的石头》一诗中，对和祖辈们一样生活于土地上的乡亲、那种憨直而隐忍的生存状态，作了如此深切的叹咏："它们注视太阳又凝视月亮/没有眼睛但看过圆的形式/它们慢慢长成它们意识的形状/和比邻而居的石头耳语"。可以看出，在形而上的层面，诗人无不为这种朴素生命的草根精神而满怀热爱与称颂；在形而下的层面，诗人又无时无刻地为这种生命形态的现实处境而充满忧郁。字里行间，正如诗人描写曾祖父墓碑铭文所指认的那样："字划深硬而憨直""有细细的裂纹"！

这是命定的"裂纹"，只能面对而无可躲避。及至诗人所处的时代，这"裂纹"是越发深刻了——急剧现代化、工商化的社会变革所产生的负面效应，伤害最烈者便是土地、乡村与农民，以及他们所代表的精神传统与文化传统，从而很快使之沦为"最原始、最悲惨的人群"（《土地，请站起来说话》·1981）。我们知道，任何社会发展，都具有正负双重的价值在性，但作为"报警的孩子"之诗人的使命，只能站在其负面的观测者的立场，来发出"吹号者"（艾青语）的呐喊。这其实是20世纪知识分子角色定位的最终选择，也无疑是身兼诗人和农村知识分子双重身份的詹澈，无可他择的根本立场。

这种立场是孤绝的。无论是台湾、是大陆、还是整个世界，人们无不在为现代化的"福音"而迷醉，沉溺于物质主义与消费主义的快感中。文学与艺术的审美空间，也由历史风云转为个人天空，由载道立言转为感官化、游戏化、形式主义和价值虚位的后现代景观……此时，谁还为土地歌唱？谁还会倾听"用阳光和海水洗脸"的"番薯仔"的声音？而"我们已是模糊的阶级"（《有时会带一本书》·1995），在命运的重压下，只能"谦卑地弯下腰/或蹲下来/看见自己的影子缩成一块石头"（《站在突兀的石头上》）。

这些同样如石头一般沉重的诗句，这些诗句中深深埋藏着的忧郁和悲悯的"裂纹"，不但为我们留下了一卷卷台湾乡村生活，从早期移民到晚近变迁的历史画卷，也为当代两岸诗歌，塑造了一个真正草根化的诗人知识分子的孤绝形象，其充满生存原味和生命原色的精神气质，正是当代诗歌虚位已久而切切期待的重要弥补——"你要把一生坚持的信念/还给泥土/化成无形而永恒的爱"，并且，"如一粒种子/甘于和泥土相依生存/且要生根"！（《别后已经五年——敬悼杨逵》·1985）

在这样的诗行中我们读到的是什么？不是炫耀的技艺，不是缠绕的话语，更不是空心喧哗式的语言游戏；这是石头中迸溅的火，是火中烧红的铁，是沉默的种子与泥土的对话，是坚果般的生命与大地相亲相拥的歌吟——在这样的诗人和他的作品中，我们重新感受到，诗人，作为"一个种族的触角"（庞德语），诗歌，作为直道显世的言说，那一种深入存在根部的生命人格，和那一种直击人心的艺术力量。

与土地同在，便是与朴素的生命情感同在，从而使诗能够帮助人保持其人的本质。呐喊是呵护的反转，有如反抗因理想而生，"逆着风吹"的诗人詹澈，在不免浮华（形式）和空洞（内涵）的台湾当代诗歌中，绝地而生，生石头的语言和火的激情，以及直面现实的铁质人格，可谓独树一帜。同时，也为长期陷入或风情歌手或文化明信片式的两岸"乡土诗"，注入了新的元素、新的活力和新的风骨。

四

纵观詹澈 30 年的诗路历程，大体可分为两个阶段：前期着眼于人与历史、人与社会的外部关系，国事家事，世道人心，激情燃烧，直言峻急，且带有明显的潜传记特征；后期逐渐转向对生命本身的关注，着眼于人与自然、人与文化、人与人自身的关系，视野开阔，诗思沉着，有了更为深沉的律动和较为细切的肌理。

两个阶段的关键性过渡，是为两岸诗界所称道的《西瓜寮诗辑》的写作。依然是乡土题材，依然满载着时代风云镌刻的"裂纹"，也依然处处渗透着深入骨头的忧郁和悲悯，但其发出的声音和言说的旨归，不再是激越的呐喊与呼号，而反转为呵护式的歌吟与理想化的吁请，从而生发出内源性的精神质地和内敛的、思辨的语言机制。诗人由此从青涩走向成熟，唯激情驱动的写作转而为有控制的艺术，而作为"普罗"化写作的出发，也开始步入精英化写作的走向。

实际上，在强大的、充满宰制性的现代化语境中，诗的行动，已不再能太多发挥社会学意义上的功能，只能回到文化的根部、生命的本源来发挥其作用——经由语言的改写来改写世界，以保持人的本质，免于个在的生命沦落为公共话语的类的平均数，并带领我们寻找关于我们存在的开放的源泉。

在詹澈的"西瓜寮"系列诗作中，那些由沉默的种子而茁壮成长为浑圆的果实的西瓜，那些"注视太阳又凝视月亮"、"长成它们意识的形状"并充满生活汁液的西瓜，早已幻化为朴素生命之忧乐情感和精神力量的喻象，任寒来暑往、风云变化而生生不息。何况，它赖以生存的土地，土地中蕴藏的祖辈相传的文化脉息，也并未完全被现代化的"机器"榨取干尽，依然顽强地滋养着大地上的生命，滋养着那些热爱这种生命的人们。

出于本源生命"根系"也出于新的眼光，詹澈于《西瓜寮诗辑》之后，开始大量摄取地缘文化、民族文化和带有文化考古意味的自然景观及原始生命形态，作为新的诗思与诗写素材，在世纪之交的前后十年中，先后写出了总题为"海浪和河流的队伍"和"兰屿祝祷词"两批诗作，为其诗的版图，扩展了新的领域，也确立了新的坐标。

在这两辑作品中，与生命共舞，成为超越阶级意识与政治理念的主旋律。山脉、河流、海洋、岛屿，艾草、角鸮、椰子蟹、小凤蝶，阿美人、布农人、达悟族、卑南族，头发舞、勇士舞、千人丰年祭舞、八部音合唱，所有这一切，在华丽的物质世界之外，在溃疡的意识形态之外，在生硬的水泥世界之外，在空心喧哗的公共话语之外，兀自独立而自在地排演出充满原始活力和草根文化的生命大合唱，并经由诗人的编导，越发活力四射、撼人心魂！

这是真正的力量与希望之所在呵，"历史隐没，时间的足迹浮起/它的影子和光芒，背着太阳/以一颗陨石的重量/从窗口压向书桌/书桌夹板在云层中龟裂"（《石头山》·1999）。诗人在此赋予"石头山"永不磨灭的生命的形象，在它"陨石"般的"重量"下，作为知识与社会身份的"书桌"，开始"龟裂"，暗示另一种身份认同的可能。

显然，诗人的诗思，已由为"模糊的阶级"代言，转而为有声有色的生命本身立言，企求在生命的本源层面以及民间文化谱系中，索寻新的精神资源，以对抗华丽之溃疡的污染。诗人在布农族八部音合唱中听到："向天空，向地底/寻找传说中的太阳/呼唤原始，询问地神/寻找声音的象形/在土地和水的灵魂里/那，天籁"（《瀑布抽打山的陀螺——听闻布农族八部音合唱》·2000），相信那才是大地永恒的"念力"和"愿力"，而"其实他们就是山上摇摆的海浪/围着他们的岛/和裸体的太阳"（《勇士舞》·1997）。

——这是最终的认领：与历史同行，与土地同在，最终都须回到与生命共舞中来，这是诗的出发地，也是它最终的归所。

由此，土地的儿子跃身为"裸体的太阳"，一个更广大的精神世界在他眼前扩展开来，诗人的心理机制，也因此变得从容淡定，并在具体的写作中，有了更趋多样的形式感，语言的基质也发生了明显的变化。在那首《等待千禧曙光》（2001）的诗作中，我们欣慰地体察到，诗人那颗充满忧郁与悲苦的灵魂，开始融雪，复归润活，其徐徐舒展开来的语势与自然生发的意象，也分外明快与酣畅。"风松开手掌，云块开始溶解/每棵树看起来都柔软"，"一个世纪的身体慢慢消失/它留下影子等待阳光"，而"一首和旭日同时上升的长诗/等待你去完成，等待你的朗诵"……

五

以诗为生命的宗庙，献身的诺言对才具并不突出的诗人詹澈来说，显得特别沉重。精神与语言的落差，经验的独立性与艺术的独立性的背离，一直是詹澈诗歌难以企及真正成熟与完善的关键所在。尽管在晚近的作品中，我们已看到诗人强烈的形式革新和语感追求的努力，但其基本的问题还是没有完全解决。正如余光中先生所指出的："作者在命题、布局、比喻各方面均有所长，思路与感性也颇可观，但在语言的掌握上仍有精进的空间。简而言之，诗意甚旺，但诗艺尚应加强，才能火候到家。"[1]

"诗艺"是一个综合指标，具体到詹澈的诗歌写作，我认为主要是"语感"的欠缺，一直未能确立和自己的生命形态和谐共生的语言形态，找到适合于自己的发声方式。

这其中，首先是片面注重了诗的言志载道功能，疏于对其"言"、其"载"之审美功能的掌控，视语言为工具，拿来就用，加之激情性、倾泻性的写作机制，导致诗质比较稀薄。这一点，在前期作品中尤其突出。其次，在意识到语言与形式的迫切性之后，由于经验的欠缺和长期形成的语言习惯及思维定式，使之常常只注意到局部意象与遣词调句方面的改观，而未能在整体语感上予以调整，一时之间难得有质的飞跃，有时甚至因用错了心力或用过了劲，反而生硬。包括对文言语词、书面语和口语的混用，常有夹缠不清、互为干扰与消解的弊病。

如"贴在你耳边细诉，如溪水向东款流"一句，"款流"一词从哪方面看都显造作，影响到整体语境的和谐。我同时注意到，诗人其实在不刻意而为时，也常有十分恰切明快的表现，如前述《等待千禧曙光》一诗就很典型。另如早期《缝好掉了的扣子》（1979），全诗不动声色，只在细节的描述："那颗掉了的扣子/是颗苍黄坚硬的扣子/像母亲苍黄坚硬的指甲"，"母亲的指甲/在台湾的土地上/艰苦地磨出择善固执的颜色"。语言如木刻般平实中

---

[1] 余光中：《种瓜得瓜，请尝甘苦——读詹澈的两本诗集》，转引自詹澈诗集《海浪和河流的队伍》，台湾二鱼文化事业有限公司2003年版，第28页。

显力道，意象的生发也十分自然贴切，整体语感与其内容相融相济，应该是詹澈本源质素的所在，但未能有机地确认与发扬。

幸好，由于人格力量的强力灌注，真情实感的本色投入，上述缺陷，以及那些不可遏止的指涉欲望，那些因题旨所需强行嵌入的各种概念、术语及信念等硬物，都被诗中岩浆般的激情、真情、悲天悯人之情烧化了，有如勃发的春潮滚滚而来，人们已不再注意裹挟于其中的杂质，而只为其力的涌动和真的喷发所感怀。

这是詹澈不同凡响的优势所在。但作为一位越来越有影响、越来越显示出精英化写作气象的诗人来说，我们不能不在艺术位格上，对这位我们所敬重的诗人，抱有更高的要求和更大的期待。期待他在与历史同行、与土地同在、与生命共舞的同时，在保持生命原色、生存原味的同时，于未来的诗路历程，有更卓越的表现，以人诗合一的专业风度，收获一个晚来的成熟。

2004 年 12 月

为诗而诗
——论隐地和他的诗

谁是诗人？

当偌大个地球，在 20 世纪翻天覆地的科技变革中，急速化为一个小村庄时，曾经作为人类精神祭司的诗人，也渐渐成了"珍稀动物"。在由广告、音像、通俗读物以及各种商业文化所主宰的全频道的文化场景下，谁还爱诗？谁还读诗？谁还写诗？谁还想做诗人？

为大众文化和商业利益所切割下的现代诗（以及一切严肃文学和艺术），已经成为离散的孤岛。仍然固守在这孤岛上的住民，批评家们开始称之为"守望者"；居然乐于"移民"到这孤岛上（在许多"原住民"纷纷逃离的时代里）的新住民，人们称之为"天真"或"犯傻"——而纷纷乱乱的世纪末黄昏，无论在大陆还是在台湾，包括文化人在内的所有中国人，都变得空前实际而不再"天真"或"犯傻"了。

何谓"天真"？在今天的语境下，最好重新理解它——"天"者，自然也；"真"者，真实也，习惯的说法是相对于"成熟"而言，含有贬义和不屑。实则在一个从里到外都已为所谓的"成熟"污染得满身体臭且发着焦糊味的时代里，"天真"却成了最不"天真"的选择——成为本来的自己，返归本真自我，这才是真正意义上的成熟，为此而"犯傻"，实则是最聪明的做法。

不过，一般而言，遭遇诗歌，为诗而"疯魔""犯傻"，多在青春年少，且很快在尚未进入"职业选手"之前，大都如流星般地一闪而逝了。在大陆，明里暗里有一种说法：写不好诗的人才去写散文。实际也确有这种现象，且大有人在。同时许多成名的小说家也大都在创作的初始是由诗写开始，随后转向写小说成名，而且转了就再少有返顾者。诗，永远只是青春的恋人——似乎已成为古今中外文学的定论。

然而这一定论，在20世纪末的最后几年里，却被一位叫着"隐地"的中年作家，在短短的时间里予以改写了——尽管隐地一直爱诗，同时以一个有历史感的优秀出版人的胸怀，鼎力支撑长达十年的台湾《年度诗选》，影响之巨，无出右者。但隐地毕竟是以小说和散文创作成就享誉台湾文坛的，却能在56岁之际，突发灵感、一发不可收拾地转而投入现代诗的写作，并于短短两年之内，先后出版了《法式裸睡》（尔雅出版社1995年版）、《一天里的戏码》（尔雅出版社1996年版）两部诗集，且出手不凡，"一开始就达到相当的高度"，[①] 一时在两岸诗界传为佳话，成为世纪末两岸诗坛一个不大不小的"诗歌事件"——在大陆文坛，从未所闻，在台湾，怕也是一个异数，一种值得研究的文学现象。

---

① 痖弦：《湖畔·〈四重奏〉小引》，《四重奏》（王恺、艾笛、隐地、沈临彬诗合集），台湾尔雅出版社1994年版，第4页。

显然,"隐地现象"绝非"老夫突发少年狂"式的"玩票",而是有着主体人格和美学思考的背景作其支撑的。

就其创作主体而言,可借用作家王鼎钧为隐地《一天里的戏码》诗集所作序诗《推测隐地为何写诗》中的佳句作证:"诗在小说家的血液里/它们嘤鸣已久/突然一起飞出来,成集";就美学思考而言,可证之诗人向明一段极为精到的评语:"隐地的诗受人喜爱,主要是他于众多已经出现的诗中,提供了一种崭新的选择,更是在诗普遍认为难懂的谴责声中,他是唯一能让人轻易享受到诗乐趣的诗人。"①

诗心本存,诗艺独出——有备而发的隐地以他喷泉般涌现的一百首作品,已向诗坛显示了一位"职业选手"的品质,令人不可小视。

而谁是诗人?

有诗如其人的诗人,有人如其诗的诗人;有诗不如其人的诗人,有人不如其诗的诗人;有为诗而诗的诗人,有为诗人而诗的诗人;有唯持爱心为诗的诗人,有唯持野心为诗的诗人;有不写诗也是诗人的诗人,有写一辈子诗也不是诗人的"诗人"——当我在《隐地论隐地》一文中,读到如此自白:"隐地老早看清一切人类灾难的症结,而他仍然把文学当宗教似的信仰……他深信,人类唯有靠文学艺术才能得到救赎"时,② 不得不心悦诚服地承认:这位"诗歌孤岛"的新移民,是一位不写诗也深怀诗心,一写诗就必然是真正到位的好诗人!

---

① 向明:《小评隐地两首诗》,见隐地诗集《一天里的戏码》,台湾尔雅出版社1996年版,第189页。
② 隐地:《隐地论隐地》,台湾《联合报》副刊1994年12月5日版。

主体：诗性人生的本真回归

隐地爱诗，由来已久，这源自他天生的诗人气质。这气质一直弥散于他各种样式的文学创作之中，临中年午后而返顾诗本身，实则是隐地对其诗人气质的收摄与回归。

早在读隐地的小说和散文时，就感觉有一种特别的魅力。品味久了，发现这魅力正在于其散文话语之中的一脉"诗意"。我是说，那是一些浸漫着特殊诗意的隐地式的小说和散文。那样平实无华的语言，那样心平气和的叙事，那样不加经营的自然流泻，除了儒雅纯正的人格魅力之外，总还有点与艺术本质有关的什么吧？

这就是"诗意的味素"。

说到底，就作家的审美特性而言，隐地天生是个可以或者应该乃至必然要写诗的人——不是为成为诗人而写诗，而是为写诗而写诗——适性为美，率性为真，有真性情作底蕴，便成就了另一片风景；这片风景尽管尚未形成大的气象，但作为一种特殊的诗歌现象，一种特具的写作态势，已足以引发一些别有意味的诗学思考。

其一是纯正的写作心态。作为诗性人生的本真回归，隐地的诗思只来自于他自身，而非仿制或投影。由此保证了一个单纯的初始状态，使其成为一个真诚朴实的诗性言说者，而非为抒情而抒情、为想象而想象的虚妄主体。

其二是率直鲜活的诗性情态。不落老套，不入流风（时兴潮流之流），不设防，至情至性，本真出演，是隐地最令人叹赏之处。读他的诗如同读他的小说和散文，有一种特别的阅读快感，并同时能感受到诗人/作家自己也处于一种特别的写作快感中，何谓"平易近人"而又不落粗鄙肤浅，在隐地的创作中，我们可以找到一点答案。

其三是纯净平实的语态。语言是精神之相,有怎样的精神品相就表现为怎样的语言品相。反过来说,使用一种语言就是采用一种生活方式。隐地以知天命之年进入现代诗写作,对语言的选择自然见山是山,见水是水,清水白石,尽弃铅华。明朗,清爽,直接,只是平凡诗人之平凡而素朴的诗性言说,轻松灵动而又不乏智慧和情趣。

由此构成隐地诗作的基本质地:作为精神向度的归真和作为语言向度的返璞。应该说,这一品质在台湾现代诗发展过程中,因各种原因未得以深入、且一再被误读和忽略:因误读而致所谓"口白体"实验的失败,因未深入而致粗浅干枯之所谓"明朗化"和"散文化"的泛滥。在隐地的作品中,也时有这样的影响而致空乏之作,但在其成功的作品中,我却寻到了失落许久的一脉"诗风",体现在初涉诗境的"新移民"身上,就更显可贵。

这里还得说到"性情";所谓"诗性人生的本真回归",不是人人皆可想为而为之的,全在"性情"二字。

对此,笔者有一种持之多年的说法:凡人都先由性情中来,入世渐深后,便渐次舍了性情,追逐观念,所谓要"成熟"、要"有思想",久而久之,便成了"观念中人"而失去了本真自我。做平常人,或可就中得些"社会经验",所谓"从众入流",多得利,少吃亏;做文人,尤其是艺术创造者,若长久囿于其中而不得跳脱,则"吃亏"大矣——所谓作家和诗人的"中年危机"或"写作定势",大抵源于此中。

以此看去,自会明白:隐地之所以能在中年午后之旅中,如此轻松地获得艺术新生,成为罕见的诗歌现象,全得益于那一份源于天性的诗性情怀,那一种永远年轻、洒脱、自由自在的创作心态。

诗艺：转换话语与落于日常

诗人痖弦曾在说到隐地的小说和散文时评道："……常于平淡客观的叙述中表现人性的变貌和时代的感喟，展现出青少年作家少见的观察深度。"[①] 而今进入诗创作的隐地，已不是青少年了，但那一份"少见的观察深度"仍存在于他诗的视觉，而那一种平淡客观的叙述，在经由诗的转化后，更成为他诗中最具特色的艺术品质。

1. 平淡

在隐地诗中，准确地讲，是在隐地选择的这一脉诗中，平淡有其特定的含义：平，是指平实、不隔，而非干板与平铺直叙；淡，是指淡化：包括淡化指涉欲望、繁复意象、语言贵族化、虚妄与矫情这四点——现代诗无意间"培养"了一批不再读现代诗的大众，实在与这四点有关，不是错误，却未免是一种失误。

诗，可以是一种最高蹈的语言游戏，也可以是一种最朴素的语言游戏，能以平常心看平常事，且以平常话语道出不平常的"人性的变貌和时代的感喟"来，而又不失诗之本质，其实更是诗的正道而绝非末枝小技。

"平凡一生/什么事都不曾发生/像一棵不开花的树/希望在落叶满地之前/唱出一声鲜红/光亮也来照照我这俗身吧"（《挣扎的心》）。读这样的诗句，感觉连诗人的那份忧伤也是明亮的、淡淡的，如梧桐夜雨（语），不是轰然而逝的震动，而是余韵久长的浸染。向明指认隐地"是唯一能让人轻易享受到诗乐趣的诗人"，大概正在于此。

现代诗的基本困境在于：写得朴素了，常显肤浅；写得深刻

[①] 痖弦：《湖畔·〈四重奏〉小引》，《四重奏》（王恺、艾笛、隐地、沈临彬诗合集），台湾尔雅出版社 1994 年版，序文第 4 页。

了，又难免晦涩。隐地对此，在作为诗爱者时便深有体味，一旦投入诗的创作，便着力于对其二者之间的通和，并取得成功。诗人每每用一种无拘无束的自然表现，和不乏调侃与幽默的轻松语调，来体现当下生命的真实脉搏，诗中的人情、事理都力求原始返真的声音，不造作，无矫饰，"质朴自在"（陈义芝评语），如奥·帕斯所说的："既没有语言的决裂，也没有落落寡合，而是作为与街上的行人融通为一体的意志。"①

应该说，仅就这种轻松自如的表现形式而言，隐地或多或少填补了台湾现代诗进程中的某些空白，这也正是他之所以能很快获得好感、受到诗家和一般读者普遍欢迎的缘由所在。而自如的表现源自自在的心态。隐地以"诗坛平民"的心态进入创作，从一开始就彻底消除了作艺术/精神贵族的意识，反得了今日做诗人的真谛，这或许才是理解"隐地现象"的一把真正的秘钥。

2. 客观

现代诗的发展中，一直存有两个主要走向：一是想象世界的主观抒情，一是真实世界的客观陈述。前者以灵魂自我为中心，经由想象的构建和情感的张扬来超越现实，呼唤神性生命的复归；后者以存在为对象，经由一个个被某个存在惊动起的诗性观照，予以冷静客观的显示，以此深入对人类生存真实的诗化的思考。

新诗 70 余年，前一个走向一直有着深厚的积淀和良好的发展，后一走向则总未得以更深的拓展。在台湾，痖弦是此走向的集大成者，可谓高标独树，开辟了新的境地。在大陆，则是在进入 80 年代中期后，经由第三代诗人们方得以再造和拓殖。

隐地的诗，大体趋于后者，是一种智性的、客观的而非激情

---

① ［墨西哥］奥·帕斯：《诗歌与世纪末》，《批评的激情》（赵振江译），云南人民出版社 1995 年版，第 57 页。

与想象的写作,排拒诗行中的赤裸表白和繁复意象,只求明达,不事张扬,骨子里又不失一种深切的价值关怀,与其在小说与散文写作中的艺术追求大体是一致的。

对此,隐地曾说过一段颇有意味的话:"以前我有点怕见诗人,总觉诗人说话的声音太大,好像也比别的艺术家更喜欢骂人。"① 这实在是一个极为微妙和精到的指认,使我们想到艾略特的那段著名论断:"诗歌不是感情的放纵,而是感情的逃避;不是个性的表现,而是个性的逃避。当然,也只有有个性有感情的人才知道逃避它们意味着什么。"②

隐地对这种"声音太大"的逃避,落于创作尤见成效,形成他特有的轻灵、恬淡、简约而又不乏诙谐和暗示的语感风格。

像"海棠花隔壁是海棠花/我的隔壁还是我"(《独孤之旅》),只是淡淡冷冷的一声低语,那份隐含的孤独却深入骨髓。再如:"喝下午茶/是一种倾听","还有下午茶式的外遇"(《英式炸鱼》),读来何等明快,却又有一缕会心的况味幽默于语词之外。在《卡啡卡》一诗中,这种冷静切入又轻快跳出的语感,竟无意间抵达一种"后现代式"的拼贴效应,读来饶有别趣:"让 KAFKA 和 COFFEE 相遇/它们混合成一杯可口的卡啡卡"——在这样的拼贴之下,人与沉重的历史相遇而又轻松地化解了历史的挤压,只留下瞬间的思与诗和与之邂逅的真实自我。即或在灵魂出窍的时刻也从未无视那具肉体的实在,"一天里的戏码/端看自己的心情"(《一天里的戏码》),因而能"把人生的无奈那样轻松地表现出来"

---

① 隐地:《诗与我,我与诗》,见隐地散文集《爱喝咖啡的人》,台湾尔雅出版社 1992 年版,第 77 页。
② [英] T. S. 艾略特:(《传统与个人才能》,转引自《西方诗论精华》(沈奇编选),花城出版社 1991 年版,第 271 页。

（白先勇评语）。

这便是隐地式的"客观"亦即隐地式的"诗化哲学"，比起那些充满着精神虚妄症和语言焦煳状的所谓"高迈"而"超凡入圣"的诗人们的哲学，隐地似乎更贴近现代人的精神语境，使我们感到亲近而踏实。"他希望每隔十年就能从坟墓里爬出来/出去买份报纸读读"（《热爱生命》），这样的诗句，我想，或许21世纪的读者会比我们更喜欢它的。

3. 叙述

痖弦说的"叙述"是就隐地小说与散文而言，进入诗的写作，"叙述"便有了新的使命。叙述相对的是抒情（抒发、描绘等），而持客观主义诗观的诗人则只是选择"叙述"，所谓转换话语、落于日常即在于此。

这实际上是一次难度很大的转换。要在看似非诗性的叙述性话语中生发出诗的语境和意境，让普泛的日常现实成为可做诗性言说的一部分，需要对语言有一种更高超的把握。消解书面语言的贵族化倾向，回到日常语言的大地，重铸口语，再造叙述，是这一脉诗人对现代汉诗最杰出的贡献。语言的意义在于语言的使用方式，语言有多少种用法，就有多少种语境，多少种意义。在卑微叙事中透显生存的敏感，于日常话语中敲击出诗性的光亮，实在是身处今日大众文化语境中的诗人们，不得不考虑的一种选择——不是妥协，而是进取，是整合，是经由对语言空间的开发和拓展而至对我们精神空间的开发与拓展，并由此抵达与未来及新人类的对接。

落于日常的诗性视点，平淡客观的诗性叙述，是形成隐地风格的两个基本支点。

落于日常并非没有理想，能在寻常生活中抓住生命要义的人，方是真正自由自在的人，既挣脱了肉身的羁绊又挣脱了观念的羁绊而永不住定的人，而这正是隐地的心性所在。"为这种寻常的家居生活他感动/一个屋顶下一个家/经过多少奋斗/才能抵抗外面的风雨"（《一个屋顶下一个家》）。话说得多么平实，但我们为之深深感动。

日常为理想之体，立足于现实思考生命，着眼于当下审视人生，便避免了诗思的大而无当和虚无缥缈。这里的关键在于，诗人的作品并未由此而沦为现代日常生活的简单提货单，而是在贴近我们身处的生活语境中，提炼出新的诗意、新的美感，且不乏对人生况味、生命质量独到的思考，并在这样的思考中保留了生活的原汁原味。

如此的诗歌立场，必然要摒弃那些过于"高蹈"的言说方式，落于客观平实的叙述话语，从中开掘与其诗思相协调的诗美情趣。一旦进入这两者的结合部，隐地便很快步入佳境，所谓契合心性而运用自如了。正如向明所言："他能于寻常事物中，道出一般人习而不察的真理，天真和出人意表的趣味是他的诗的最大特色。"①

例如这首每为人称道的《法式裸睡》：

> 法式裸睡
> 是睡觉的一种方法
> 法式田螺
> 是一种吃田螺的方法
> 天下什么事都讲方法
> 比如摆脱丈夫的方法

---

① 向明：《小评隐地两首诗》，见隐地诗集《一天里的戏码》，台湾尔雅出版社 1996 年版，第 189 页。

> 吃西瓜的方法
> 以及做爱的一零一种方法
>
> 在一千零一夜里
> 睡着
> 是为了醒来
> 睡不着呢?
>
> 你就作诗
> 或者打蚊子
>
> 打蚊子
> 是为了睡着
>
> 睡着了
> 身体是蚊子的幸福天堂!

全诗只有半个形容词"幸福"(作为词组出现,只能算半个),其余全是实实在在的名词和动词,没有"抒情",严格地讲,也没有营造什么"意象"。只是将睡觉、吃田螺、摆脱丈夫、吃西瓜、做爱、失眠、作诗、打蚊子这些看似毫不相干的日常行为,经由平淡客观的冷叙述,并置于一个诗化空间里。

这里,并置什么,怎样并置,如何在大跨度的跳闪中不失隐在诗思之串联,是叙述的关键所在。智慧和幽默在这里起了大作用(如从做爱的一零一种方法巧妙地想到一千零一夜的故事,极尽诙谐和机智),且控制得恰到好处,于不动声色之中,使这一连串普泛的行为和事态，在这一特定语境中有声有色地跳起舞来。"天下什么事情都讲方法"，裸睡是解决怎样睡得舒服的方法，写诗或打蚊子是解决睡不着的方法，所有的方法都是为着解决生存的质量，可到了求得了安稳的人身（人生），却依然摆脱不了成为"蚊子的幸福天堂"的荒诞结局。

作为诗，重要的不是说出了这种荒诞，而是以一种怎样的心态、情态和语态在说着——隐地在此给了我们一个精彩而别致的新说法。

再读《寂寞方程式》中的妙句："思想没有性欲/夜寂寞"；"主人老了/镜子寂寞"；"看不见船/河寂寞"；"等不到情人的抚摸/乳房寂寞"。中国诗人中少有幽默感，惯于板着脸作莫测高深状，在隐地这样的诗句中，我们方找到了一点稀有的感觉。其他如《民谣风》《薄荷痛》中对性爱的诗性歌吟，令人会心一笑；《勃》诗中真纯可爱的儒雅心性，更难免忍俊不禁。"这世界已经让人很无奈了"（白先勇语），能在"无奈"中生出点幽默，给灵魂以瞬间的放松，何尝不是诗人的天职？

只是，这需要另一种心态、另一种语感、另一种智慧。

为诗而诗

隐地在90年代台湾诗坛的出现，至少具有两点意义：其一，以成名作家的身份转而为诗，且取得斐然成就而别有建树，在当代汉语文学发展进程中，开了一个先例；其二，重新开启并激活了可称之为"口语化、轻松派诗歌"的探索路向，从而弥补了台湾现代诗发展中此一路向的长久缺憾。

上述其一是表象的，其二方是实质性的。可以预言：我们很可能在不远的将来，会重新认识和估价"隐地现象"所产生的影响。尽管，就眼下的隐地整体创作来看，尚有诸多缺陷，譬如许多作品没有很好地控制，常出现急于说明题旨和点化哲理的弊病，有些诗则显得枯干，有流于"最简单叙述"的危险，等等。但可以相信的是，隐地所持有的基本立场和风格，以及由此所决定的创作路向，应该是属于未来、属于新人类的。

而作为诗人的隐地，更与闻达和功名无涉，他只是想写诗，只是在想写诗时就那么轻松自如地写下了这些诗，只是想在时光里种上一棵诗歌树，给将临黄昏的目光一抹神性生命的恒久慰藉。他说："我多么希望有更多的人能耐得住寂寞，走自己最初的路，把理想当作一粒种子，耕种自己的一片田地，自有乐趣在其中。"[①]他还说："只要新梦不断，热情不减，我们就会永远是一位有活力的人。"[②]

这便是隐地，额头上总是闪亮着一片明净的天空的隐地——一个"到老都在织梦的人"(《梦碎六行》)。他对文学的深爱是永远的初恋，凭活力支撑，新梦不断。而诗是心灵之梦，靠热情喂养，能说出这样的话的人，能不成为一位真正的、还可能会是优秀的诗人吗？

1996 年 9 月

[①] 隐地：《变与不变》，《隐地极短篇》，台湾尔雅出版社 1990 年版，第 19 页。
[②] 隐地：《爱喝咖啡的人》，台湾尔雅出版社 1992 年版，第 206 页。

清溪奔快　小风送爽
——评隐地诗集《生命旷野》

新千年伊始,隐地出版了他的第三部诗集《生命旷野》(尔雅出版社 2000 年版)。

比起隐地前两部诗集《法式裸睡》(尔雅出版社 1995 年版)和《一天里的戏码》(尔雅出版社 1996 年版),这部诗集的取名似乎严肃了些,让人疑惑隐地的诗风是否有变?潜心阅读后,方会意诗人风格依然,只是更多了些爽利与旷达,以及不失感性的文化思考。

全书收入诗人近三年来 62 首新作,其中《洗耳朵之歌》《快乐小猫》《海洋的故事》《无人阅读的 DM 从信箱折回它自己的家》《四点钟的阳光》以及三行小诗《静物说话》等佳作,颇让人击节惊喜,感佩这位高龄"年轻诗人"的状态之良好。

实际上,这位 56 岁才"像一阵突来的龙卷风似的卷进诗坛"(洛夫语)的"后中年前老年诗人"(林峻枫语),在创造了中国新诗史上第一个由小说家/散文作家转而为诗人的记录，从而成为两岸诗坛世纪交替时空下的一段佳话后，更以其持续高涨的创作热情和沛然勃发的创作实绩，向人们证实：隐地写诗，并非一时之兴，而确系蓄势已久，有备而来，既"一出手便直达某种高度"，又很快形成了"迥异于以现代诗为主流的当代台湾诗坛"[①]的自家风格，为新世纪的台湾诗坛，投下了一抹新的亮色。

"高龄"而"年轻"，这种生命形态和艺术形态的双重特异，使隐地的创作路向完全不同于台湾三代诗人的基本样貌。所谓"蓄势已久"，是指他对自身诗性生命感悟的长久沉潜与认领；所谓"有备而来"，是指他作为台湾多年来诗歌发展的同路人，经由宏观（主持尔雅版《年度诗选》的出版）和微观（作为现代诗的热心读者）的纵览与细察，找准了现代诗存在的问题。如此造就的这位"特型诗人"，其出手自是别具一格，虽还说不上是"重量级"的选手，但出拳的招数，却颇能点到人们关心的某些诗歌"穴位"，有益于诗界对新诗现状的反思和作为再出发时的参照。概括而言，可称之为"转换话语，落于日常"；细作分析，至少有三点，是"隐地诗风"不同于他人的独到之处：

1. 日常化的视点

洛夫在题为《诗是隐地活得真实的理由》并作为《生命旷野》的代序文章中，指认隐地"确是一位从平庸的生活提炼纯净诗情的诗人"，可谓一语中的。

隐地中年午后步入诗道，个体生命已是水静流深、波澜不兴，外在环境也正处于工商社会的常态发展，普泛生命随之化入庸常生活的平均数。此种"语境"，诗从何来？隐地偏偏从中捕捉到一

[①] 洛夫：《诗是隐地活得真实的理由》，见隐地诗集《生命旷野》，台湾尔雅出版社2000年版，序文第2页。

个又一个鲜活生动的诗的"镜头",且提炼出一种又一种不乏后现代意味的人生况味,再搅拌上悲悯的"辛"、讽喻的"辣"、调侃的"酸"、怀旧的"甜"、忧郁的"咸",五味杂陈而又爽口爽心。对于已厌倦了家国乡愁之宏大叙事和炫奇斗诡之小技巧的诗歌读众而言,隐地端出的这些"日常小菜",无疑激活了人们的"胃口",生发一种新的、富有亲和性的诗性体验与诗性思考。

应该指出的是,隐地的这种落视,绝非取巧,而是当代诗歌立场的合理转换,并由此扩展了现代诗的表现域度。隐地诗歌处理的是为大多数诗人所忽视了的、步入工商社会后世俗生活的精神事务,且在这种处理的背后,又处处透显着意欲唤回现代人业已失落的诗性生命意识的文化情怀,而这,正是现代诗面对历史新语境较为恰切的立场定位。

"每一个朝代的猫都在玩它们自己的游戏",且"只在意对方的耳朵和尾巴"(《快乐小猫》);日常中的诗意,才是可信赖的诗意,一味高蹈,反消解了诗性生命的发展。"能于寻常事务中,道出一般人习而不察的真理",且见得"天真和出人意表的趣味",[①]是隐地诗的最大特色,也是今天的诗人们所应留意的新视阈。

2. 生活化的语感

先天不足,后天不良,汉语新诗的语言问题可谓如影随形,积习难改。诗人要说与众不同的"诗话",又要说与众相通的"人话",按说这应是为诗之常理,却又常"理不顺"。总是高蹈,总是虚妄,总是唯求"不同"而不管"相通",只谈怎样培养读众,不谈如何亲近读众,从而不断制造阅读障碍,也就不断消解着诗的生存和发展,以至连小众也不众了。

[①] 向明评语,转引自洛夫《诗是隐地活得真实的理由》,见隐地诗集《生命旷野》,台湾尔雅出版社2000年版,序文第3—4页。

对这一危机，隐地在作了十几年的虔敬诗爱者之后，早已了然于心，且时有批评文字发表，一旦自己也要写，必然要求自己对此有所警惕，有所作为。

读隐地的诗，第一快感正是他与众（诗人之众）不同而又与众（诗歌读众）相通的清新语感。"清"者清通，没有阅读障碍，但又非所谓"明朗"派的一览无余。隐地的"清通"是有内含的，且不乏语言肌理感，悦目、赏心、动思，水清而有"鱼"（余）；"新"者，新鲜，有来自当下生活的鲜活气息，也与当下的文化语境相契合。

台湾诗歌语言，大体是两种路向（这里不包括"台语诗"）：一是杂糅有文言语态的"国粹派"，前行代诗人中大多趋于此种路向，且沿袭成风，虽很高雅，但也难免夹生，显得文化味重，人气味淡，常常疏离于现代语境；一是偏向翻译语态的"洋务派"，语势高蹈，语流粘滞，文人气很浓。两种路向的共同弊病是都偏重于书面语，未能有机地融入口语和吸纳不断生成着的民间活话语。隐地的语感之新，正是新在这一点上：既不"洋"，也不"土"，尤其不故作诗人状，怎么说话，就怎么写诗，是真正流动活跃于当下的现代汉语，读来如与友人小叙，得诗意也得人气。

可以说，这种语感，是隐地对台湾诗歌语言的一个不大也不小的贡献，并且因为它特有的表现力和亲和性，很可能会影响及将来，成为一脉有号召力的新走向。

3. 轻喜剧式的诗歌情态

日常题旨，平民话语，幽默、睿智、明净，且总是有一抹淡淡的微笑的光晕温润其中，让人莞尔会意——这是隐地式的诗歌情态：冷抒情，喜剧性，在微笑中见悲悯。

隐地的诗，很难用知性、感性去框定，或许是受到写小说和散文的影响，他从不直接去抒发感情，而惯于从富有戏剧性的事象中去追索理趣、抒写情怀，所谓"坐实务虚"。这使他的有些诗作题旨落得太实，缺少分延与晕染，一时把话说尽了。但在那些成功的作品中，却平生一份特殊的韵味，充满现代意识和现代审美情趣。尤其是那些具有喜剧化和寓言性的佳作，常让人会心一笑，成为隐地诗歌情态的一种标志。

像《耳朵下雪》中对社会话语不绝于耳之聒噪的绝妙讽喻，《快乐小猫》中对生命常态的称许和对所谓"历史动物"的幽默解构，《镜前》中的自我调侃，《摄护腺》中的戏谑情态，无不让我们在微笑里，瞬间领悟社会与人生中那一缕喜剧化的悲剧意味，而这，正是现代诗最令人心仪的地方。确实，笑是一种生命的净化剂，有时比愤怒还有助于清除社会和人生中的污垢与不洁。可惜汉语新诗发展进程中，一直缺少这方面的传统，隐地轻喜剧式的诗性情态，不失为一种有益的补充。

为唤回日益流失的诗歌读众，台湾诗界近年力推小诗创作，隐地是其主要倡导者和主攻手。至《生命旷野》一集，隐地的诗越发精短小巧，大多只在十行左右，可见其用心良苦。

当多元文化将新诗挤迫到一个极狭小的生存空间时，在未来相当一段时空下，诗确实难以再充当曾经辉煌的精神号角与灯塔的角色，而很可能只是物化世界之暗夜中的几粒萤火虫，以她微弱而素朴的光亮引发人们对她的重新认知和热爱。因此，小诗运动的推行，或许将是可能让诗重新获得生存发展的所谓"获救之途"。但小诗看似好写，其实难度很大。即以隐地而论，大多数作品都有速写性感觉，失于随意，缺乏研磨，显得诗质单薄了些。

不过，细心研究者会发现，即或在此类作品中，也可见得良好的质地，可说是一些未经完美打造的水晶，而非一堆碎玻璃。

而在隐地那些时而妙手偶得的佳作中，则让我们真正品尝到现代小诗的审美趣味：好读、耐品、爽利、隽永，既有眼为之一亮的惊艳，又有心为之一动的深思，且具有专业性阅读不觉浅、非专业性阅读不觉深的传播效应——而这，不正是当今诗人们孜孜以求的诗歌前景吗？

可以想见，以隐地这样将晚霞作朝阳般燃烧的诗人情怀，假以时日，无疑将会在小诗创作的天地里，造就更为绚丽多彩的风景线。

2000 年 3 月

清流一溪自在诗
——夏菁诗散论

在台湾诗坛,夏菁可谓"元老级"的人物。

1950年代初,夏菁便已成名,随之和余光中发起蓝星诗社,曾主编《蓝星》诗页及《文学杂志》的新诗栏目。70年代后,虽长期旅居海外,但对新诗创作的热诚投入,始终不衰,先后出版《静静的林间》《喷水池》《石柱集》《少年游》《山》《涧水淙淙》六部诗集。1999年,更以74岁高龄之夕阳热力和赤子情怀,出版了以森林文化和生态意识为主题的诗与摄影合集《回到森林去——山、林与人的融合》,显示了这位诗歌老人超前的题材意识和生生不息的艺术追求。

横贯整个20世纪下半叶,夏菁的诗歌创作,始终如一溪细长的清流,不显风浪,不事喧哗,蜿蜒萦回于台湾当代诗歌的流程之中——不即不离,欲忘尤记,如此特别的创作形态,是理解夏菁诗歌风貌的微妙入口。

欣赏夏菁的诗，易，且亲和无隔，很惬意，如沐清风，如饮清泉，如品"绿色食品"，爽目爽口（诵之有音乐美感）爽心。

评价夏菁的诗，难，难在找不到特别的说法，那些新潮的、时髦的、所谓学术化的理论话语，在如此中正平和的诗风面前，皆难免失语。

实则这里已触及到有关诗歌批评的一个深层问题：当诗歌批评越来越远离感性的体验与欣赏，只在西方"五马分尸"似的诠释术语中打转时，批评家是否已异化为"学术产业"的附庸，而失去了"生命诗学"的意义？

由此，如何面对那些非实验性、探索性、前卫性亦即非"异类"的常态性作品发言，便成为一个问题。

不可否认，现代意义上的批评，已不再是创作的附庸，不再充当"裁判"的角色而成为另一种类型的"运动员"，进行着另一种意义上的"创作"，所谓"自说自话"，"自成天地"，以有益于诗学本体的建设与发展。但与此同时，作为欣赏角度的批评，依然是不可缺失的一个功能，且因这多年的学术挤压而有待做新的填补，尤其是对汉语诗歌而言。对夏菁诗歌的批评失语，其症结恐怕正在这里。

认识夏菁先生近三年了，对他的作品，我自己也是拿起又放下，放下又拿起，一时找不到新鲜的说法，现在看来，也是这种唯"诗学"是问的所谓"学术心态"在作怪。一旦换一下角度，以平常心平常读者欣赏者去看夏菁先生的诗，自会发现还是有不少话可说的。

新诗 80 余年的发展历程，我曾经用"在路上"的形象化譬喻作指认。这种"在路上"的形态，一方面有不断新生的追求作驱动力，以尽快促进其发展、成熟。一方面也有重于拓殖疏于精耕细作的负面影响长期存在，所谓创业的多，守业的少，实验的多，整合的少，在后浪推前浪的同时，难免也有后浪遮埋前浪的弊端隐伏其中。新诗至今难以沉潜下来，进入诗体建设和诗学建设的常态运作，看来与这种匆促赶路的形态不无关系。

拓殖与收摄，原创与整合，实验与继承，两者具有同等重要的价值。前者造就的是重要的诗人，后者造就的是优秀的诗人，兼具者造就的是既重要又优秀的诗人。

以此去看夏菁，显然属后者行列中的一员。

夏菁的创作，是继承性的、保守型的，继承的是古典情怀现代重构的抒情风格，守住的是契合自己心性的婉约、淡雅、素朴、清简之韵致。夏菁生性素宁平和，情感细腻，有女性化柔美的一面，更有童心晶莹清澈的一面，钟情山水，热爱自然，于人世守善持真，有"恂恂君子"之美称。

了解了夏菁的这种生命形态，再回头看他的诗，自会发现夏菁的诗不是"做"出来的，而是一种顺乎天性的"化入"，追求一种天然的美，真正做到了生命形态和美学形态的和谐共生：不扭曲，不造作，"适性为美"；诗即人，人即诗，本真投入。

这种"适性"、这种"本真"、这种由"适性"与"本真"所生成的和谐，其实是做诗人的第一要义，也是诗歌美学的第一要义。占有这一要义，其创作就必然是有价值的了。

"当'现代派'运动在台湾甚嚣尘上，夏菁却有些缅怀其昨日的夕阳来了，并非他停滞不前，只是在行进的队伍中不时作审慎的回顾而已。对于传统，他主张批判地接受，扬弃杂质，保存优良的谷粒；对于簇新的事物，他保持实验及怀疑的态度。夏菁后期诗作，有一种淡淡的异国情调，用字经济，态度从容，表达精致，展现出一种出奇的自省、恬淡和练达。质言之，他的诗内容重于文字的装饰,本质大于技巧的挥洒。"由张默、萧萧主编的《新诗三百首》(台湾九歌出版社1995年9月版)中,二位编者对夏菁所作的这段评述,确实是十分恰切精当的。

就作品而言,夏菁的诗不免有些诗质稀薄之嫌,精神堂庑相对狭小,语言也略显平实直白。但到位的欣赏者会发现,这些外在的缺陷,常常会被诗人灌注于诗行中的纯正清明的气息所冲淡,渐得中正而不中庸、平和而不平俗的审美印象。清而不寡,简而不枯,素而不拙,淡而有味,守住一片小小的心地,在浅吟低唱中透显诗性生命的真善美,为滚滚红尘洒几滴清露、送几缕和风,实则也不失为一脉诗美流向。

夏菁的问题在于一直未很好地解决语言与精神的关系,没能走出语言制度的束缚,变灵魂的奇遇为语言的奇遇,以意象之思去做精神之言,是以诗句落得太实,较少歧义,也就减弱了文本外的弥散意味。

作为弥补,夏菁在其诗作的音韵美、精致化方面颇多追求,平添不少声色。而在晚近的创作中,似乎也开始注意到化实为虚、言近意邈的语言策略,悦目赏心之下,有动思之余韵。譬如同时收入《涧水淙淙》和《回到林间去》二集中的《消息》一诗:

  冬天常常驶过一个农庄
  马、冷落的铅丝网
  树、干涸的河床

  今早,我忽然觉得
  有一些异样
  嫩柳在丝丝飘忽

牡马在频频昂仰

马、树和我之间
传着什么消息？
或仅仅是为了一片
乍暖的空气

开头一节叙事，语言非常干净，利落而又精确，不着闲笔，只在指认，以剪辑的灵动和节奏感区别于散文语式。第二节抒情。说是抒情，其实只在叙述性地道来，不事渲染，重在"异样"的情节，似乎要暗示一个铺叙的高潮的到来，却戛然而止，仅用同样的一小节作急促的结束。全诗仅此三节十一行，不见一个"春"字，却写尽了初春将临的那一股扑面的气息；似乎诗人在字面上说得太少，又觉话外之音很多很多。

这样的语言策略和跨跳手法，在夏菁以往的诗中是少见的，悬置所指，悬疑意绪，留更大的空间与读者互动，于精致中见空灵，于淡远中见深沉。如此追求，显见诗人是向晚愈明，更趋成熟老到了。

行文至此，想到夏菁赠向明的一首题为《溪水》的七行短诗，实则可看做诗人自况的最好印证，不妨抄录在此以作结尾，算是对这位老诗人诗品人品之意象化的最好评价吧——

一湾清澈的溪水
从不涨过警戒线
也不水枯石出

只是潺潺地前流
蜿蜒在我们这块荒原
"说不定,有一天
会绿杨夹岸"

1999年8月

边缘光影布清芬
——重读席慕蓉兼评其新集《迷途诗册》①

上

在两岸新诗界，恐怕没有哪一位诗人像席慕蓉这样，遭受阅读之狂热与批评之冷淡的尴尬境遇。就阅读而言，"席慕蓉旋风"持续刮了十多年，至今在两岸拥有数量可观的读者群，保持着骄人的纪录；就批评而言，却一直乏善可陈，至少在大陆诗评界，除中国社会科学院陈素琰女士一篇题为《不敢为梦终成梦——席慕蓉的艺术魅力》的长评颇具分量外，再难见到有诗学价值的批评文本。②

有意味的是，批评失语，编选却从不缺席，台湾九歌版的

---

① 席慕蓉新诗集《迷途诗册》由台湾圆神出版社2002年7月出版，本文应作者邀约，依据诗人提供的结集稿件撰写。
② 陈素琰：《不敢为梦终成梦——席慕蓉的艺术魅力》，见《台湾地区文学透视》，陕西人民教育出版社1991年版。

《新诗三百首》(张默、萧萧编)和大陆北京出版社版的《中国新诗三百首》(谭五昌选编)两部"世纪之选",以及其他许多重要诗选,都收入了席慕蓉的诗,显然对其作品价值不乏认同。那么,又是怎样的原因,使两岸诗评家们面对"席慕蓉现象"如此少言寡语呢?

新诗发展到当代,渐趋成熟,有了一些可通约的共性,创作也便呈多层面的展开,不再一味求新求变。如此,一部分诗人为不断提高新诗的艺术品质,探究其新的生长点与可能性,坚持前卫性、实验性的写作,从而使尚且年轻的新诗之进步,有持续前瞻的牵引力,以拓展新的艺术天地;另一部分诗人则吸收已然为创作与欣赏均普遍认同的诗歌质素,落实于整合性、常态性的写作,使新诗的总体发展,有一个坚实的基础,以稳固并丰富其已有的成就。前者是拓荒者,是诗人中的诗人,为诗人的写作;后者是耕种者,是普通人中的诗人,为诗爱者的写作。二者只是路向不同、使命不同,只要是本质的行走,姿态之高低皆为次要,关键在于是否忠实于自己的气质。

以此来看席慕蓉的创作,显然属于后者——一位新诗园地中虔敬而辛勤的耕耘者,且只问耕耘,不计较收获,"独有一股清芬"(萧萧评语)而"成功地维持了她自己"(张晓风评语)。[1] 或许,正是这"独有"的"清芬",和忠实于自身艺术气质的本质性写作,使席慕蓉意外地获得了诗爱者的青睐,但它并非是诗人刻意追求的成功,而系机缘的造化。当前卫诗人们探索的脚步将一般读者过于遥远地甩在身后时,人们迟早会将他们泛的诗歌目

---

[1] 萧萧:《青春无怨新诗无怨》,见席慕蓉诗集《无怨的青春》,台湾圆神出版社2000年版,第213页;张晓风:《江河》,见席慕蓉诗集《七里香》,台湾圆神出版社2000年版,第20页。

光，聚焦于一位可亲近的常态诗人身上——于是命运选择了席慕蓉。

席慕蓉的诗歌写作，本质上是私人化的，是一条总是怀着年轻心事的小河，唱给光与影的歌。这条河，"不影响诗坛上的任何流向，诗坛上的任何水流也无法影响她的清澈"。① 她只为她自身而流淌着，有如写给另一个自己的私人邮件，在多梦的夜里，记录一点如莲的心曲。这样的写作心态，在造势争锋的八九十年代的两岸诗坛，都属稀有，而由此生成的清逸、清纯、清丽之诗美品质，更有如一朵青莲，恬淡自适于浮躁喧闹的诗坛边缘。

于是，无论是在诗坛还是在俗世，当整个时代的文化心态由历史风云转而退回到个人天空之时，与席慕蓉诗歌的不期而遇而生发的意外的亲和以至热爱，在普泛的诗歌读众那里，就成为一个必然要发生的"美学事件"了。轻柔、莹润、略带伤感和纯净的抒情，青春、光阴、一刹那间的美与永恒的爱的题旨，以及较少难度的阅读快感和容易亲近的语言形式——完全为个人烹制的烛光晚餐，一时成了诗歌大众的梦中盛宴，席慕蓉由此陷入既惊喜又尴尬的境地。

正如老诗人向明所指认的："她为我们的诗找回了许多失散的读者。"席慕蓉应该为此而惊喜。而尴尬在于，当现代诗在急剧膨胀的商业文化挤迫下，陷于空前孤寂之时，不期而遇的"席慕蓉热"难免令批评界生疑：她是否恰恰迎合了大众消费的口味而有媚俗之嫌？尤其在"席慕蓉旋风"登陆大陆诗坛时，正值"汪国真诗歌热"之际，人们很容易将二者"合并同类项"，不加细察而混为一谈，加之出版界过于商业化的炒作，遂使一向视先锋诗歌

---

① 萧萧：《青春无怨新诗无怨》，见席慕蓉诗集《无怨的青春》，台湾圆神出版社2000年版，第213页。

和实验诗歌研究为己任的纯正诗评家们，简单而轻率地认席慕蓉为台湾版的汪国真，自然不屑一顾了。

时代捉弄人，误区由此生成。尘埃落定，诗界已然明了，席慕蓉绝非汪国真，一是本真行走，一是角色化出演，二者有根本上的不同。

但"畅销"与"热卖"的误解依然存在，对此有两个问题需要厘清：其一，畅销的文学作品是否就必然有媚俗的成分？其二，大众"诗歌消费"的口味是否就毫无诗学价值可言？实际上，这是不辩自明的道理。

自新诗诞生以来，阅读与欣赏总是滞后于创作与实验，这其实是很自然的文学现象。普泛的诗爱者只为欣赏而阅读，不可能像后起的诗人们那样，为了获取新的创作经验而紧随先锋的步程，这是两种不同"目的"的"诗歌消费"，但对诗性生命体验与美学趣味的追求却是一致的，只不过诗爱者们更看重共性的品质，诗人们则着眼于对个性品质的审视而已。由此，实验性写作和常态性写作，才有各自存在的合理性，所谓提高与普及的双重必要。

问题在于，由于当代诗歌思潮与诗歌运动的频繁发生和不断跃进，使本来就贫乏的诗歌批评资源，只能集中于前瞻性的应对而无暇旁顾，从而对非前瞻性的常态诗歌写作，便一再搁置，造成一个长久的盲点。应该说，遭遇批评冷淡的是整个常态诗歌写作层面，而非席慕蓉诗歌之特别际遇。由此才可以进一步说明，对"席慕蓉诗歌现象"的重新解读，旨在对整个常态诗歌写作的重新正名与定位。长期任运不拘、一味移步换形的汉语新诗，正在逐渐清醒中认领一个守常求变的良性发展时期，而常态写作的重要性，也正日渐凸显。

从这一视点重读席慕蓉，便可读出一点尴尬中的启示——市场将前卫姿态由主流推向边缘，时代又将一抹"边缘光影"推为市场的热点；市场无罪，时代无常，席慕蓉只是被动充当了大众诗歌选民们的"最爱"，并无意中开启了人们对常态诗歌写作价值的重新认识。而在这一价值领域中，席慕蓉诗歌无疑占有重要的一席，并非错爱与误会。

而说到底，"谁能为一束七里香的小花定名次呢？"（张晓风语）①

下

投身绘画，抽身写诗，席慕蓉的艺术人生之旅，穿越20世纪的黄昏，迎接21世纪的清晨，始终自甘边缘，以跋涉为目的，而"初心恒在，依旧素朴谦卑"。②

这个"初心"，是对艺术的"初恋"之心，只在热爱，只在投入，而不计成败与结果，反而得了艺术创造的奥义，以虔敬与单纯保证了持久与沉着。设若说，于绘画，席慕蓉尚存一份专业的敬畏而不无刻意的追求，那么，在诗的创作上，则完全是"生命的邀约"，只在随缘就遇地记录下岁月与光阴"蜕变的过程"（席慕蓉诗作名）。《青春·旅人·书写》，这是诗人一首作品的题目，其实正可看作席慕蓉诗歌写作的"提纲"——"青春"是她的母题，"旅人"是她的身姿，"书写"是她诗性生命的仪式；是"书写"而不是"创作"，一个素朴的词为诗人沉淀了一份明净澄澈的心境，使之跋涉的步程总是那样沉着而素宁。

持守平常心境，记录"边缘光影"，席慕蓉的诗歌路向，自然

---

① 张晓风：《江河》，见席慕蓉诗集《七里香》，台湾圆神出版社2000年版，第27页。
② 席慕蓉：《生命因诗而苏醒》，《无怨的青春》新版自序，台湾圆神出版社2000年版，第5页。

趋于一种常态的写作而非语言艺术的冒险族。这是她的局限，也正是她得以立身之处：一是避免了无病呻吟，二是保证了基本的品质，这也是一切成熟的艺术家之所以成熟的标志：他（她）们知道自己到底能做什么，不能做什么，以及什么能做好什么不能做好。

纵观席慕蓉20余年的诗路历程，人们自会发现，她的作品始终保持着一贯的优雅风姿和工稳质素，达心适意而"清芬可挹"（萧萧语）。

从《七里香》到《无怨的青春》，从《时光九篇》（尔雅出版社1987年版）到《边缘光影》（尔雅出版社1999年版）以及《世纪诗选·席慕蓉卷》（尔雅出版社2000年版）——在诗人这里，一部书是一座生命的驿站，甘苦自知；在诗爱者那里，一次阅读是一回故友的相逢，欣喜如旧。轻柔而不轻浮，单纯而不单调，高雅而不高傲；象清意沉，简中求丰，人静语素，和谐共生；"纯真人性的展示"加之"绘画与音乐的影响"（陈素琰语），以及青春、光阴、乡愁与梦的主题，共同构成了"席慕蓉风"的基本品质。

比较于前卫诗歌或先锋诗歌而言，这些品质不免有些传统乃至保守，但因了席慕蓉持之一贯的本真，使之平生一种可信任的亲近之感而生发绵长的阅读期待。这期待，不是为了获取一种技艺的提高，而是邂逅一次诗性生命的"狭路相逢"。

挥别20世纪，席慕蓉以一部名为《迷途诗册》的新作结集，馈答绵延至新世纪的席慕蓉诗爱者的阅读期待。

整部诗集分三辑编排，收诗43首，其中除《现象》《多风的午后》与《落日》三首，为80年代旧作拾遗外，其他均为诗人近三年中的新作展示。

第一辑《四月栀子》和第二辑《色颜》，基本上是诗人多年一贯的主题与风格的分延和扩展，只是似乎增生了一些悬疑与自我辨析的意味，和隐隐渗出的恬淡而不免萧散的气息。"无视于时间的流逝/我的生命从容地在梦中等待"（《梦中街巷》）。"从容"一词，将"梦"的执着轻轻吐露。这"梦"，已不再是年轻心事与青春理想之无着的幻想和无由的忧伤，而渐次收摄于生命与诗的对质，并最终认领以诗与艺术为归所的救赎之途："无从横渡的时光之河啊/诗是唯一的舟船"（《光阴几行》）。

诗人显然对这样的"对质"颇有几分着迷，诗集中有好几首作品围绕这一命题展开，并在其他作品中也时有涉及。在《诗中诗》里，诗人借由一朵雨浴后等待绽放的"白荷"，追索物质的生命如何升华为诗意的"梦与骚动"，叹咏那"无涉寂寞"而"何等饱满的孤独"中，"一种难以言说的憧憬/一种非如此不可的完成和再完成"，有如"饱满的花蕾因自身的重负而/微微垂首……"，默默传递的，只是"对世间一切解释都保持沉默的/那最深最深的内里的我"？

在另一首《早餐时刻》里，诗人更明确地指认了经由繁华而重归清明的诗性本我，如何化刻意为平常、化追索为自在，视诗的际遇为一种生活方式，"就如同一杯热茶一匙蜂蜜/一片马可波罗的核桃面包"，而"不是箴言不是迷津的指点/也不是必备的学历和胭脂"。由此诗人进一步发现："那些曾经执意经营的岁月都成空白"，而"无法打捞的灵魂的重量全在记忆上"（《光阴几行》），这记忆"如花间/最幽微的芳香/在若无其事的/诗句中缓缓绽放"。（《明信片》）

可以看出，在诗人中年午后的生命旅途中，诗的"书写"，已不再是一种述说精神生活的特殊方式，而悄然更替为生活本身，

一种不得不的生命托付与归宿:"是青春建构了青铜的记忆,而这记忆才终于得以重铸了我们的青春啊!"(《记忆广场》)

然而诗毕竟不是哲学,她提交的只是叩问而非解答,是以诗人在这种生命与诗的"对质"中,依然不断地发出疑问或悬置答案。在《四月栀子》一诗中,迷惑重新降临,面对"一树雪白的栀子正在盛开",尽管"我其实有所提防",也难免被往日梦境之"无限的温柔"所"淹没和包裹",不免要追问"这芳馥浓烈比我的梦境还要疯狂/比我的记忆还要千百倍固执的花香啊/此刻想要传递给我的/究竟是生命中何种神秘的讯息"呢?

其实,正是"这无从索求解答的疑惑与孤独"(《洪荒岁月》),让诗人成其为诗人,也使逐渐步入清明之境的席慕蓉之诗歌写作,仍存有一股令人着迷的黎明气息。诗人甚至在上述诗性化的自我盘诘与辨析之多向度探寻后,仍以《迷途》一诗表明自己,依然"在边缘和歧路上辗转跋涉/还时时惊诧倾倒于/这世间所有难以描摹的颜色",并声言"可是谁又比谁更强悍与坚持呢/是那些一心要到达要完成的人/还是终于迷失了路途的我们"。——这首诗改定于2000年5月4日,是席慕蓉最新的作品,并以此作为这部新集的书名,似乎在无意中表明,诗人仍在"迷途"中探求,并未因声名而陷入复制的囹圄。

只是,理性的阴影毕竟悄然而至了。从旧作《现象》,到新作《诗的图圈》等,席慕蓉的部分写作,已开始板结,失去往日那般优雅的肌理与色泽。这一"现象"在辑三《猛犸象》十多首诗中,暴露得更明显。

自1989年夏天第一次踏上蒙古高原后,祖籍蒙古的席慕蓉,便一发不可收地迷醉于对新的"文化乡愁"的索寻之中,并在连续五部专题散文的写作之余,也将这一主题带入了她的诗歌写作中。这类诗作，在1999年尔雅版的《边缘光影》一集中，已有亮相，此次是新的展示。应该说，历史与地缘文化题材的加入，无疑大大扩展了席慕蓉诗歌的表现域度，其中也不乏成功之作，但总体上看，尚未如处理其惯常题材那样驾轻就熟，时有生硬之感。这其中，诗人与新的素材以及由此素材生发的新的感受之迫抑，没能有效地拉开审美距离，造成匆促表达而难以超越其现实局限，同时也受到同期散文写作之互文性影响，导致较多的指事、说理，减弱了意象的创化。

看来，进入这一表现域度，对诗人席慕蓉来说，既是一个新的开启，又是一个新的挑战。同样的题材，在席慕蓉的散文写作中已获得极大成功，甚至有文化学意义上的特殊价值，影响不凡，能否在诗的表现中也别开生面，尚有待新的考量。

这里的关键在语言的转换，而席慕蓉诗歌的根本弱点，正在于一直未能从语言层面上深入现代诗的艺术至境，耽于较为普泛的表现形式，着重力于情感的挖掘，是以在处理非单一抒情能胜任的一些题材时，便有些力不从心之感。

诗是语言的艺术，而人是语言的存在物，改变语言的惯性便是改变生命的惯性，寻求新的语言之光便是寻求新的生命之光。——包括席慕蓉在内，对于在常态写作之开阔地带耕耘的所有诗人们而言，这是一个需要时时警觉的命题。

然而最终，谁又能为一束七里香的小花设定款式呢？

2002年5月